Franziska Gehm

Tränenengel

© privat

Franziska Gehm wurde 1974 in Sondershausen geboren. Nach ihrem Studium in Deutschland, England und Irland arbeitete sie bei einem Wiener Radiosender, an einem Gymnasium in Dänemark und bei einem Kinderbuchverlag. Heute lebt sie als Autorin und Übersetzerin mit ihrer Familie in München. Sie hat mittlerweile zahlreiche Kinder- und Jugendbücher veröffentlicht, die in viele Sprachen übersetzt wurden.

Weitere Titel von Franziska Gehm bei dtv junior: siehe Seite 4

Franziska Gehm

Tränenengel

Roman

Deutscher Taschenbuch Verlag

Von Franziska Gehm ist außerdem bei dtv junior lieferbar:
Dem Mammut auf der Spur
Das Hexenkraut

Das gesamte lieferbare Programm
von dtv junior und viele andere Informationen
finden sich unter www.dtvjunior.de

Originalausgabe 2010

Umschlagkonzept: Büro Jorge Schmidt, München
Umschlaggestaltung: Jorge Schmidt unter Verwendung
von Fotos von plainpicture
Lektorat: Katja Frixe
Gesetzt aus der Charlotte 11/14'
Gesamtherstellung: Druckerei C. H. Beck, Nördlingen
Gedruckt auf säurefreiem, chlorfrei gebleichtem Papier
Printed in Germany · ISBN 978-3-423-78243-2

1. Kapitel

Die Klinge glänzt silbern und unschuldig im Mondlicht. Sie ist schön, vollkommen und mächtig. Schwebt über ihr, kühle Eleganz, grausame Verheißung. Das Messer senkt sich wie in Zeitlupe, zerteilt das warme, dickflüssige Meer der schwarzen Nacht. Die Trägheit verschluckt jedes Geräusch. Stummer Schrei.

Dann trifft sie der erste Stich. Heftig. Tief. Voller Hass. Heißer Schmerz überflutet sie, erstickt sie.

Dann der zweite … STICH, der dritte, der vierte

STICH STICH STICH …

Immer tiefer. Länger. Brutaler.

… STICH STICH STICH STICH …

Warmes Blut auf kalter Haut. Bahnt sich langsam den Weg, eine tödliche Schlange.

… STICH STICH STICH STICH …

Sie zählt nicht mehr. Wehrt sich nicht. Ist wie betäubt. Ist nur noch Schmerz. Die Augen weit aufgerissen, dennoch blind. Irren durch einen Nebel. Hasten, verfangen sich, straucheln. Die Lider zucken. Ein Bild erscheint. Die Klinge blutrot. Geschändet. Beschmutzt. Die Schneide drohend, noch immer hungrig. Doch sie zieht sich zurück, lässt ab von ihr. Vorerst.

Ihre Hand, zur Faust geballt mit leichenblassen Knöcheln, löst sich. Sie versucht, den Kopf zu heben. Ihr Nacken wie in Totenstarre, sie kämpft dagegen an, ihr Kinn zittert. Sie sieht ihren Körper. Sieht ihre Haut. Das, was sie mal war. Sieht das Blut. Sieht die Wunden. Versucht, alles mit dem Blick einzufangen, es ist zu mächtig. Sie lässt sich fallen, schließt die Augen. Ein Gedanke, wie ein Platzregen aus Stecknadeln, geht über ihr nieder.

Gott, wie krank ist jemand, der so etwas tut?

Kopf, Arme, Beine, Lider, alles wird schwer, schwammig, ist nicht mehr da. Noch treibt sie eine Weile, dann taucht sie ins Dunkelblau, versinkt im Nichts.

Als sie wieder zu sich kommt, sind Minuten vergangen. Stunden, Tage, Wochen – sie weiß es nicht. Sie weiß nur, dass *sie noch ist*, denn sie spürt die Schmerzen. Und die Kälte. Sie hält ihren nackten Körper gefangen. Lähmt ihn. Schnürt ihn ein. Hat sich auf sie gestürzt wie ein Aasgeier, verschlingt sie, die wehrlos ist, reißt das letzte Leben aus ihrem Körper.

Sie versucht, sich zu bewegen. Die Holzplanken unter ihr sind hart. Etwas Feuchtes klebt an ihren Armen, Beinen, dem ganzen Körper. Plötzlich hört sie ein Geräusch. Sie will den Kopf drehen, hat kaum noch Kraft. Ihre Augen, hell und voller Angst, schweifen durch die Nacht, lodern mit einer Frage:

Kommt er zurück?

2. Kapitel

[Telpener Tagesblatt online, 03. Juli, letzte Meldung]

Grausamer Fund

In den frühen Morgenstunden machte ein Rentner am Telpener Badesee einen grausamen Fund. Auf der hölzernen Badeinsel in der Mitte des Sees lag ein junges Mädchen. Es war nackt, hatte Arme und Beine von sich gestreckt und der Körper war von zahlreichen Schnittwunden übersät. Nachdem der Rentner festgestellt hatte, dass das Mädchen zwar noch lebte aber nicht ansprechbar war, rief er die Rettung. Diese schickte einen Krankenwagen und eine Polizeistreife. Bis Redaktionsschluss war lediglich bekannt, dass sich das Mädchen derzeit im Krankenhaus befindet und unter Schock steht.

*

Polizeihauptmeister Leif Sälzer überflog den kurzen Artikel auf der Homepage der Lokalzeitung. »Scheiße.« Das Wort war nur ein Hauch. Er starrte mehrere

Sekunden auf einen unbestimmten Punkt am Bildschirmrand. Seine Augen verdunkelten sich, wie aus dem Nichts schob sich ein Schatten davor. Dann fiel sein Blick wieder auf den Onlineartikel. »Was die schon wieder alles wissen.« Seine Stimme klang, als hätte er zum Frühstück eine Packung Zigaretten geraucht. Dabei hatte er vor einem Jahr aufgehört. Zum dritten Mal. Als er von seiner Versetzung nach Telpen erfuhr. Er dachte, ein Ortswechsel wäre ein guter Zeitpunkt. Da wusste er noch nicht, in was für ein verkniffenes Flachlandnest es ihn verschlagen würde. Seine damaligen Kollegen hatten gemeint, eine Versetzung nach Telpen wäre ein Grund, mit dem Rauchen anzufangen. Er dachte, es wäre ein Scherz.

Sälzer fuhr sich mit einer Hand durch die halblangen, braunen Haare. Mit der anderen griff er nach der Tasse Pfefferminztee. Er ließ sich in den Bürostuhl sinken, dessen Lehne unter seinem Gewicht nachgab und knarrte. Er nickte seinem Praktikanten zu. »Schieß los.«

Matej Masaryk zog einen Zettel aus seiner Gesäßtasche, setzte sich mit einem Bein halb auf den Tisch, faltete den Zettel auseinander und begann: »Das Mädchen heißt Flora Duve. 16 Jahre. Lebt mit ihrer Mutter, Karoline Duve, allein. Vater unbekannt. Die Mutter hat Flora mit 18 bekommen. Arbeitet seit ein paar Jahren bei der Kulturwerkstatt Telpen. Stellvertretende Leiterin. Flora Duve geht in die 10. Klasse der Heinrich-Heine-Schule. Halbwegs gute Noten. Beliebt. Macht bei einer Musicalgruppe mit. Hat einen festen Freund. Ein ganz normales Mädchen. Hat Anzeige gegen unbekannt erstattet.« Masaryk legte den Zettel auf seinen Schreibtisch, der Kopf an Kopf mit dem seines Vorgesetzten stand.

Sälzer sah Masaryk aus halb geschlossenen Augen an. Er wippte kaum merklich mit dem Stuhl. Masaryk war Polizeibeamter in Ausbildung und Sälzer vor ein paar Wochen als Praktikant zugeteilt worden. Er hätte Sälzers Sohn sein können. Rein vom Alter. Sälzer konnte sich nicht vorstellen, dass – würde er jemals einen Sohn haben – er so sportlich, zielstrebig und vernünftig sein würde. Aber Masaryk war gut. Keine Frage. Er würde nicht lange Polizeioberwachtmeister sein. Höchstwahrscheinlich verließ er Telpen noch vor Sälzer. Er war einer dieser jungen Leute, die ein Ziel hatten. Sie waren Sälzer fremd, gleichzeitig schätzte er sie deswegen. Er wusste heute noch nicht, wohin er eigentlich wollte.

Er beugte sich wieder zum Schreibtisch, die Stuhllehne klappte zurück in die Ausgangsposition, Sälzer legte die Unterarme auf den Tisch. »Was sagen die Ärzte?«

»Hier.« Masaryk reichte Sälzer eine Kopie der Krankenakte.

Ambulante Krankenakte

Diensthabender Notarzt: Dr. Feldbaum
Einlieferung Notaufnahme: 3. Juli, 4:15 Uhr

- 16-jährige, weibliche Patientin mit multiplen, teilweise tief gehenden Hautverletzungen
- Patientin in verwirrtem Zustand sowie unterkühlt
- veranlasst: Versorgung der Wunden, Desinfektion; bei tieferen Verletzungen sterile Verbände
- zur Beobachtung stationär; evtl. Dermatologen hinzuziehen

»Gefährliche Körperverletzung«, sagte Masaryk.

Sälzer starrte auf das Foto, das der Krankenakte beilag. Das Mädchen. Die Wunden. Nahaufnahmen. Er schloss die Augen. Zu spät. Sie waren schneller, die Schmerzen. Am ganzen Körper. Den Füßen, den Beinen, am Rumpf, am Oberkörper, den Armen. Er spürte die Stiche. Sie waren tief, rissen die Haut auf. Bohrten sich ins Fleisch.

Abrupt öffnete Sälzer die Augen, ließ die Krankenakte mit dem Foto auf den Schreibtisch fallen und fuhr sich mit den Händen über Arme und Beine. Er wollte den Schmerz wegwischen. Ihn ersticken wie ein Feuer. Sälzer fluchte innerlich. Hörte das denn nie auf? Wurde er niemals immun dagegen? Er kannte diese Schmerzen, so weit er zurückdenken konnte. Es genügte ein Blick, ein Wort, manchmal nur ein Gedanke. Für eine Sekunde waren die Wunden der anderen seine Wunden. Er spürte ihre Schmerzen nach, beklemmend intensiv. Er konnte nichts dagegen tun, wusste nicht, wie er sich wehren sollte. Schon als Kind war es so gewesen. Eine fragwürdige Begabung. Vor allem, wenn man Polizeihauptmeister war.

»Ist Ihnen kalt?« Masaryk musterte seinen Chef, der sich noch immer über Arme und Beine fuhr.

»Im Gegenteil.« Sälzer zwang sich, die Hände ruhig zu halten. »Können wir zu ihr?«

Masaryk nickte. »Das Krankenhaus hat eben angerufen. Sie ist vernehmungsfähig.«

Sälzer stand auf. »Dann mal los. Krankenbesuch.« Er nahm das Basecap, das er über die Schreibtischlampe gehängt hatte, und setzte es auf. Sälzer sammelte Basecaps. Sie waren praktisch. Schützten vor Kälte und Regen. Ersetzten eine Frisur. Vielleicht hatte er sich drei oder vier Basecaps selbst gekauft, doch der Großteil seiner Sammlung bestand aus Werbepräsenten und Geschenken von Kollegen, Freunden, Feinden oder Verwandten.

Das Basecap, was Sälzer heute trug, war grasgrün und auf der Front war die Christusfigur von Rio de Janeiro aufgedruckt. Christus, der Erlöser, dachte Sälzer. Wie passend.

*

Sie hat die Augen halb geschlossen. Wie Marlene Dietrich auf dem Foto mit der Zigarette. Ihre Wimpern, lang und schwarz, zittern. Feine Gräser im Wind.

Das Deckenlicht flackert. Grell. Monoton. Die Wände sind weiß. Das Bett neben ihr unberührt. Steril. Jegliches Leben wurde mit Desinfektionsmittel weggeputzt.

Ich bin ein großer, lauter Klecks in einem Stummfilm.

An der Wand gegenüber ein Bild von einer Frühlingslandschaft. Pastellfarben, ausgelaugtes Leben, schaler Geschmack. Als wurde es für ein Krankenhaus gemalt. Oder für eine Behörde. Oder für ein anderes Gebäude, das man schnell wieder verlassen möchte.

Irgendwo piept ein Gerät. Gummisohlen quietschen auf Linoleumboden. Ein Esswagen rollert vorbei. Über allem dieser Geruch. Giftiger Nebel. Er dringt in ihre Haare, ihre Haut, ihre Zellen. Lähmt bis ins Innerste. Sie möchte duschen, tagelang. Alles abduschen, wegduschen, bis auf die Knochen.

Die Knochen. Das Einzige, was noch unversehrt ist. Sonst fressen sie die Wunden auf. Außen, innen, überall.

Ihr Blick wandert durch den Raum. Kein Halt in der Nüchternheit, die sie umgibt. Eine weiße Lilie auf dem weißen Tisch neben ihrem weißen Bett. *Und ich die schwarze Katze.*

Ihre Mutter hat sie gebracht. *Es tat so gut, sie zu sehen. Und so weh.* Sie kam allein. Kein Zuhälteraftershave. Nur ihr Minzkleeparfüm. Kein schmaler Mund, kein kalter Blick. Nur ihr weiches Lächeln, ihre wässrigen Augen. Waren voller Liebe, voller Sorge. Waren so warm, es brannte in ihrer Brust. Ihre Hand zerfloss in ihrer. Wollte eins werden.

Sie legte den Kopf in ihren Schoß. Wie damals am Meer, Kilometer und viele Sommer entfernt. Lauschte ihrem Herzschlag.

Pa-ram. Pa-ram. Pa-ram.

Flo-ra. Flo-ra. Flo-ra.

Schweigen wie ein warmes Bad.

Nur atmen. Nur da sein. Eine Blase im Hier.

Dann tat sie es doch. Sie fragte.

Was ist passiert?

Sie schwieg.

Sie hatte keine Antwort.

Wir müssen Anzeige erstatten, gegen unbekannt.

Müssen wir?

Sie schläft ein. Unruhiger Schlaf, ein Sturm in der Nacht, der Gedanken aufwirbelt. Träumt von ihm. Von der Nacht. Und vom See.

Sie wälzt sich. Schweißperlen auf der Stirn. Die Lippen trocken. Formen lautlos die Frage.

Kommt er zurück?

Kommt er zurück?

Kommt er zurück?

Sie schläft, wacht auf. Schläft. Wacht auf. Weiß nicht mehr, wer, wo, warum sie ist. In einer Zwischenwelt gefangen. Sekunden, Minuten, Stunden? Sie will raus aus diesem Traum. Doch wo beginnt die Wirklichkeit?

Jemand berührt sie an der Schulter. Streicht ihr die Haare aus der Stirn. Sie hört wieder ein Gerät piepen. Nimmt widerwillig den sterilen Geruch wahr. Langsam öffnet sie die Augen.

Die Polizei ist da. Mit Dreitagebart und Bauchansatz, halblangen Haaren und einsamen Augen. Setzt das Basecap ab. Jesus. Der Erlöser. Stellt Fragen.

Erst wie eine Melodie.

Wie geht es dir jetzt?
Kommst du bald raus?
Hattest du schon Besuch?

Dann wie ein Schlagbohrer.

Wieso warst du nachts am See?
Warst du alleine?
Wie bist du auf die Badeinsel gekommen?
Hast du jemanden gesehen?
Kannst du dich an irgendetwas erinnern?

Sein Assistent, blond, jung, Augen voller Hunger auf Leben, will mitschreiben.

Es gibt nichts zum Mitschreiben.

Es gibt keine Antworten.

Nur ihr Lächeln.

Sie ist wieder allein. Vor dem Fenster klettert die Sonne über das Krankenhausdach. Die Sonne, die nichts gesehen hat. Die jeden Morgen aufgeht und ihr Licht auf die Abgründe der vergangenen Nacht wirft. Die immer zu spät kommt. Die Nacht bleibt ihr verborgen. Im

Dunkeln bleibt, was geschah, nur was ist, kommt ans Licht.

Langsam fährt sie sich mit der Hand über den Arm. Dann über den Bauch, die Oberschenkel. Verbände bedecken ihren Körper. Sollen heilen, was nie heilen wird. Die Wunden darunter bleiben. Sie brennen. Sie hämmern. Sie ziehen. Bei jeder kleinsten Bewegung. Wunden, so tief und immer da. Auch, wenn sie ganz still liegt.

Nur atmet.

Nur ist.

Sie lässt die Hand sinken. Sie schließt die Augen.

Ich bin die Sonne. Es gibt nur den Tag. Keine vergangene Nacht. *Ich bin die Sonne.* Die Nacht ist immer nur dort, wo die Sonne nicht ist. *Ich bin die Sonne. Ich war nicht da. Für mich existiert keine Nacht. Keine letzte Nacht.*

*

Trixi trat mit der Zeitung unter dem Arm aus der Tür, die auf den Schulhof führte. Jemand hatte die Zeitung unter der Bank liegen gelassen. Sie war auf der Seite mit den Lokalnachrichten aufgeschlagen und sah aus, als wäre sie eine Woche alt, so zerlesen war sie. Doch es war die aktuelle Ausgabe des Telpener Tagesblattes.

Trixi ignorierte den Schülerstrom, der an ihr vorbei und auf den Schulhof drängte, begierig, über die großen Neuigkeiten zu reden. Sich das Maul zu zerreißen. Oder irgendwo eine zu rauchen. Sie lehnte sich mit der aufgeschlagenen Zeitung an die rotbraune Backsteinwand des Schulgebäudes und las.

Schwerverbrecher aus Telpener Gefängnis ausgebrochen
Ist er der brutale Messerstecher vom See?

Wie erst jetzt offiziell bekannt wurde, ist in der Nacht vom 2. auf den 3. Juli der wegen dreifacher Vergewaltigung und zweifachen Mordes verurteilte Schwerverbrecher Silvio Zinke aus dem Telpener Gefängnis ausgebrochen. Die Polizei verfolgt mehrere Spuren, die bis jetzt jedoch alle im Sande verlaufen. Zur Frage, ob ein Zusammenhang zwischen Zinkes Ausbruch und der grausamen Verstümmelung eines 16-jährigen Mädchens in der gleichen Nacht am Telpener See vermutet wird, wollte sich Polizeihauptmeister Sälzer nicht äußern. Die Ermittlungen sowie die Fahndung laufen auf Hochtouren, so Sälzzer.

Je mehr Zeit nach einem Verbrechen verstreicht, desto schwieriger ist der Fall zu lösen – dieser Grundsatz der Verbrechensaufklärung dürfte auch Polizei-

hauptmeister Sälzer bekannt sein. Jede Nacht, die der Messerstecher vom Telpener Badesee in Freiheit verbringt, erhöht das Risiko, dass er ungeschoren davonkommt - oder ein zweites Mal zusticht.
Sind Telpens Straßen, Parks und Seen nachts noch sicher oder von flüchtigen Schwerverbrechern und Messerstechern bevölkert?

Die letzte Zeile verschwamm vor Trixis Augen. Erst als das Zeitungspapier knisterte, merkte Trixi, dass ihre Hände zitterten. Mit einer energischen Bewegung knüllte sie die Zeitung zusammen und schleuderte sie in den nächsten Abfalleimer.

Sie steckte die Hände in die Hosentaschen, blies sich den dicken, etwas zu langen Pony aus der Stirn und sah einen Moment unentschlossen über den Schulhof. Sie spürte es. Konnte es nicht genau in Worte fassen. Etwas war anders als sonst. Als vor zwei Tagen. Als Flora zum letzen Mal in der Schule gewesen war. Die Grüppchen standen noch enger beisammen. Die Bewegungen wirkten langsamer, vorsichtiger, als wollte man niemanden aus Versehen berühren. Als könnte man jemanden verletzen. Über den Schulhoflärm hatte sich ein dämpfender Nebel gelegt. Die Wörter ein Hauch. Ein Flüstern aus der Ferne. Hände wurde ineinander verschränkt oder vorgehalten, Blicke ausgetauscht und gesenkt.

Als wäre jemand gestorben, schoss es Trixi auf einmal durch den Kopf. Ihr Magen zog sich zusammen.

»Der Zinke hat sie abgeschlachtet, kein Thema, Mann«, hörte Trixi einen Jungen mit Stimmbruch sagen, der gerade mit zwei Kumpels an ihr vorbeiging.

Trixi verkrampfte die Hände in den Hosentaschen. Sie riss sich schließlich los und zwang sich, ein paar Schritte über den Schulhof zu laufen.

Mit Flora hatte sie immer ganz hinten auf der kleinen Mauer gesessen, die den Schulhof zur Baumschule abgrenzte. Trixi musste daran denken, wie Flora einmal nach einem verhauenen Biotest meinte, dann würde sie eben die Schule wechseln, und sich einfach mit dem Rücken nach hinten in die Baumschule fallen gelassen hat. Sie hatte zwischen zwei Rhododendren gelegen, ein paar Blätter im Gesicht gehabt und gegrinst.

Heute blieb die Mauer leer. Trixi wollte sich nicht dort hinsetzen. Das wäre, als würde sie alleine in ein Auto steigen, sich auf den Beifahrersitz setzen und darauf warten, dass jemand losfuhr.

Trixi lief dicht an einem Grüppchen aus der Parallelklasse vorbei.

»... und sie war ganz nackt? Wieso das denn?«

»Oh Mann, bist du bescheuert oder was? Wieso wohl? Weil der Typ sie vergewaltigt hat, was denn sonst.«

»Quatsch. Davon stand gar nichts in der Zeitung.«

»Natürlich nicht. Die bringen doch nicht alles. Schon mal was von Opferschutz gehört?«

»Voll unheimlich, Mann, stellt euch das mal vor – irgend so ein perverser Schwerverbrecher fällt über euch her wie ein Tier und schlitzt euch auf ...«

»Das muss voll der Psychopath sein. Ich meine, wer macht denn das, ein sechzehnjähriges Mädchen am ganzen Körper ...«

»Krank. Total krank ist das.«

»Und die haben den Typen immer noch nicht, der läuft irgendwo da draußen rum ...«

»Da draußen? Vielleicht isser hier auf dem Schulhof.«

»Jetzt spinn mal nicht rum!«

»Ey, hört endlich auf, ja! Eins sag ich euch: Freilichtkino mit mir könnt ihr heute Abend vergessen ... Oh, Scheiße ...«

»Was denn?«

»Pssst!«

Trixi spürte aus den Augenwinkeln die Blicke der anderen. Sie ging ruhig weiter, die Augen geradeaus gerichtet. Schnepfen, zischte sie in ihrem Kopf. Erst schleimen sie um Flora herum, dann kriegen sie vor Neid schmale Augen und jetzt ergötzen sie sich wie Hyänen an ihrem Unglück und hauen sich mit ihren kranken Fantasien die Köpfe voll.

Unbewusst steuerte Trixi auf die kleine Mauer zur Baumschule zu, ihre Beine noch auf Normalität programmiert. Erst ein paar Schritte davor hob sie den Blick und drehte schnell rechts ab. Beinahe stieß sie mit ein paar Jungen aus der Elften zusammen. Sie kannte sie flüchtig vom Schulhof, vielleicht auch vom Sport. Auf jeden Fall hatte sie keine Lust, mit ihnen zu reden. Sie bemerkten Trixi sowieso nicht, waren ins Gespräch vertieft. Trixi wich ihnen im letzten Moment aus.

»... ist doch krass, dass so was hier bei uns passiert.«

»Hätten eben den scheiß Knast nicht bauen sollen. Gab genug Demos dagegen.«

»Blödsinn! Als wäre der Knast an allem schuld. Mein Vater hat da immerhin 'nen Job. Außerdem – das mit der kleinen Duve kann sonst wer gewesen sein. Hast du gesehen, wie die rumläuft und sich aufführt?«

»Sexy Bitch.«

»Vielleicht hat sie es ... na ja, will mal sagen, irgendwie provoziert.«

»Hast du sie noch alle, Alter?«

Trixi blieb abrupt stehen.

Jetzt bemerkten sie auch die Jungen. Sie verstummten.

Trixi drehte sich um und sah einen nach dem anderen an. »Arschlöcher.« Sie spuckte ihnen das Wort angewidert vor die Füße.

Die Jungen starrten zurück, ohne etwas zu sagen.

Trixi ging weiter. Schneller als zuvor. Am liebsten hätte sie sich die Ohren zugehalten. Oder Musik gehört. So laut, dass es ihr das Gehirn wegdröhnte. Sich unsichtbar gemacht. Alles ausgeblendet. Einfach weggebeamt.

»He, Trixi, wart mal!«

Trixi kannte die Stimme. Warm und rau. Sie blieb stehen und sah sich um. Andro kam auf sie zu.

Er berührte sie kurz an der Schulter. »Hast du was gehört? Wie geht es ihr?«

Sie musterte ihn. Er wirkte gehetzt, die Augen unstet. Sie waren fast schwarz. Überreife Brombeeren. Flora stand auf dunkle Typen. Und Andro war so was von dunkel. Nicht seine Haut, aber alles andere: seine Haare, seine Augen, seine Stimme, seine Vergangenheit.

Trixi verstand, was Flora an Andro gefiel. Was den meisten Mädchen an ihm gefiel. Er war unvollkommen schön. Er hatte keins dieser Modelgesichter, die so glatt und perfekt waren, dass der Blick nirgendwo hängen bleiben konnte. Seine Nase war zu groß, die Spitze hatte einen kleinen Knick. Die Augen standen eng beieinander. Das machte seinen schwarzen Blick noch intensiver.

»Warst du noch nicht bei ihr?«, fragte sie leise.

Er schüttelte den Kopf. »Ihre Mutter hat gesagt, sie will keinen sehen. Braucht erst mal Ruhe. Ich hab es mehrmals auf dem Handy probiert, aber sie geht nicht ran.«

»Hab ich auch schon. Sie hat es ausgeschaltet.« Trixi strich sich mit dem Zeigefinger den blonden

Pony aus der Stirn. Dabei ließ sie Andro nicht aus den Augen.

»Ich weiß nur, dass sie gestern entlassen wurde. Im Krankenhaus können sie wohl nichts mehr machen. Sie muss noch ein paarmal zur ambulanten Kontrolle. Aber ansonsten ist sie erst mal zu Hause.«

»Ich werd es heute Nachmittag einfach probieren«, beschloss Trixi. »Sie kann sich doch nicht total einigeln. Wenn sie mich echt nicht sehen will, rede ich eben mit ihrer Mutter. Besser als gar nichts.« Trixi folgte Andros Blick. Er hatte den Kopf halb zum kleinen Schultor gewandt, durch das gerade zwei Mädchen kamen.

»Find ich gut. Mach ich auch, wenn ich es schaffe.« Er sah wieder zu Trixi. »Hätte ich gestern schon machen sollen. Aber irgendwie … na ja, ich wollte nicht nerven, weißt du. Vielleicht braucht Flora echt ein bisschen Zeit für sich, nach diesem abartigen Scheiß …«

»Vielleicht weiß Flora nach diesem abartigen Scheiß auch einfach nicht, was sie braucht. Vielleicht hat sie Angst, jemanden zu sehen. Oder dass sie jemand so sieht. Vielleicht ist es ihr peinlich. Vielleicht wird es mit jedem Tag, den sie alleine in ihrem Zimmer hockt, nur noch schlimmer.« Trixi sah kurz über den Schulhof. »Wenn ich noch mehr von diesem Blödsinn hier höre und nicht selbst mit ihr spreche, werde ich auf jeden Fall verrückt. Ich muss sie sehen.«

Andro betrachtete Trixi einen Moment, als würde er sie zum ersten Mal sehen. Seine Pupillen waren jetzt vollkommen schwarz. Dann nickte er langsam.

Es klingelte.

Schweigend gingen Andro und Trixi auf die Schultür zu. Es wirkte, als würden sie zufällig nebeneinander laufen. Das, was sie verband, fehlte.

Trixi hatte wieder das Gefühl, dass die Menge um sie herum verändert war. Dieses Mal spürte sie es noch deutlicher. Wie immer liefen die Schüler nach dem Klingeln auf die Schultür zu. Aber der Rhythmus war ein anderer, das Tempo verändert. Etwas zerrte an den Füßen, machte die Beine schwer, verlangsamte die Schritte. Etwas ließ die Stimmen flüstern, die Blicke ruhelos und kalt werden. Etwas hatte sich wie ein schwerer, alter, lähmender Mantel über sie alle gelegt. Auf einmal wusste Trixi, was es war. Sie konnte es riechen.

Es war Angst.

3. Kapitel

Zeugenvernehmung von Jürgen Ludwig

Zur Person

Name:	Ludwig
Vorname:	Jürgen
Geb.Datum:	15.3.42
Beruf:	Rentner
Wohnort:	Telpen
Adresse:	Ahornweg 6

Vernommen im Fall der gefährlichen Körperverletzung zum Nachteil von Flora Duve. (Vernehmung durchgeführt von Polizeihauptmeister Sälzer)

Zur Sache

F: Herr Ludwig, bitte schildern Sie, was Sie in der Nacht vom 2. auf den 3. Juli am Telpener See vorgefunden haben.

A: Wissen Sie, das ist keine Nacht, an die ich mich gerne erinnere.

F: Verständlich, aber tun Sie es einfach bitte.

A: Tja, na ja, ich gehe ja immer morgens schwimmen, Herr Kommissar. Also habe ich mich auf meinen Drahtesel geschwungen und bin zum See gefahren.

F: Wann kamen Sie am See an?

A: Ich bin Punkt 3 Uhr losgefahren, also muss ich ungefähr 3:10 Uhr am See gewesen sein.

F: Um die Uhrzeit wollten Sie schwimmen gehen?

A: Ja. Ich ... ich hatte Schlafprobleme. Jetlag. Meine Frau und ich, wir waren zwei Wochen in der Dominikanischen Republik. Spitzenhotel. Doller Strand ...

F: Seit wann sind Sie wieder hier?

A: Seit vier Tagen, nein, warten Sie, seit fünf Tagen.

F: Ist ein hartnäckiger Jetlag.

A: Korrekt.

F: Sie kamen also gegen 3:10 Uhr am Telpener See an. Was passierte dann?

A: Ich hab meinen Drahtesel an Ellas Kiosk abgestellt. Diese Pappbude, kennen Sie vielleicht. Und wissen Sie, was das Komische ist? Da habe ich schon gespürt, dass etwas nicht stimmt. Ich hatte auf einmal so ein Gefühl ... ein ganz schlechtes eben.

F: Wieso? Wodurch wurde es ausgelöst?

A: Ich sage Ihnen doch: Es war so ein Gefühl. Als ob man die Anwesenheit von einem anderen Menschen spürt. Alles war ganz still. Und dann der Vollmond ... Ich kriege jetzt noch Muffensausen, Herr Inspektor.

F: Sie standen also am Kiosk. Und dann?

A: Dann habe ich mich umgedreht. Mein Blick fiel sofort auf den See. Und die Badeinsel. Das ging gar nicht anders. Das war wie ein Magnet. Und da lag sie dann.

F: Es war mitten in der Nacht. Wie konnten Sie etwas erkennen?

A: War ja Vollmond. Der Körper hat ganz hell geleuchtet. Mitten auf der Badeinsel. Im ersten Moment dachte ich, Jürgen, dachte ich, jetzt geht's los. Jetzt spielen sie verrückt, die kleinen Zellen da oben in deiner Omme. Guckst zu viele Krimis. Ich hab geblinzelt, hab ja gehofft, dass ich mir alles nur einbilde. Denn so eine Einbildung ist schlimm genug, aber ein echtes Mädchen wäre noch viel schlimmer. Tja, aber das nackte Mädchen auf der Badeinsel verschwand nicht. Als mir das klar wurde, als mir klar wurde, dass da ein richtiger Mensch lag, bin ich beinahe aus den Latschen gekippt. Und wie die so dalag ... das sah irgendwie bizarr aus. Also, verstehen Sie mich nicht falsch, es sah nicht schön aus, aber doch wie ... wie ein Kunstwerk. Wie dieses Bild von Leonardo da Vinci, wissen Sie, wo so ein Mensch im Kreis dargestellt ist.

F: Der vitruvianische Mensch.

A: Ach, heißt das so?

F: Wenn ich Sie also richtig verstehe, hatte das Mädchen die Arme und Beine wie ein V von sich gestreckt?

A: Korrekt. Das schlechte Gefühl, das ich hatte, wurde immer schlechter. Als ob man schon weiß, etwas Furchtbares kommt auf einen zu, aber das Hirn weigert sich, es zu begreifen. Und dann ... dann hab ich das Blut gesehen. Es war überall. Überall auf ihrem Körper. Es war schrecklich. Erst stand ich einfach nur da und starrte auf den See. Ich konnte nicht mehr denken. Da war wie so eine Blase in meinem Kopf. So etwas hatte ich noch nie. Ich habe ja auch noch nie so etwas erlebt, wissen Sie.

F: Sie standen also eine Weile beim Kiosk. Und dann?

A: Ich wusste, dass ich schnell etwas unternehmen musste. Ich habe mein Mobiltelefon aus dem Gefrierbeutel gefummelt. Meine Hände haben gezittert. Beinahe wäre es mir ins Wasser gefallen. Ich hab dann 112 angerufen. Sogar dabei hab ich mich erst mal vertippt. Na ja, wichtig ist nur, was hinten rauskommt, nicht wahr? In dem Moment habe ich erst richtig verstanden, wozu diese Handys da sind.

F: Danach haben Sie also auf die Rettung gewartet?

A: Wo denken Sie hin! Ich konnte doch nicht einfach rumstehen, während das Mädchen auf der Badeinsel lag und vielleicht verblutete. Stellen Sie sich doch nur vor: Wenn sie nun gestorben wäre, ganz alleine, nackt auf einem See, voller Schmerzen. Ich ... ich wollte ihr beistehen. Vielleicht konnte ich etwas für sie tun, Erste Hilfe oder einfach nur da sein. Also bin ich zur Badeinsel geschwommen und habe mich hochgezogen. Den Anblick werde ich nie mehr aus dem Kopf bekommen, so sehr ich es auch versuche. Ihr Gesicht war die einzige Stelle, die nicht voller Blut war. Es sah jung aus, unschuldig, wie von einem Engel. Sie sah aus, als ob sie schlief. Aber der Rest ... am liebsten hätte ich sie zugedeckt. So etwas, Herr Inspektor, vertragen keine Augen. Unvorstellbare Schmerzen muss sie erlitten haben. Der ganze Körper bestand nur noch aus Hautfetzen und Blut. Ich ... ich konnte nicht hinsehen. Ich habe so getan, als würde es den Rest des Körpers nicht geben, mich neben ihren Kopf gehockt und den Puls gefühlt. Er war schwach, aber da.

F: Und was haben Sie auf der Badeinsel gemacht, bis die Rettung kam?

A: Ich habe ihre Hand gehalten. Und mit ihr geredet. Dachte, das hält sie am Leben.

F: Hat sie irgendeine Reaktion gezeigt?

A: Nein, leider nicht. Es ist seltsam, aber ich hatte fast das Gefühl, sie hatte Angst vor mir oder wollte nicht, dass ich da bin.

F: Wie kommen Sie darauf?

A: Na ja, eben wieder nur so ein Gefühl, Herr Polizeirat. Kann es nicht begründen. Ich bin ein lausiger Zeuge, was?

F: Keine Angst, ich hatte schon lausigere. War sonst irgendetwas auf der Badeinsel? Irgendwelche Gegenstände?

A: Nichts, soweit ich mich erinnern kann.

F: Ist Ihnen am Ufer irgendetwas aufgefallen?

A: Schwer zu sagen. Ich war ja vollkommen durcheinander wegen dem Mädchen auf der Badeinsel. Gesehen habe ich niemanden, falls Sie das meinen.

F: Hatten Sie das Gefühl, beobachtet zu werden?

A: Manchmal hat es im Schilf geraschelt. Oder das Wasser hat sich gekräuselt. Da macht man sich seine Gedanken. Aber wie gesagt, ich habe niemanden gesehen.

F: Was passierte dann?

A: Dann kamen auch schon der Krankenwagen und

die Streife. Die Wasserwacht hat das Mädchen mit einem Boot und so einer Trage von der Badeinsel geholt. Na ja, und da hatte ich jetzt nicht mehr so viel zu melden. Wenn Experten am Werk sind, da sag ich mir immer, die soll'n mal machen. Erst da habe ich gemerkt, wie mich das Ganze mitgenommen hat. Ich konnte kaum einen vollständigen Satz sagen, als Ihre Kollegin von der Streife dann meine Personalien aufgenommen und mich befragt hat. Eine sehr nette junge Dame übrigens.

F: Was haben Sie gemacht, nachdem meine nette junge Kollegin Sie befragt hat?

A: Nach Schwimmen war mir dann nicht mehr, das können Sie mir glauben. Ich hab meinen Drahtesel nach Hause geschoben.

F: Ist Ihnen auf dem Hinweg zum See oder auf dem Rückweg jemand begegnet?

A: Auf dem Hinweg habe ich niemanden gesehen. Ganz sicher. Ich erinnere mich, dass ein Hund gebellt hat. Aber das hörte sich ziemlich weit weg an. Und auf dem Rückweg ... Tut mir leid, aber da war ich so in Gedanken, da habe ich um mich herum nichts mehr mitbekommen.

F: Danke, Herr Ludwig. Das war's schon.

A: Darf ich Sie auch kurz etwas fragen?

F: Nur zu.

A: Sind Sie dem Kerl schon auf der Spur?

F: Das ist unser Job.

A: Wenn Sie mich fragen: Der Kerl ist vollkommen meschugge. Einer mit so einem spirituellen Wahn.

F: Wieso das?

A: Ich sehe das so: Ein Dieb klaut. Ein Sexualtäter vergewaltigt. Ein Mörder tötet. Aber was dem Mädchen angetan wurde, hat damit nichts zu tun. Wer ein wehrloses, junges Ding so zurichtet und womöglich dem langsamen, qualvollen Tod weiht, der ist abgrundtief böse und unheilbar krank im Kopf.

F: Das mag sein. Aber wie kommen Sie ausgerechnet auf den spirituellen Wahn?

A: Dieses Bild, wie das Mädchen halb tot auf der Badeinsel lag, taucht immer wieder in meinem Kopf auf. Und bei diesem Bild habe ich immer einen Gedanken: Er hat das Mädchen wie eine Opfergabe auf die Insel gelegt.

F: Interessant. Vielen Dank für diesen Hinweis, Herr Ludwig.

A: Doch eine Selbstverständlichkeit, Herr Polizei...

F: ... Sälzer, mein Name. Wir melden uns bei Ihnen, sollten noch Fragen auftauchen.

*

Leif Sälzer las sich das Protokoll der Zeugenvernehmung zum zweiten Mal durch. Er saß in dem kleinen Park neben der Polizeiwache auf einer Bank, die statt der ursprünglich zwei nur noch einen Sitzbalken hatte und an der die Farbe abblätterte. Es kümmerte sich keiner um die Bank, wie um so vieles in dieser Stadt, was nicht in einem privaten Vorgarten stand.

Sälzer hielt eine Salzstange zwischen Daumen und Zeigefinger. Ab und zu biss er gedankenverloren davon ab oder hielt sie nur kurz an den Mund.

Wie eine Opfergabe, hatte Herr Ludwig den Anblick von Flora Duve in der Nacht oder besser den frühen Morgenstunden auf der Badeinsel beschrieben.

War sie das, eine Opfergabe?

Wem sollte sie geopfert werden?

Warum gerade sie?

Genau genommen hatte der Täter sie nicht geopfert. Flora Duve war noch am Leben. Zum Glück. Es war kein versuchtes Tötungsdelikt. Laut Aussage der Mediziner hätte Flora Duve nicht verbluten können, allerdings hätte sie durch Unterkühlung in einen lebensbedrohlichen Schock fallen können.

Hatte der Täter das einkalkuliert? Ob gewollt oder nicht: Er hatte mit Floras Leben gespielt, kein Zweifel.

Vielleicht, überlegte Sälzer, wollte der Täter Flora nicht opfern, sondern sie nur wie ein Opfer aussehen lassen. Er wollte ein Zeichen setzen. Sälzer hatte das Gefühl, der Täter wollte jemandem eine grausame Lehre erteilen, womöglich Flora selbst oder einer anderen Person. Das Ganze schrie doch förmlich nach Aufmerksamkeit. Ein wehrloses Mädchen, nachts, nackt, nicht im Gebüsch oder im Schilf, nein, mitten auf einer Holzinsel im Badesee der Stadt. Es fehlte nur noch das Flutlicht.

Aber das Gefühl war genauso unbestimmt wie die Gefühle von Herrn Ludwig. Er konnte sie nicht belegen, hatte keine Beweise. Noch nicht einmal eine Tatwaffe. Genauso gut konnte die Tat aus Rache geschehen sein, aus Liebe oder Eifersucht ... noch gab es zu viele Möglichkeiten.

Der Polizeihauptmeister drehte die Salzstange zwischen den Fingern. Er versuchte, sich zu beruhigen, sagte sich, sie stehen erst am Anfang der Ermittlungen. Eins nach dem anderen. Weitere Zeugen suchen, sie vernehmen, mit den Angehörigen reden, mit Freunden. Sich ein Bild machen. Dann den Kopf zerbrechen.

Doch das war nicht leicht. Besonders, wenn gerade ein Schwerverbrecher frei herumlief. Natürlich konnte Silvio Zinke schon längst über alle Berge sein, aber er konnte genauso gut noch hier in Telpen sein. Irgendwo. In einem der kleinen Wäldchen, die die Stadt umgaben, in einem leer stehenden, verfallenen Altbau oder auf einem geschlossenen Fabrikgelände. Davon gab es hier genug.

Silvio Zinke. Wegen dreifacher Vergewaltigung und zweifachem Mord zu lebenslanger Haft verurteilt. Die Vergewaltigungen, die in zwei Fällen mit dem Tod der Opfer endeten, waren durch besondere Brutalität gekennzeichnet gewesen. Leif Sälzer erinnerte sich noch genau daran, wie der damals meistgesuchte Schwerverbrecher Deutschlands in der Nähe der französischen Grenze gefasst wurde. Er selber war nicht dabei gewesen, aber es ging durch alle Medien. Durch einen Hinweis aus der Bevölkerung konnte ihn die Polizei in einer Kneipe festnehmen, wo er seelenruhig sein Bier trank. Er sah aus wie ein Beamter, der sich ein Feierabendbier genehmigte. Hellblaues Hemd, rahmenlose Brille, schütteres, blondes Haar. Kleine, wache Augen, ein schüchternes Lächeln. Er wäre der Nachbar gewesen, dem man im Urlaub den Schlüssel zum Blumengießen gegeben hätte.

Bei der Festnahme leistete er keinen Widerstand, hatte keine Personalien bei sich. Erst, als man die Fingerabdrücke nahm und abglich, bestand Gewissheit.

Zinke wurde in der damals neu in Betrieb genommenen Justizvollzugsanstalt am Rand von Telpen untergebracht. Dort sollte er seine lebenslange Freiheitsstrafe absitzen. Silvio Zinke hatte offenbar andere Pläne.

War Flora Duve ihm zum Opfer gefallen? War sie einfach nur zur falschen Zeit am falschen Ort gewesen und hatte Zinke bei der Flucht im Weg gestanden? Wenn, dann hatte Zinke seine Handschrift geändert. An Flora Duve waren keine Spuren einer Vergewaltigung festgestellt worden. Die Brutalität war eine andere, perfider, unterschwelliger. Trotzdem kam Zinke als Täter infrage. Von der Justizvollzugsanstalt zum See war man zu Fuß in einer guten Stunde. Wenn man rannte, vielleicht auch in fünfundvierzig Minuten. Zinke hätte sich am See, der direkt an einer Bundesstraße lag, verstecken und auf einen Komplizen warten können. Oder auf eine andere Gelegenheit, die Gegend zu verlassen. Flora Duve hätte ihn dabei gestört. Sie war allein am See. Ein Mädchen. Zierlich. Wehrlos. Vielleicht hatte sie ihn gesehen. Vielleicht wollte Zinke mit der Tat nur ein Zeichen setzen. Wenn, dann war die Botschaft klar: Kommt mir nicht in die Quere.

Und wenn es doch noch einmal jemand tat ...?

4. Kapitel

Andro strich Floras Haare hinter ihre Ohren. Sie saßen auf ihrem Bett. Ein Bett wie aus Tausendundeiner Nacht. Runde Kissen, Chiffonhimmel. Alles in knallrot. Früher hatte er gedacht: wie Klatschmohn.

Er saß hinter ihr. Ihr Rücken lehnte an seinem Oberkörper. Er kam Andro noch schmaler vor als sonst. Er spürte ihre Atmung. Er roch ihr Shampoo, Haargel oder was immer es war. Es roch süß und frisch zugleich. Wie eine Mischung aus Lakritz und Zitrone. Wie Flora.

Trixi hatte recht gehabt. Flora musste jemanden sehen, brauchte Hilfe. Auch wenn sie das niemals sagen würde. Es war richtig, dass er gleich nach der Schule zu ihr gegangen war. Stumm betete er diesen Satz vor sich hin. Wieso fühlte es sich dann nicht richtig an? *Richtig, richtig, richtig.* Richtig konnte auch richtig falsch sein. Verdammt falsch. So wie er.

Fast eine Stunde war er bei ihr. Fast eine Stunde lang hatte er sie in den Armen gehalten. Er wusste nicht, was er sagen sollte. Auch sonst redete er ungern mehr als das Notwendige. Aber was war jetzt notwendig? Sollte er ihr wieder und immer wieder sagen, wie unsagbar leid es ihm tat?

Klar doch. Gerade er.

Er zog Flora an sich heran, steckte die Nase in ihre Haare und sog den Duft ein. Die Haare waren weich, wie ihre Haut. Zum Versinken. Immer noch.

»Hast du dir Sorgen gemacht?«, fragte Flora leise. Ihre Stimme war belegt.

»Klar. Was denkst du denn.«

»Weiß nicht.« Flora wandte den Kopf halb zu ihm.

Er strich über ihre Wange.

Sie starrte geradeaus.

Die schwarzen, langen Wimpern regten sich nicht. Floras grünbraune Augen waren wässrig.

Andro nahm innerlich drei Anläufe, bevor er fragte: »Und du kannst dich wirklich an gar nichts erinnern?«

Flora wandte sich wieder ab, verharrte reglos mit dem Rücken zu Andro. Die Sekunden verstrichen. Andro dachte schon, sie hätte seine Frage nicht gehört. Doch dann drehte Flora sich auf einmal um, setzte sich ihm gegenüber und sah ihn an.

Sie sah ihn an.

Sah ihn an.

Sah ihn an.

Andro hörte in seinem Kopf eine Uhr ticken. *Meine Zeit läuft ab.* Was wusste Flora? Was wollte sie? Er suchte in Floras Augen nach einer Antwort. Doch er konnte ihren Blick nicht lesen. Es war, als hätte ihn der klatschmohnrote Chiffonhimmel verschleiert. Flora war weit weg.

»Doch. An etwas kann ich mich erinnern«, sagte Flora schließlich langsam.

Andro sah sie ausdruckslos an.

Tick. Tick. Tick.

»An dich.«

Andro hielt ihrem Blick stand.

»Und an deine Worte.«

Tick. Tick. Tick.

»Und an das, was du nicht gesagt hast.«

Andro schwieg. Egal, was er sagen würde, es würde falsch sein. Entweder eine Lüge oder etwas, was sie nicht hören wollte. Was sie verletzen würde. Noch mehr.

»Was ist?« Flora zog eine Augenbraue hoch. »Kannst *du* dich jetzt etwa nicht mehr erinnern?«

Andro wandte den Blick von ihr ab. Er starrte auf eine Konzertkarte, die Flora neben einen Spiegel an die Wand gepinnt hatte. Sie waren zusammen bei diesem Konzert gewesen. Erst vor ein paar Wochen. Das Konzert war gut gewesen. So wie alles andere damals. »Doch«, sagte er schließlich und sah Flora in die Augen. »Ich kann mich sehr gut erinnern.« Er wusste, dass es ein Wort gab, mit dem er sich nichts vergab. »Entschuldige.« Sein Mund war trocken.

Flora sah ihn lange an. Andro hatte das Gefühl, der Minutenzeiger seiner imaginären Uhr drehte mehrere Runden. Das konnte Flora schon immer gut: schweigen, bis der andere weich wurde. Schweigen, bis sie damit alles gesagt hatte.

Schließlich streckte sie ihre Hand nach ihm aus. Ihre Finger zitterten. Die Gesichtsmuskeln am Kiefer zuckten.

Eine Sekunde war Andro sich nicht sicher, ob sie ihn umarmen oder erwürgen wollte. Er blieb steif sitzen und starrte auf Floras Hand, als wäre sie eine Vogelspinne.

Floras Finger berührten seinen Nacken, dann fuhr sie ihm langsam um den Hals und zog ihn an sich heran. Sie vergrub ihr Gesicht in seinen Haaren. »Mir tut es auch leid. Furchtbar leid«, flüsterte sie.

Andro hatte das Gefühl, unter einer Wechseldusche zu stehen. Floras Hand war kalt, ihr Atem warm. Doch das allein war nicht der Grund. Er legte beide Arme um ihren Rücken und zog sie an sich heran. Behutsam. Er wollte keine Wunden aufreißen. Wo und welche auch immer.

Einen Moment atmeten sie im Gleichklang.

Andro.

Flora.

Andro.

Flora.

Dann galoppierte ihr Atem davon.

»Nichts mehr mit Schönste im ganzen Land, was?«, flüsterte Flora und hob den Kopf.

Andro sah Flora verwirrt an.

»Lippen, rot wie Blut, und Haare, schwarz wie Ebenholz«, sagte sie leise.

Jetzt erinnerte sich Andro. Er strich Flora über die Haare, dann berührte er kurz mit dem Daumen ihre Lippen. »Haut doch noch hin.«

»Aber Haut weiß wie Schnee gerade wohl eher nicht.« Flora verzog die Lippen. »Das ist für dich wahrscheinlich total widerlich.«

Andro nahm Floras Gesicht in beide Hände. »Bist du bescheuert, Flora Duve? Na klar bist du noch die Schönste im ganzen Land.«

Flora lächelte. So kurz, dass man es kaum erkennen konnte. Dann küsste sie ihn. Vorsichtig, als wäre es das erste Mal. Langsam lösten sich ihre Lippen. Flora verharrte mit ihrem Mund nur einen Hauch von Andros Lippen entfernt, auf die sie den Blick gesenkt hatte. »Das mit uns am See«, sagte sie leise und wie im Halbschlaf, »vergessen wir das einfach?«

Andro sah Flora ungläubig an. »Kannst du das? Einfach vergessen?«

»Ich will.« Flora legte den Kopf schräg, dann zuckte sie mit den Schultern. »Und offiziell hab ich es schon vergessen.«

»Wie meinst du das?«

»Keiner weiß etwas von dir. Die Polizei nicht, meine Mutter nicht und Trixi muss es auch nicht wissen.«

Andro zögerte. »Warum tust du das?«

»Für uns.«

Andro betrachtete Flora befremdet. Er verstand

sie noch weniger, als er geglaubt hatte. Ihm schossen tausend Fragen durch den Kopf. Er hatte Angst, sie zu stellen, er hatte Angst vor den Antworten. Die Situation war einfach zu bizarr. »Danke«, sagte er schließlich mit rauer Stimme.

*

Sie liegt auf dem Bett. Dort, wo er eben noch saß. Sie möchte den Hall seiner Stimme festhalten, seine Wärme einfangen, seinen Geruch. Möchte, dass er in sie kriecht, sie gleichzeitig umhüllt und ihr den Rücken kehrt, um immer wieder zu ihr zurückzukommen.

Besinnungslos. Bedingungslos. Begehren.

Sie hat geschlafen, unruhig voller Kälte, ist aufgewacht. Hat sich die letzte Angst aus den Augen gerieben.

Er

war da.

Er

ist da.

Er

wird da sein.

Unendlich. Unsterblich. Unantastbar.

Sie schlägt sich mit den Fäusten auf den Kopf. Hämmert es ein. Für alle Ewigkeit. Ein Leben. Ihr Leben.

Er ist immer dort, wo sie ist. Sie ist immer dort, wo er ist. Sie sind. IhreArmeSeineArme. Kokon für zwei. Lassen niemanden hinein. Draußen regnet das Leben, wütet der Tag, müde Menschen fressen sich auf, die

Zeit drückt auf die Lungen. Sie sehen noch nicht einmal hin.

Sie zieht die Beine an, umschlingt sie. Sie starrt an die Decke, murmelt.

Androflorandroflorandro.

Es wird nie wieder wehtun.

5. Kapitel

Zeugenvernehmung von Karoline Duve

Zur Person

Name:	Duve
Vorname:	Karoline
Geb.Datum:	2.8.76
Beruf:	stellvertretende Leiterin der Kulturwerkstatt
Wohnort:	Telpen
Adresse:	Edvard-Grieg-Str. 18

Vernommen im Fall der gefährlichen Körperverletzung zum Nachteil von Flora Duve. (Vernehmung durchgeführt von Polizeihauptmeister Sälzer)

Zur Sache

F: Frau Duve, wann haben Sie Ihre Tochter am 2. Juli zum letzten Mal gesehen?

A: Das muss beim Frühstück gewesen sein. Ich habe an dem Tag länger gearbeitet. Wir hatten eine Tanzaufführung in der Kulturwerkstatt. Ich bin nach der Arbeit nicht nach

Hause gekommen sondern gleich essen gegangen. Makaber, oder?

F: Was?

A: Ich sitze im Restaurant, trinke, esse, lache, während meine Tochter ...

F: Mit wem waren Sie essen?

A: Mit Götz. Götz Gerlinger, mein Freund. Oder Lebenspartner, wenn das besser klingt.

F: Sie haben Ihre Tochter also den ganzen Tag nicht gesehen?

A: Nein. Ich wünschte, das hätte ich. Vielleicht wäre dann alles anders gekommen. Ich dachte, sie verbringt den Abend mit Andro oder Trixi. So läuft das meistens bei uns. Sie ist sechzehn. Ich vertraue ihr. Überbemuttern bringt nichts, da kommt höchstens das Gegenteil dabei heraus. Das habe ich ja bei meiner Mutter gesehen.

F: Sie war sehr streng?

A: So streng, dass ich abgehauen bin.

F: Und dann mit 18 schwanger geworden?

A: Sie wissen ja schon alles.

F: Wo ist Floras Vater?

A: Keine Ahnung.

F: Aber wer er ist, wissen Sie doch, oder?

A: Ungefähr. Ist lange her. Was hat das mit heute zu tun?

F: Wir klären Floras Umfeld.

A: Ihr Vater gehört sicher nicht dazu.

F: Sie haben Flora also alleine großgezogen?

A: Ja. Zuerst ganz alleine, dann mit meinen Eltern. Ich habe mich mit meiner Mutter versöhnt. Aber sie hat uns früh verlassen. Sie war sehr krank. Das wusste ich nicht. Flora hat sehr an ihr gehangen. Sie war neun, als ihre Oma starb.

F: Hat Flora außer Ihnen und ihrem Großvater noch andere Bezugspersonen?

A: Bezugspersonen. Wie das klingt. Trixi ist ihre beste Freundin. Seit der ersten Klasse. Die beiden sind fast wie Schwestern.

F: Was ist mit Floras Freund?

A: Andro. Gute Frage. Flora lässt mich da nicht reingucken. Ich fürchte, es hat sie ziemlich erwischt.

F: Sie fürchten?

A: Na ja, ich finde, Flora ist noch ein bisschen zu jung für die große Liebe für die Ewigkeit. So tut sie aber manchmal. Als wäre Andro derjenige, auf den sie immer gewartet hat. Sie ist da viel romantischer und dramatischer als ich.

F: Was halten Sie von Andro?

A: Er ist schon okay. Etwas verschlossen vielleicht. Aber ich kann verstehen, was sie an ihm findet. Wahrscheinlich hätte ich mich mit sechzehn selbst in ihn verliebt.

F: Sie sagten, Sie haben Flora am 2. Juli zum letzten Mal beim Frühstück gesehen. Wie war sie da?

A: Normal. Sie ist ein Morgenmuffel. Sagt morgens nicht viel. Ich glaube, an dem Morgen war sie ein bisschen genervt, dass Götz und Hagen auch da waren. Aber das ist auch normal.

F: Ihr Freund wohnt bei Ihnen?

A: So gut wie.

F: Und Hagen ist ...?

A: Der Sohn von Götz. Er wohnt nur vorübergehend bei uns, und nur an den zwei Tagen, an denen er in Telpen Praktikum hat.

F: Und Flora ist nicht besonders erfreut darüber, dass Götz und Hagen so gut wie bei Ihnen eingezogen sind?

A: Das Übliche eben. Es ist ihr Revier, ihre Mama. Ich kann verstehen, dass sie das nervt. Flora lässt dann manchmal die Zicke heraushängen, aber im Grunde funktioniert es ganz gut. Wir haben uns nie deswegen gestritten.

F: Flora war also beim Frühstück ganz normal. Und Sie haben sie erst wieder gesehen, als sie bereits im Krankenhaus lag?

A: Ja. Es war das Furchtbarste, was ich je erlebt habe. Schlimmer als der Tod meiner Mutter damals.

F: Sie haben also vom Morgen des 2. Juli an nichts mehr von Ihrer Tochter gehört.

A: Nein. Das stimmt so nicht. Ich habe mit ihr telefoniert, am Abend.

F: Wann war das genau?

A: Ich habe sie angerufen, als wir das Restaurant verlassen haben. Das muss ungefähr kurz vor zehn gewesen sein. Ich habe es erst zu Hause versucht, aber da ging keiner ran. Dann habe ich auf dem Handy angerufen. Flora klang ganz normal. Sie meinte, sie wäre bei Trixi und würde auch dort übernachten. Das machen die beiden öfters, bei dem anderen übernachten. Ich habe gar nicht weiter darüber nachgedacht. Ich ... ich habe einfach überhaupt nichts bemerkt. Vielleicht war ich zu sehr mit meinen eigenen Sachen beschäftigt. Ich hätte mehr nachfragen sollen. Ich hätte bei Trixi anrufen sollen. Ich ... ich hätte für sie da sein müssen, sie beschützen. Sie ist doch mein Kind!

F: Flora wusste zu dem Zeitpunkt wahrscheinlich selbst noch nicht, in welcher Gefahr sie sich befand. Sie konnten nichts merken.

A: Trotzdem. Es heißt doch immer: Eine Mutter spürt so was. Ich habe nichts gespürt. Null.

F: Frau Duve, haben Sie eine Ahnung, warum

Flora Sie belogen und nicht gesagt hat, dass sie am See ist?

A: Sehen Sie, noch nicht einmal das habe ich gemerkt. Aber lügen konnte Flora schon immer erschreckend gut. Ich habe sie im Krankenhaus gefragt. Sie meinte, ich wäre nur beunruhigt gewesen, wenn sie gesagt hätte, dass sie nachts alleine am See sitzt.

F: Hat sie gesagt, was sie da wollte?

A: Alleine sein. Nachdenken.

F: Worüber?

A: Weiß ich nicht. Worüber sechzehnjährige Mädchen so nachdenken. Liebe, Zukunft, Sinn, Leben und Tod, richtig und falsch, wichtig und unwichtig ...

F: Macht Flora das öfters, alleine nachts an den See fahren?

A: Nicht dass ich wüsste.

F: Und beim Telefonat haben Sie absolut nichts Ungewöhnliches bemerkt?

A: Nein. Gar nichts. Sie klang wie immer. Wir haben allerdings nur kurz geredet. Gott, wenn ich daran denke, dass diese Bestie da vielleicht schon in ihrer Nähe war ... Wenn ich mir das vorstelle, wie sie da sitzt, vollkommen wehrlos, nackt, arglos, das Leben liegt vor ihr wie ein Sternenhimmel, und dann kommt dieses kranke Monstrum und ... und ... Entschuldigung.

F: Haben Sie eine Vermutung, wer es getan haben könnte?

A: Ich frage Sie: Wer tut so etwas? Welcher Mensch? Ist das überhaupt ein Mensch?

F: Könnte es jemand gewesen sein, den Flora kennt?

A: Sie meinen, ob Flora Feinde hatte? Nein. Höchstens ein paar Neider. Oder Leute, denen sie zu laut ist. Sie steht gerne im Mittelpunkt. Ich kann mir schon vorstellen, dass sie den einen oder anderen mit ihrer etwas schrillen Art nervt, aber das ist doch kein Grund, so etwas ...

F: Und die Jungs?

A: Flora hatte schon in der Kinderkrippe Freunde und Verehrer. Der Strom ist seitdem nicht abgebrochen. Sie erzählt mir da in letzter Zeit nicht so viel. Außerdem gibt es ja jetzt Andro.

F: Wie lange sind die beiden eigentlich zusammen?

A: Schätze, vier, fünf Monate.

F: Gut, das war es dann vorerst, Frau Duve. Sollten wir noch Fragen haben, melden wir uns bei Ihnen. Und sollte Ihnen noch etwas einfallen, rufen Sie mich bitte an.

*

»Willst du auch 'nen Kaffee, solange du wartest?« Karoline Duve kam mit einer Tasse aus der Kochnische.

Trixi schüttelte den Kopf. Sie saß auf der Küchencouch mit dem lilafarbenen Überwurf. Auf der rechten Seite stapelten sich Zeitungen und Musikzeitschriften. Hinter ihr auf dem Fensterbrett reihten sich Blumentöpfe aneinander. Die Blätter einer gigantischen Aloe vera berührten fast ihren Hinterkopf. Nebenan im Bad lief die Dusche.

Frau Duve setzte sich an den großen Küchentisch, stellte ihre Tasse auf einem Stapel Bücher ab und suchte in einem Durcheinander aus geöffneter Post, Werbeprospekten, halb leeren Gläsern, Tellern und Einkaufstüten nach etwas. Unter einem Küchentuch zog sie eine Packung Zigaretten hervor. Sie klappte sie auf, holte ein kleines, rotes Feuerzeug und eine Zigarette heraus und zündete sie an. Mit einem Seufzen blies sie den bläulichen Rauch aus und fuhr sich mit der linken Hand über die Stirn. »Er hat gefragt, ob mir nicht irgendetwas an Flora aufgefallen ist, der Polyp.«

»Wer?«

»Der Polizist. Der nach dem Kerl sucht, der Flora ...« Die Zigarette zitterte. Ein Stück Asche fiel nach unten, landete auf einem leeren Teller. Frau Duve nahm einen Schluck Kaffee, dabei schloss sie einen Moment die Augen.

Trixi fielen zum ersten Mal die dunklen Augenringe von Floras Mutter auf. Sie hatte sich heute nicht geschminkt. Trotzdem sah sie schön aus, fand Trixi. Zumindest konnte man sehen, wie schön sie einmal gewesen sein musste. Sie hatte noch immer kräftige, schwarzbraune Haare. Jetzt waren sie kurz, früher reichten sie ihr bis zur Hüfte, sahen aus wie ein dunkles, warmes Meer. Flora und Trixi hatten sich Fotos angesehen. Heimlich. Sie hatten sie in einer Kiste im Keller gefunden. Das war Jahre her.

»Ist dir irgendetwas aufgefallen?«, fragte Frau Duve leise.

Trixi dachte an letzten Mittwoch. Sie waren in der Schule gewesen. Deutsch. Englisch. Ein Test in Geo. Pipikram. Die Pause. Langweiliger Tratsch. Die Neue in der Parallelklasse. Irgendwelche Schmierereien am Schultor. Doppelstunde Mathe. Man hört sich. »Flora war ganz normal. Warum sollte sie das auch nicht sein? Sie wusste ja nicht, dass Stunden später ein Psychopath über sie herfallen würde.«

»Ja. Ich weiß. Trotzdem. Hätten wir nicht irgendwas tun können?«

»Wir hätten zufällig bei ihr sein können, aber das waren wir zufällig nicht. Zufällig war sie alleine am See.«

»Wie wir jetzt wissen, nicht ganz alleine.« Frau Duve presste die Lippen aufeinander. Ihr Mund wurde zu einem schmalen Strich.

Auf einmal heulte eine Windböe vor dem Fenster. Das gekippte Küchenfenster knallte direkt hinter

Trixis Rücken zu und sie zuckte zusammen. Einen Moment raste ihr Herz. Dann wandte sie sich um, streckte den Arm nach dem Fenstergriff aus und drehte ihn um. Sie hielt kurz inne und sah auf den blaugrauen Himmel. Wie ein riesiger Tintenfisch quollen die dunklen Wolkenmassen immer näher. Schon am Morgen hatten sie die Sonne verschlungen, gaben sie nicht mehr frei. Aus der Ferne war ein Donnern zu hören. Es klang, als wolle es die schweren Wolken antreiben. Der Wind war nur der Vorbote, der die Straßen räumte. Wahrscheinlich regnete es jetzt wieder fünf Tage hintereinander. Der Preis für zwei Sonnentage. So ging das in diesem Jahr schon seit Mai.

»Meinst du, es war dieser Zinke?«

Trixi zögerte, dann drehte sie sich wieder um und sank auf die Couch. »Ich weiß es nicht. Ich ... ich will mir überhaupt nicht vorstellen, wer das war.«

»Jede Nacht sehe ich es.« Frau Duves Stimme klang dumpf, wie von weit her. »Jede Nacht das gleiche Bild, das Messer, das Blut, ihre Haut, ihre Augen voller Angst. Ihre Schreie, die keiner hört. Es ist, als würde ich selbst aufgeschlitzt. Jede Nacht.«

Trixi sah auf die einstmals weißen Spitzen ihrer Turnschuhe. Auf dem linken war ein dunkelroter Fleck. Sie wandte den Blick ab.

Karoline Duve zog an der Zigarette. Sie behielt den Rauch einen Moment inne, sah auf einen Punkt an der Wand, dann atmete sie langsam aus. »Manchmal hoffe ich, dass es Zinke war. Denn wenn nicht er, wer dann? Jemand aus Telpen? Jemand, den Flora kennt? Jemand, den ich kenne? Den ich womöglich jeden Tag sehe? Der mit mir redet, als wäre nichts geschehen? Der Mitleid heuchelt?«

Die Badtür ging auf. Frau Duve verschluckte sich am Rauch und hustete.

Eine Sekunde später stand Flora in der Küchentür. Durch den blauen Nebel tauchte sie auf wie ein Wesen aus einer anderen Welt. Sie hatte einen dunkelblauen Kimono mit kleinen, rot-weißen Blüten als Bademantel an. Ihre Haare waren nass und glänzten tiefschwarz. Über ihr rechtes Auge fielen ein paar Strähnen, der Rest der Haare lag wirr nach hinten.

Auf einmal sah Trixi Flora wie vor ein paar Monaten zum Fasching als Geisha verkleidet vor sich: das Gesicht vollkommen weiß geschminkt, die Lippen ein tollkirschroter Schmollmund, die Haare mit Stäbchen hochgesteckt und in diesem Kimono. Sie hatte damals genau hier in der Küche etwas aufgeführt, was sie für einen japanischen Tanz ausgab.

Heute tanzte sie nicht. Auch wenn die Wunden durch den Kimono verdeckt waren, auch wenn Flora auf den flüchtigen Blick normal aussah, bemerkte Trixi sofort, dass alles anders war. Oder hatte sich nur ihre eigene Sichtweise verändert? Sobald Trixi Flora sah, musste sie daran denken, was ihr angetan wurde. Alles andere verblasste – die letzte Woche, die letzten Monate, das letzte Jahr, all die Jahre. Ein einziger Abend, eine einzige Nacht verdrängte alle anderen Bilder.

Flora starrte Trixi an.

Trixi erhob sich halb von der Couch. »Ich … ich wollte dich sehen.«

Karoline Duve drückte ihre Zigarette aus und stand auf. Sie streifte Flora am Arm, als sie durch die Küchentür trat. »Ich muss telefonieren.« Dann verschwand sie im Wohnzimmer.

Flora ging langsam und geräuschlos auf Trixi zu. Als sie kurz vor der Couch war, knarrte ein Balken. Flora setzte sich neben Trixi.

Eine Minute saßen sie einfach nur nebeneinander. Dann legte Trixi ihre Hand in Floras. Sie fühlte sich kalt und klein an. Trixi schloss ihre Finger um die Hand und drückte sie.

Nach ein paar Sekunden erwiderte Flora den Druck.

Trixis Blick fiel auf Floras nackte Fußknöchel. Eine tiefe Schnittwunde zog sich fast bis zur Fußsohle. Trixi schlug ihre Beine über Kreuz. Floras Fußknöchel verschwammen vor ihren Augen. »Tut es noch weh?«, fragte sie und schluckte die Tränen hinunter.

»Wenn ich mich nicht bewege, geht's«, erwiderte Flora. »Und wenn ich nicht daran denke.«

Sie redeten beide leise, als wären sie in einem Mausoleum.

»Was sagen die Ärzte? Geht das alles wieder weg?«

»Ein paar Narben bleiben. Aber sonst nichts. Ich habe Glück gehabt.«

Glück gehabt, wiederholte Trixi stumm im Kopf und erneut stiegen ihr die Tränen in die Augen. »Kannst du schlafen?«

»Geht so. Träume viel Mist.«

Trixi nickte. »Machst du eine Therapie oder so was?«

»Wozu?«

»Macht man das nicht nach ... nach so was? Außerdem meint deine Mutter, du kannst dich an nichts erinnern. Eine Therapie kann da helfen.« Trixi hielt noch immer Floras Hand.

»Ich will mich an nichts erinnern.« Flora zog ihre Hand weg.

»Aber irgendwie musst du ... na ja, damit umgehen. Es verarbeiten. Fertig werden. Neu anfangen. Du kannst dich nicht ewig hier verkriechen«, sagte Trixi. Im gleichen Moment bereute sie es. Wahrscheinlich war es noch zu früh. Viel zu früh für Flora. Trixi geriet ins Stolpern, sie lief mal wieder zu schnell.

»Ich will nicht neu anfangen. Ich will mein normales Leben zurück.« Flora sank mit dem Rücken an die Couchlehne. »Da draußen zerreißen sich doch bestimmt schon alle das Maul über mich.« Flora sah Trixi abwartend an.

Trixi dachte an die Sprüche, die sie auf dem

Schulhof gehört hatte. Das geheuchelte Mitgefühl, die Spekulationen, Verdächtigungen, Beschuldigungen. »Ja. Du bist gerade großes Thema«, sagte sie schließlich. »Aber das geht auch wieder vorbei.« Und selbst wenn, dachte Trixi. Flora würde immer das aufgeschlitzte Mädchen vom See bleiben. Das Opfer.

»Mir reicht schon, was in der Zeitung steht«, sagte Flora und stieß ein paar der aufgestapelten Magazine von der Couch. Sie fielen zu Boden und rutschten ein Stück über das dunkelbraune Parkett. »Und dann noch dieser Blick von der alten Garthoff zu unserem Fenster hoch. Als wäre hier oben der reinste Sündentempel und was mir passiert ist eine gerechte Strafe Gottes.«

Die alte Garthoff wohnte unter den Duves. Seit dem Tod ihres Mannes liebte sie nur noch Gott und den kleinen Garten vorm Haus. Bei jedem Wetter bearbeitete sie die Beete und führte Selbstgespräche, wobei sie mit einer Jätekralle herumfuchtelte und sich über Händchen haltende Schwule, Dessous auf der Wäscheleine oder andere Dinge aufregte, die angeblich gegen Gott und ihre Welt waren.

»Die Garthoff kann dir doch nun echt egal sein«, fand Trixi.

»Ist sie ja auch. Ich meine nur, als Beispiel.«

Trixi dachte einen Moment nach. Sie wollte nicht in den Wunden bohren, konnte aber auch nicht lockerlassen. »Und du kannst dich wirklich an gar nichts erinnern? Noch nicht mal, wie du zum See gekommen bist?«

»Doch. Ich bin mit dem Fahrrad zum See gefahren. Das lag dann ja auch noch da.«

»Alleine?«

»Ja. Alleine.« Flora steckte die Hände in die Kimonoärmel wie in einen altmodischen Muff und legte sie übereinander.

»Was wolltest du da, alleine?« Trixi versuchte, Floras Blick einzufangen, aber sie wich ihr aus.

»Mann, du fragst schon wie der Basecap-Bulle. Ich wollte mal meine Ruhe haben. Nachdenken. Nachts nackt baden gehen, all so ein Zeug. Ist das so ungewöhnlich?«

Trixi fand das überhaupt nicht ungewöhnlich. Sie konnte sich das sehr gut vorstellen. Eine Menge Leute konnte sie sich dabei gut vorstellen. Nur Flora nicht. Flora setzte sich nicht nachts alleine an einen See zum Nachdenken. Nicht die Flora, die Trixi seit elf Jahren kannte. Die Flora, die Trixis Pony Trauergardinen nannte und ihre Musik suizidgefährdend. »Du bist mit dem Rad zum See gefahren. Und dann?«

»Dann habe ich mich ans Ufer gesetzt. Ich nehme an, ich saß eine ganze Weile da. Auf jeden Fall erinnere ich mich noch, dass ich den Vollmond und die Sterne gesehen habe.« Flora hielt inne, starrte vor sich hin. »Es war eine wunderschöne Nacht. Ich dachte, in so einer Nacht kann nichts passieren. Es war ganz still am See. Die Wasseroberfläche hat sich nur leicht gekräuselt. Es war, als gehörte ich dazu, als würde ich nicht stören. Wie wenn man sich so ein Landschaftsgemälde ansieht und erst nach fünf Minuten merkt, dass da ganz klein am Rand ein Mensch sitzt. Verstehst du?«

Trixi nickte. Sie wollte, dass Flora weiterredete.

»Manchmal hat das Schilf geraschelt. Ich glaube, hinter mir in den Bäumen zur Straße hin knackten auch Zweige. Aber ich dachte nichts dabei, achtete nicht darauf. Ich fühlte mich sicher. Die Geräusche waren alle eins, sie gehörten dazu, zur Nacht, zu mir.«

Trixi sah Flora an ohne zu blinzeln.

Flora blickte kurz zu Trixi, dann sah sie wieder geradeaus. »Erschrocken habe ich mich nur, als das Handy auf einmal klingelte und meine Mutter anrief. Es war komisch. Das Klingeln und ihre Stimme passten überhaupt nicht an diesen Ort.« Flora zögerte, bevor sie stockend fortfuhr: »Irgendwann habe ich mich ausgezogen. Ich stand auf, wollte schwimmen gehen. Und da wusste ich es auf einmal.«

Trixi sah deutlich, wie sich Floras Brustkorb hob und senkte, sie schneller atmete.

»Da war jemand. Ganz nah. So nah, dass es zu spät war.« Floras Stimme klang gepresst und so leise, dass Trixi sie kaum verstand.

»Was hast du gemacht? Ich meine, hast du versucht wegzurennen, hast du geschrien, irgend so was?«

Flora schüttelte den Kopf. Noch mehr dunkle Haarsträhnen fielen vor ihre Augen. »In dem Moment, wo ich gemerkt habe, dass da jemand ist, wusste ich sofort, dass es zu spät war. Ich konnte nichts mehr machen.«

»Jemand war auf einmal ganz in deiner Nähe, und dann ...?«

»Dann wurde alles schwarz.«

Trixi blinzelte und lehnte sich neben Flora an die Couch, Oberarm an Oberarm. »Du weißt nicht, wie du auf die Badeinsel gekommen bist?«

Flora starrte geradeaus.

Trixi wartete einen Moment. »Hast du nicht gemerkt, wie dich jemand ins Wasser gezogen hat? Und die ... die Schmerzen?«

Flora zuckte zusammen. »Ich habe doch gesagt: Alles wurde schwarz. Ich weiß es nicht, verdammt. Als ich wieder zu mir kam, hatte ich keine Ahnung, wo ich war.« Flora presste die Lippen aufeinander. Zögerlich fuhr sie fort: »Zuerst habe ich die Kälte und die Schmerzen gespürt. Dann habe ich gemerkt, dass alles feucht war. Um mich herum, mein Körper selbst, dass ich nackt war. Ich wachte allmählich auf ...« Flora atmete zitternd ein. »Ich wachte auf und war doch nur in einen Albtraum geraten. Ich sah den Mond über mir, dann hörte ich etwas. Eine Stimme. Aber ich sah niemanden. Ich war zu schwach, um mich aufzurichten.«

»War das der Täter?«

»Weiß nicht. Kurz danach kam ein Mann auf die Badeinsel. Als er mich sah, meinen Körper, da stand so viel Schrecken in seinen Augen ...«

»Der Rentner, der die Rettung gerufen hat.«

Flora nickte. »Ich hatte Angst, an mir hinabzusehen.«

Trixi sah auf Floras Arme, die samt Händen im Kimono steckten. Flora ließ niemanden ihre Wunden sehen. Hatte sie Angst, dass sich andere vor ihr ekelten? Ekelte sie sich selbst?

Trixi hob die Hand, wollte über Floras Arme fahren. Sie hielt in der Bewegung inne, wusste nicht, wie sie Flora berühren sollte.

Flora bemerkte Trixis Geste. Einen Augenblick rührte sich keiner, dann legte Flora den Kopf auf Trixis Schulter. »Schon gut. Es ist vorbei.«

Ja, dachte Trixi, vorbei, aber nicht vergessen.

»Ich lebe noch. Ich kann mich bewegen.« Flora hob einen Arm wie eine Marionette. »Ich kann quatschen. Wahrscheinlich kann ich sogar lachen. Hab es nur noch nicht probiert. Also behandel mich nicht, als hätte ich eine tödliche, ansteckende Krankheit.«

»Will ich ja gar nicht. Ich kann das alles nur irgendwie nicht begreifen. Diese eine Nacht ... Wärst du nicht an den See gefahren, wärst du nicht alleine gewesen ...«

»Eben. Es war nur eine Nacht. Von der lass ich mir nicht mein ganzes Leben versauen, oder?« Floras Stimme zitterte.

Trixi nickte mechanisch. Vielleicht war es ein gutes Zeichen, dass Flora es zumindest versuchte.

Aus dem Wohnzimmer kam ein kurzes, lautes Lachen.

Trixi schielte fragend zu Flora, die den Kopf noch immer auf ihrer Schulter hatte.

»Sie telefoniert mit Götz. Garantiert. Normalerweise lacht sie das ganze Telefonat über. Sie liebt ihn, weil er sie zum Lachen bringt.« Flora schnaufte und richtete sich auf. »Was für ein abgedroschener Blödsinn.«

»Wenn er deine Mutter nach der ganzen Sache zum Lachen bringt, ist er aber echt gut«, meinte Trixi.

»Pietätlos heißt das, nicht gut.«

Trixi musterte Flora. Eine Sekunde lang sah sie aus wie früher. Wie vor der Nacht.

»Was macht eigentlich Andro? War der schon hier?«

Flora strich sich eine nasse Haarsträhne aus der Stirn und nickte.

»Und, was hat er gesagt?«

»Dass er Angst um mich hatte.« Etwas leiser fügte sie hinzu: »Und dass er für mich da ist.«

»Das bin ich auch«, sagte Trixi. »Das weiß du, oder?«

Flora nickte langsam.

6. Kapitel

Zeugenvernehmung von Constanze Kempowski

Zur Person

Name:	Kempowski
Vorname:	Constanze
Geb.Datum:	30.11.80
Beruf:	Laborantin
Wohnort:	Telpen
Adresse:	Michael-Ende-Weg 52

Vernommen im Fall der gefährlichen Körperverletzung zum Nachteil von Flora Duve. (Vernehmung durchgeführt von Polizeianwärter Masaryk)

Zur Sache

Frau Kempowski gibt an, am Abend des 2. Juli einen Spaziergang mit ihrem Baby im Kinderwagen unternommen zu haben. Da ihre vier Monate alte Tochter nicht schlafen wollte, ging Frau Kempowski mit dem Kinderwagen ein Stück auf dem Radweg, der vom südlichen Telpener Stadtrand zum Telpener Badesee führt und an das Grundstück der Kempowskis anschließt. Nachdem ihre Tochter eingeschlafen war, kehrte Frau Kempowski zu ihrem Reihenhaus im Michael-Ende-Weg zurück. Sie war gerade vom Radweg auf den Zugang zu ihrem Grundstück gebogen, als sie einen Radfahrer bemerkte. Er kam aus südlicher Richtung, also aus Richtung des Telpener Badesees. Frau Kempowski beachtete ihn nicht weiter, da sie schnell zurück ins Haus wollte. Sie meint sich zu erinnern, dass der Radfahrer sehr zügig fuhr, groß und schlank und vermutlich dunkelhaarig war. Laut Frau Kempowski könnte es ein junger Mann oder aber ein junges, burschikoses Mädchen gewesen sein. Frau Kempowski erinnert sich weder an die Kleidung noch an das Fahrrad, da sie zum einen nicht darauf achtete und es zum anderen bereits dunkel war. Frau Kempowski gibt des Weiteren an, dass es kurz nach 21 Uhr gewesen sein muss, da sie, als sie zurück in die Wohnung kam, den Wetterbericht am Ende der 21-Uhr-Nachrichten im Radio hörte.

Seit sie aus dem Auto ausgestiegen waren, regnete es. Es war ein grauer Nieselregen, leise, beharrlich und ermüdend. Eine Einladung für einen Sonntagnachmittag vor dem Fernseher.

Leif Sälzer zog sich den Schirm seines Basecaps tiefer ins Gesicht. Er steckte die schweren Hände in die Jackentaschen und ließ den Blick über die Liegewiese und den See schweifen. Der Nieselregen legte einen feinen, weißgrauen Schleier über die Landschaft. Die Tropfen bildeten winzige Kringel auf der Wasseroberfläche, als würden sie auf Zehenspitzen gehen.

Der Telpener Badesee war verlassen. Auf der Wiese, unmittelbar vor Sälzers Füßen, lag ein zerknüllter Pappbecher, daneben ein verwaister Kinderschuh aus Plastik. Im Schuhbett hatte sich eine kleine Pfütze gebildet. Darin schwamm ein toter Käfer. Die Wiese war zur Straße hin von großen Bäumen gesäumt. In einem der Bäume, am untersten Ast, hing ein rotbraunes Handtuch. Der Rand war ausgefranst, in der Mitte hatte das Handtuch einen hellen Fleck.

Von der kleinen, grauen Pappbude, die sich Ellas Kiosk nannte, drangen durch den Nieselregen Geräusche. Das überdachte Verkaufsfenster war halb geöffnet. Matej Masaryk stand davor. Neben dem Fenster hing eine Fahne, auf der mit ausgeblichener, roter Schrift »Eis« stand. Auf der anderen Seite hing eine Zigarettenwerbung. Das Plakat wellte sich bereits. Die Wetterseite des Kiosks war von graugrünen Flechten bedeckt, auf dem Dach wuchs Moos.

An einem der weißen Plastikstehtische vor dem Kiosk standen zwei Männer. Jeder hatte eine Dose in der Hand. Ihre Gesichter waren rot und von Bartstoppeln übersät. Zu ihren Füßen, im Schutz des Plastiktisches, standen ein großer Rucksack und ein vollgepackter, alter Einkaufstrolley. Die Männer redeten und gestikulierten, ließen sich vom Nieselregen nicht stören.

Auf einer einsamen Bierbank vor Ellas Kiosk saß ein hagerer Mann mit einem Tirolerhut. Er blickte starr auf den See. Von Zeit zu Zeit zog er an seinem Zigarillo. Der Mann hatte den Hut so tief ins Gesicht gezogen, dass nur eine gigantische, breite Nase zu erkennen war. Er sah nicht aus, als würde er nach Telpen gehören, fand Sälzer. Vielleicht lag es auch nur am Tirolerhut.

Sälzer wandte sich vom Kiosk ab. Langsam schritt er durch das nasse Gras über die Wiese zum Ufer. Feiner Kies knirschte unter seinen Füßen, als er es erreichte. Er sah zu Boden, studierte den Kies, als würde dort die Lösung liegen. Millimeter für Millimeter hob er den Blick, ließ ihn über das Wasser bis zur Badeinsel schweifen. Sie war verlassen. Die nassen Holzplanken glänzten dunkel im Regen. Die Insel lag groß, schwer und dunkel auf dem See, Bühne eines grausamen Schauspiels.

Sälzer fuhr ein Stich durch die Beine. Er ging ein paar Schritte zurück und ließ sich auf einen kurzen, dicken Baumstamm sinken, der in der Nähe des Ufers lag. Das Holz war nass, aber Sälzer spürte die Feuchtigkeit kaum, war in Gedanken woanders. Noch immer sah er zur Badeinsel. In seinem Kopf braute sich etwas zusammen. Eine Vorstellung, noch weit weg und nicht zu erkennen, aber immer lauter werdend, wie ein Zug, der unaufhaltsam näher kam. Er kniff die Augen zusammen.

»Sie sitzen auf Kunst.«

»Was?« Sälzer blickte auf und in das Gesicht seines Praktikanten.

»Tilla, die Holzschildkröte vom Telpener See«, sagte Matej Masaryk und deutete mit dem Kinn auf den Baumstamm, auf dem Sälzer saß. »Von Topo Panell. Stadtbekannt. Noch nie gehört?«

Sälzer schob die Knie auseinander und musterte einen Moment die Kunst unter sich.

»Also«, begann Masaryk. »Elfrida Gabriele Seitenstecher, kurz Ella, hat gar nichts gesehen. Gehört hat sie auch nichts. Sie hat ihren Kiosk wie jeden Abend gegen zwanzig Uhr zugeschlossen und ist mit Freddy nach Hause gefahren.«

Sälzer nickte, starrte dabei wieder auf den See. Er hörte Masaryk, aber seine eigenen Gedanken waren lauter. Die Vorstellung wurde immer deutlicher, ergab ein klares Bild. Einen Plan.

»Freddy ist …«

»Später«, sagte Sälzer, stand auf, zog sich die Jacke aus und drückte sie seinem jungen Kollegen in die Hand. Er streifte sich das dunkelblaue T-Shirt über den Kopf, warf es auf Tilla, zog gleichzeitig im Stehen die Schuhe aus ohne die Schnürsenkel aufzumachen, öffnete seinen Gürtel und zog die Hose aus, wobei er sich gleich der Strümpfe entledigte.

Masaryk stand mit der Jacke seines Chefs in der Hand da und musterte ihn ungläubig. Erst als Sälzer nur noch mit Unterhose bekleidet das Kiesufer betrat, sich noch einmal umdrehte und ihm sein Basecap gab, fand er die Sprache wieder. »Sie gehen jetzt da rein? Was soll denn das bringen? Die Spusi war doch schon da. Die waren auch auf der Badeinsel.«

»Weiß ich«, erwiderte Sälzer und ging in den See. Die Kieselsteine drückten angenehm an den Fußsohlen. Das Wasser hatte die gleiche Temperatur wie der Nieselregen. Ohne sich umzudrehen, hob Sälzer eine Hand. »Bis gleich.« Dann hechtete er ins Wasser.

Er schloss die Augen beim Tauchen, schwamm ein paar Züge unter Wasser. Normalerweise genoss er es, in diese schwebende Welt, aus der alles Leben entsprang, einzudringen. Wasser faszinierte und beängstigte ihn zugleich. Er nahm die Geräusche, die Farben und Bewegungen unter Wasser gebannt auf.

Doch heute achtete er nicht darauf. Heute stellte er sich vor, er wäre eine andere Person. In Gedanken zog er eine Last mit sich. Ein Opfer, das sich nicht wehrte. Das sich nicht mehr wehren konnte. Es war schwer, mit einem anderen Menschen zu schwimmen, selbst wenn er klein und zierlich war. Er musste ein guter Schwimmer sein. Kräftig. Entschlossen. Er wollte nicht, dass sein Opfer ertrinkt.

Er wollte, dass es leidet. Er wollte, dass es andere sehen. Er war besessen von einer Idee.

Als Sälzer die Badeinsel erreichte, war er vollkommen außer Atem. Obwohl es vom Ufer höchstens dreißig Meter waren. Er hielt kurz inne, bevor er sich am Metallgeländer hochzog und an der kleinen Treppe auf die Badeinsel kletterte. Er stellte sich an den Rand der Badeinsel, verharrte einen Moment, dann ging er einmal langsam um die Insel herum. Wasser tropfte von seinen halblangen Haaren, lief ihm über das Gesicht, sammelte sich an der Nasenspitze und am Kinn in Tropfen. Er spürte den Regen nicht mehr.

Langsam hockte er sich hin, sah auf die Holzplanken. Er blinzelte, um das Wasser und alle unbrauchbaren Gedanken zu vertreiben. Seine rechte Hand ballte sich zur Faust zusammen, wie um einen Messergriff. Er spannte die Muskeln an. Sein Arm zuckte. Einmal, zweimal, dreimal.

STICH STICH STICH

Sälzer presste die Lippen aufeinander, bis sie nur noch einen harten Strich bildeten.

STICH STICH STICH

Dann schloss er die Augen, atmete heftig. Zögerlich drehte er sich zum See, streckte langsam die Hand über das Wasser aus, öffnete die Faust. Er machte die Augen auf, sah auf die Wasseroberfläche.

Nach ein paar Sekunden stand er auf, trat an den Rand, als wolle er ins Wasser springen. Doch er richtete seinen Blick wieder auf die Holzplanken und legte sich in die Mitte der Insel. Er streckte die Arme und Beine von sich und starrte in den grauen Himmel. Sälzer spürte die nasskalten, harten Holzplanken unter sich. Vor allem am Kopf und an den Schultern. Hatte sie das auch gespürt? Hatte sie in den Himmel gesehen?

Sälzer schloss die Augen, sah die Wunden auf einmal deutlich vor sich. Die Schmerzen überkamen ihn sofort. Ohne Vorwarnung. Mit ganzer Macht. Er rollte sich zusammen, lag einen Moment wie ein Embryo da, die Beine umschlungen.

»Alles in Ordnung?«, kam ein Ruf vom Ufer, halb verschluckt vom Nieselregen.

Sälzer richtete sich nach ein paar Sekunden auf, stellte sich in die Mitte der Badeinsel. Er ließ den Blick rund um den See schweifen. Er sah das Badeufer mit dem Kiosk, die Wiese und seinen etwas ratlos wirkenden, jungen Streifenpartner. Südwestlich der Liegewiese säumten hohe Gräser das Ufer, die schließlich in Schilf übergingen. Ganz im Westen war der See von dichtem Schilf und einigen Bäumen umgeben. Das Schilf reichte weit ins Wasser hinein. Sälzer meinte, im Nieselschleier ein paar Enten zu erkennen.

Im Norden verlief ein kleiner Feldweg ein gutes Stück direkt am See entlang. Soweit Sälzer wusste, führte er in westlicher Richtung nach Kraldorf. Im Osten mündete der Feldweg in die Bundesstraße. Zuvor, in der Nähe von Ellas Kiosk, stieß er auf einen betonierten Radweg, der vom Badesee ins Telpener Stadtzentrum führte.

Sälzers Blick kam wieder am Badeufer an. Er winkte seinem Kollegen kurz zu, dann sprang er von der Badeinsel und schwamm zurück.

Masaryk hielt ihm das rotbraune Handtuch mit dem hellen Fleck entgegen, das im Baum gehangen hatte. »Ist zwar auch nass, aber besser als nichts«, meinte er.

Sälzer nahm das Handtuch, rubbelte sich damit über den Kopf, dann legte er es sich um die Schultern. Der Nieselregen war stärker geworden, aber immerhin war es nicht kalt.

»Was sollte das eben?«, fragte Masaryk.

»Ich hatte so eine Idee. Dachte, ich könnte etwas ... na ja, erspüren.«

»Und?«

Sälzer schüttelte den Kopf. »Nichts Konkretes. Oder alles, was wir sowieso schon wissen.«

»Aha.« Masaryk zog eine Augenbraue hoch.

Sälzer zuckte mit den schweren Schultern. »Probieren kann man es ja wohl mal.« Er griff nach dem Basecap, das sein Praktikant zusammen mit seinen Sachen unter Tillas Kopf gelegt hatte, um es zumindest etwas vor dem Regen zu schützen. Sälzer setzte das Basecap auf. »Also, diese Ella da hat nichts mitbekommen. Und wer ist Freddy?«

»Ihr Freund. Der Typ mit dem Tirolerhut vor dem Kiosk.«

Sälzer bemerkte, wie sein junger Streifenpartner vergebens versuchte, nicht auf seinen nassen, unförmigen Körper und seine Unterhose zu sehen. Er wickelte sich das Handtuch um die Hüften und zog sein T-Shirt wieder über. Er fragte sich dabei kurz, was für ein Typ Ella war, wenn sie Tirolerhut, Zigarillos und Goliathnase anziehend fand. »Und die anderen?« Er deutete kurz mit dem Kinn zum Kiosk. »Sehen aus, als wären sie Stammgäste.«

»Auch nichts. Sie waren an dem Abend bei der Telpener Tafel.«

»Es hat also keiner was gesehen.« Sälzer fuhr sich mit den Fingern über die Nasenflügel und strich die Wassertropfen ab. »Beschissener geht's gar nicht.«

»Gehen wir noch mal alles chronologisch durch«, sagte Masaryk.

Sälzer grinste innerlich. *Chronologisch* war eins von Matej Masaryks Lieblingswörtern.

»Flora Duve fährt am Mittwochabend alleine mit dem Fahrrad zum See, laut ihren Angaben gegen 20:30 Uhr. Sie stellt das Fahrrad dort drüben am Baum ab. Setzt sich ans Ufer. Guckt in den Sternenhimmel, denkt nach, all so was eben.«

Sälzer setzte sich auf die Holzschildkröte und trocknete sich die Füße mit dem Handtuch ab.

Matej holte einen Zettel aus der Hosentasche, faltete ihn auseinander. »Kurz nach 21 Uhr fährt laut Aussage von Constanze Kempowski ein Radfahrer vom See Richtung Stadt. Flora müsste aber zu dem Zeitpunkt noch wohlbehalten am See sitzen, denn …«

»Kurz vor 22 Uhr ruft ihre Mutter an«, fuhr Sälzer fort. »Flora klingt ganz normal. Sie sagt, sie würde bei einer Freundin übernachten.«

Matej nickte. »Sie steckt das Handy weg, zieht sich aus. Sie will baden gehen. Sie hat das Gefühl, jemand beobachtet sie, ist in ihrer Nähe.«

»Der Täter nähert sich ihr, vermutlich von hinten oder von der Seite – aus dem See wird er ja wohl nicht gekommen sein.« Sälzer hielt kurz inne. »Selbst das können wir nicht ausschließen.«

»Dann verliert sie das Bewusstsein. Wodurch können wir nur spekulieren. Ein Schlag oder ähnliche Gewalteinwirkung müssen wir wahrscheinlich ausschließen, da hätten die Ärzte etwas gefunden. Vielleicht …«, überlegte Masaryk laut, »… war es der Schrecken, der Schock.«

»Vielleicht hat sie auch gar nicht das Bewusstsein verloren.«

Masaryk sah seinen älteren Streifenpartner fragend an.

»Gut möglich, dass sie nur jegliche Erinnerungen verdrängt.« Sälzer schielte kurz zum Schild seines Basecaps, an dem ein Regentropfen hing. »Ist manchmal ganz praktisch. Das macht das Gehirn, um mit solchen Ereignissen fertig zu werden.«

»Wenn sie bei Bewusstsein gewesen wäre, hätte sie sich dann nicht gewehrt? Die Spurensicherung hat nichts gefunden, was auf einen Kampf hindeuten könnte.«

Sälzer zuckte mit den Schultern. »Vor Angst wie gelähmt. Schon mal gehört?« Er schnippte den Regentropfen an seinem Basecap mit dem Zeigefinger weg, dann sah er auf den See. »Der Täter schwimmt mit ihr zur Badeinsel. Er muss ein guter Schwimmer sein, kräftig. Mit hoher Wahrscheinlichkeit ein Mann. Allerdings kann auch eine gut durchtrainierte, große Frau nicht ausgeschlossen werden.«

Masaryk ging am Ufer zwei Schritte in die eine Richtung, dann in die andere. »Wieso hat der Täter sie nicht am Ufer ... Wieso hat er ihr nicht hier die Wunden zugefügt?«

»Wenn er sie ihr zugefügt hätte, bevor er mit ihr zur Badeinsel geschwommen ist, hätten die Wunden anders ausgesehen. Sie wären durch das Seewasser verunreinigt gewesen, wir hätten Blutspuren am Ufer gefunden.«

»Das meine ich nicht. Ich frage mich, wieso sich der Täter die Mühe gemacht hat, mit dem Opfer zur Badeinsel zu schwimmen. Welchen Sinn ergibt das?«

»Mehr Effekt.« Sälzer blickte zur Badeinsel. Welchen Sinn ergab es, ein sechzehnjähriges Mädchen überall am Körper aufzuschlitzen? »Der Täter wollte schocken, ein Zeichen setzen. Seine Macht zeigen.«

Masaryk nickte langsam. »Er schwimmt also mit ihr zur Insel. Legt sie in die Mitte.«

Sälzer und Masaryk sahen zur Badeinsel. Einen Moment war nur das Tröpfeln des stärker werdenden Nieselregens zu hören.

»Dann bringt er ihr die Verletzungen bei«, fuhr Masaryk leise fort.

»Schnitt für Schnitt, Stich für Stich. Er lässt sich Zeit. Er genießt ihre Schmerzen. Bekommt gar nicht genug.« Sälzer redete wie in Trance. »Je mehr sie leidet, desto mächtiger fühlt er sich.«

»Aber er tötet sie nicht.«

»Nein. Er ist ein barmherziger Vollstrecker. Er foltert sie nur.«

Masaryk wandte den Blick vom See ab und drehte sich zu Sälzer um. »Und dann verschwindet er, hinterlässt keine Spuren. Keine Tatwaffe. Keine Fingerabdrücke. Nichts. Als wäre er im See versunken.«

Sälzer nickte langsam. »Flora liegt vermutlich mehrere Stunden alleine auf der Insel, bis Jürgen Ludwig sie gegen 3 Uhr morgens findet. Sie leidet an Unterkühlung, steht unter Schock. Ludwig ruft die Rettung.«

»Die Tat muss demzufolge irgendwann zwischen 22 Uhr und 3 Uhr morgens geschehen sein.« Masaryk sah auf die Rückseite des Zettels, den er noch immer in der Hand hielt. »Silvio Zinkes Abwesenheit wurde in der JVA Telpen beim Kontrollrundgang gegen 23 Uhr bemerkt. Er hätte es locker innerhalb der Tatzeit zum See geschafft.«

Sälzer fuhr sich mit der Hand übers Kinn. »Der

See liegt an der Bundesstraße. Das westliche Ufer ist abgeschnitten von jeder Zufahrt. Viel Schilf. Keine Menschen. Ein gutes Versteck. Aber«, Sälzer blickte auf, »es gibt nirgendwo Spuren. Keine einzige noch so kleine.«

»Er hat sich ja auch nicht hier versteckt. Flora Duve kam ihm dazwischen.« Masaryk räusperte sich. Seine Wangen wurden direkt unterhalb der Augen rot. »Sozusagen.«

Sälzer stand auf. Das Handtuch, das er sich um die Hüften gewickelt hatte, fiel zu Boden. »Wir müssen diesen Radfahrer finden, der kurz nach neun vom See in die Stadt gefahren ist. Vielleicht hat ihn noch jemand gesehen.«

»Wir haben schon die ganze Reihenhaussiedlung abgeklappert.«

»Dann klappert ihr eben noch mal. Wenn er vom See kam, muss er Flora gesehen haben. Er kann ein wichtiger Zeuge sein.« Sälzer griff nach seiner Hose und zog sie über.

Masaryk blähte kurz die Backen auf. Aber er nickte.

»Und was ist mit dem Feldweg? Keine Anwohner?« Sälzer zog sich Strümpfe und Schuhe an.

»Es gibt ein paar Trampelpfade, die zu Privatgrundstücken führen. Da stehen nur vereinzelt Häuser. Mach ich heute Nachmittag.«

Sälzer richtete sich auf. »Gut.« Auf einmal hielt er in der Bewegung inne, sah auf einen unbestimmten

Punkt im Nieselregen, kratzte sich am Hinterkopf, sodass ihm sein Basecap tiefer ins Gesicht rutschte. »Es muss kurz nach meiner Versetzung gewesen sein, ungefähr vor einem Jahr. Da gab es einen ähnlichen Fall.«

»Hier in Telpen? Auf der Badeinsel?«

»Das meine ich nicht. Es war auch ein Mädchen. Ich glaube, sie war noch etwas jünger. Wurde mehrfach misshandelt. Konnte sich genau wie Flora Duve an nichts erinnern. Keine Zeugen. Wir tappten vollkommen im Dunkeln.«

Masaryk sah den Polizeihauptmeister abwartend an.

Sälzer starrte aufs gegenüberliegende Ufer. Er meinte, dort durch den Nieselregen eine Bewegung wahrzunehmen. Eine hochgewachsene Gestalt, den Körper wie ein Fragezeichen verbogen, mit einem großen schwarzen Hut, wie ihn Fischer trugen. Doch gerade, als er seinen Kollegen darauf aufmerksam machen wollte, war die Gestalt verschwunden. Das gegenüberliegende Ufer lag verlassen im Regen. Sälzer fragte sich, ob alles nur ein Trugbild war.

»Und?«, fragte Masaryk. »Gibt es ein Happy End?«

Sälzer sah seinen Praktikanten fragend an.

»Bei der Geschichte vor einem Jahr.«

Sälzer zog sich die Jacke über. »Wie man's nimmt.«

Auf einmal knirschte es hinter ihnen. Sälzer und Masaryk fuhren herum.

Die beiden Stammgäste von Ellas Kiosk standen auf der Liegewiese. Einer war auf den zerknüllten Pappbecher getreten. Er hatte wirre, rotblonde Locken und die wässrigen, hellen Augen weit aufgerissen. Er stieß ihnen seinen vernarbten Zeigefinger entgegen. »Ihr müsst den Abschaum finden. Sonst sind wir als Nächstes dran.« Seine Stimme klang verraucht und zittrig.

»Der ist noch hier, in Telpen«, sagte der andere. Er hatte eine überraschend hohe und weiche Stimme, die nicht so recht zu seinem schwarzgrauen Stoppelbart passte.

»Wie kommen Sie darauf?«, fragte Masaryk.

»Ich bin seit über zehn Jahren auf der Straße zu Hause«, sagte der Mann mit der hohen Stimme. »Ich merke, dass jemand in meinem Zuhause ist. Jemand, der da nicht hingehört. Der zu allem fähig ist, wenn er nicht aufgehalten wird. Und wir sind dann doch die Ersten.«

Der Mann mit den wässrigen Augen sagte leise: »Das is keiner von uns. Das is kein Mensch.«

»Haben Sie etwas gesehen? Können Sie diesen … diese Person beschreiben?«, fragte Sälzer.

Die beiden Männer zögerten, dann schüttelten sie die Köpfe.

»Aber er is da«, sagte der Rotblonde.

Der Mann mit der hohen Stimme blinzelte nervös. »Wenn wir ihn beschreiben können, ist es zu spät, glauben Sie mir.«

»Dann können Sie uns in 'nen Sack stecken. Da is nichts mehr mit Zeugenbefragung.« Der Rotblonde fuhr sich mit dem vernarbten Zeigefinger quer über die Kehle. »Das mit dem Mädchen, das war nur eine Warnung.«

»Ja. Das war nur der Anfang«, bestätigte die hohe Stimme. Der Mann ging einen Schritt auf die beiden Polizeibeamten zu, lehnte sich zu ihnen und flüsterte eindringlich: »Tun Sie etwas. Ich bitte Sie, nur dieses eine Mal. Tun Sie etwas!«

Sälzer musterte die beiden Männer ein paar Sekunden. Ein Tropfen fiel von einer Haarsträhne auf seine Nase. Dann nickte er langsam.

7. Kapitel

Zeugenvernehmung von Annedore Panier

Zur Person

Name:	Panier
Vorname:	Annedore
Geb.Datum:	1.1.61
Beruf:	Bibliothekarin
Wohnort:	Telpen
Adresse:	Kastanienweg 9 a

Vernommen im Fall der gefährlichen Körperverletzung zum Nachteil von Flora Duve. (Vernehmung durchgeführt von Polizeianwärter Masaryk)

Zur Sache

F: Frau Panier, bitte beschreiben Sie, was Sie am Abend des 2. Juli gemacht haben.

A: Ich bin gegen 18 Uhr mit Schiller nach Hause gekommen.

F: Das ist Ihr ... Mann?

A: Mein Hund. Wir haben zusammen Abendbrot

gegessen. Es war ein Wochentag, also gab es nur kalte Schnitten und ...

F: Entschuldigung, Frau Panier, aber könnten Sie bitte einfach erzählen, was Sie auf Ihrem Spaziergang erlebt haben?

A: Natürlich kann ich das. Sie müssen Ihre Fragen präziser stellen, junger Mann. Also gut. Der Spaziergang. Ungefähr Viertel nach neun wurde Schiller unruhig. Das tut er jeden Abend. Dann machen wir unseren Abendspaziergang. An diesem Abend drängte er allerdings besonders. Er lief immer wieder zur Tür, sprang zur Klinke hoch, bellte. Wie ein Jagdhund bei der Hasenhetze. Ich fand das alles sehr seltsam und machte mir Sorgen, denn so kannte ich ihn nicht. Ich hoffte, dass er nach dem Gassigehen wieder der Alte war.

F: Wissen Sie noch, wann genau das war und wie lange Sie unterwegs waren?

A: Natürlich weiß ich das. Wie jeden Abend haben Schiller und ich genau zwanzig nach neun die Wohnung verlassen. Wir sind gleich hinter dem Haus den kleinen Trampelpfad gegangen, der in den Feldweg mündet.

F: Der ein Stück am See entlanggeht und dann weiter nach Kraldorf führt?

A: Exakt. Soweit ich weiß, gibt es in der Gegend nur diesen einen Feldweg. Schiller und ich gehen immer dieselbe Runde: vom Trampelpfad auf den Feldweg, dort nach rechts, ein Stück in Richtung Kraldorf am See entlang bis zum nächsten Trampelpfad, der zurück zur Wohnsiedlung führt. Das ist ungefähr auf der Höhe, wo der Feldweg sich vom See entfernt.

F: Als Sie an den See kamen, haben Sie dort jemanden bemerkt?

A: An der Seite, an der ich immer entlanggehe, war keine Menschenseele. Zumindest habe ich niemanden gesehen. Schiller ist ein paarmal aufs Schilf zugelaufen, hat geknurrt. Ich dachte, es wären vielleicht Enten. Aber die interessieren Schiller sonst nie. Wenn ich es mir recht überlege, hat er sich an dem Abend wirklich seltsam benommen.

F: Sind Sie zum Schilf gegangen und haben nachgesehen, was Schiller dort gefunden hatte?

A: Nein. Ich habe ihn zurückgepfiffen. Ich wusste zu dem Zeitpunkt ja nicht, dass da womöglich ein entflohener Schwerverbrecher hockt. Gütiger Himmel, nur ein paar Schritte von mir entfernt!

F: Würden Sie die Stelle wiederfinden und könnten sie mir nachher zeigen?

A: Ich denke schon.

F: Sie sagten, auf der nördlichen Uferseite, an der Sie entlanggingen, war niemand. Haben Sie sonst irgendwo am See jemanden gesehen?

A: Warten Sie ... Wir sind das Stück am See entlanggegangen. Und ja, jetzt fällt mir etwas ein. Als der Feldweg sich vom See trennte, kurz bevor wir auf den anderen Trampelpfad abbogen, überholte uns ein Radfahrer.

F: Wenn er Sie überholte, heißt das, er kam vom See?

A: Ganz richtig. Das müsste kurz nach halb zehn gewesen sein.

F: Können Sie den Radfahrer beschreiben?

A: Den Radfahrer selbst ... Ich weiß nicht. Das Auffälligste war das Fahrrad. Es war so ein Modell, das ganz flach ist und bei dem der Fahrer wie in einem Sessel sitzt oder beinahe liegt.

F: Ein Liegerad?

A: Ja, ich glaube, so nennt man das. Ich erinnere mich ganz genau, dass das Rad kein Licht hatte. Und der Fahrer fuhr sehr schnell. Wir hatten ihn gar nicht kommen gehört, und schon war er an uns vorbei und wieder in der Nacht verschwunden. Uns ist natürlich der Schreck in die Knochen gefahren, das können Sie sich ja vorstellen, wenn nachts auf einmal jemand von hinten kommt.

F: Auf einem dunklen Feldweg. Also musste er sich gut auskennen.

A: Durchaus möglich. Kombinieren ist Ihre Aufgabe, nicht meine. Von dem Fahrrad weiß ich sonst nicht viel mehr. Ach so, doch, warten Sie, es hatte sehr dicke Reifen. Wie von einem Moped oder so.

F: Vielleicht eine Eigenkonstruktion.

A: Wie gesagt, kombinieren müssen Sie selbst, junger Mann, da mische ich mich nicht ein.

F: Und der Fahrer? Wie sah er aus?

A: Also ... hmm ... Er hatte so einen breiten Schlapphut auf. Ob der nun schwarz, blau oder grün war, kann ich Ihnen beim besten Willen nicht sagen. Auf jeden Fall war er dunkel. Die Statur des Fahrers kann ich nur schätzen, da er ja lag und ich ihn auch nur von hinten gesehen habe. Ich meine, er war etwas untersetzt, hatte kräftige und irgendwie schiefe Schultern, aber das kann natürlich auch vom Fahrstil kommen. Da kenne ich mich nicht aus.

F: Die Kleidung?

A: Dunkel. Alles dunkel. Ach ja, und er hatte einen hellen Streifen an der Hose. Wie bei diesen Sporthosen. Und die Schuhe, daran erinnere ich mich jetzt auch, das waren hohe Stiefel. Ich habe mich noch gewundert, wieso jemand im Sommer so etwas anzieht.

F: Könnten es Gummistiefel gewesen sein?

A: Möglich. Aber ich bin mir nicht sicher.

F: Irgendetwas anderes? Haare? Gesicht? Dick, dünn, alt, jung?

A: Eher jung. Obwohl das auch nur eine Vermutung ist. Sein Gesicht habe ich nicht gesehen. Die Haare auch nicht, er hatte ja einen Hut auf.

F: Sie sagen immer *er* – es war also auf jeden Fall ein junger Mann.

A: Sie meinen, ob es auch eine Frau hätte sein können? Nein, das glaube ich nicht. Allerdings, wie manche Mädchen sich heutzutage zurechtmachen ... Jetzt bringen Sie mich ganz durcheinander, Herr Masaryk.

F: Verzeihung, das war nicht meine Absicht, Frau Panier. Ist Ihnen sonst irgendetwas an dem Radfahrer aufgefallen? Hat er irgendetwas gesagt?

A: Nein. Er nicht. Aber Schiller. Er hat ihm nachgebellt, muss irgendetwas gewittert haben. Wissen Sie, Schiller bellt nie ohne Grund. Beim Radfahrer ist mir allerdings tatsächlich etwas aufgefallen. Eigentlich war es das Erste, was mir damals ins Auge fiel. Komisch, dass ich erst jetzt darauf komme. Er hatte so eine eigenartige lange Stange dabei. Das eine Ende lag auf dem Lenker, das andere auf seiner Schulter.

F: Können Sie die Stange genauer beschreiben? Wie dick war sie?

A: Ungefähr wie ein Ampelmast, nur nicht so lang. Und sie hatte an einer Seite eine Beule. Im ersten Moment dachte ich, es wäre eine Waffe. Ein Gewehr, so etwas. Aber es hätte auch ein Musikinstrument sein können. Wie gesagt – der Radfahrer ist sehr schnell an uns vorbei.

F: Der Radfahrer ist dann Richtung Kraldorf gefahren?

A: Dorthin führt der Feldweg zumindest. Ich bin kurz darauf mit Schiller auf den Trampelpfad und zurück nach Hause. Er war immer noch etwas aufgeregt. Ich dachte, wegen des Radfahrers. Erst in der Wohnung war er wieder der Alte. Hätte ich damals gewusst, was in dieser Nacht am See geschah ...

F: Haben Sie denn gar keine Angst, so alleine nachts am See?

A: Sehen Sie, ich bin ja nicht alleine, ich habe Schiller. Und außerdem habe ich immer ein Taschenmesser dabei. Nur für alle Fälle. Ich würde damit natürlich nie jemandem etwas antun.

F: Waren Sie seit dem Abend des 2. Juli wieder am See?

A: Nur bei Tageslicht. Ich bin doch nicht lebensmüde und gehe nachts an einen See, an dem ein Mädchen beinahe getötet wurde und der Täter noch frei herumläuft. Wissen Sie, was ich mir jeden Abend vorstelle? Dass er da hockt, ganz in meiner Nähe, irgendwo im Gebüsch, und dass er alles beobachtet und auf seine Chance wartet. Wie ein hungriges, wildes Tier. Er ist da draußen. Manchmal bin ich mir ganz sicher. In der Dämmerung, wenn es in der Wohnsiedlung ruhig wird und Geräusche vom See kommen. Seit dieser Nacht sind sie viel lauter als früher.

F: Sie brauchen sich keine Sorgen zu machen. Unsere Leute haben alles rund um den See abgesucht. Da hockt niemand, Frau Panier.

A: Ein wildes Tier lässt sich nicht so einfach einfangen. Sie vertrauen Ihren Leuten, ich vertraue meinem Instinkt. Und der sagt, dass es noch nicht vorbei ist.

F: Das Taschenmesser, von dem Sie eben sprachen. Haben Sie es dabei?

A: Ja, müsste ich eigentlich.

F: Dürfte ich mal einen Blick darauf werfen?

A: Wieso? Sie denken doch wohl nicht etwa ...

F: Routine.

A: Ich weiß zwar nicht, was das jetzt soll, aber bitte, wenn Sie es unbedingt wollen. Einen Moment. Ich habe es immer in dieser Jackentasche ... Es muss ganz weit unten ... Seltsam ... Vielleicht ist es ja in der anderen ... Das verstehe ich nicht. Es muss doch irgendwo in dieser Jacke sein. Oder habe ich es doch herausgenommen? Aber wozu?

F: Kein Messer?

A: Das ist mir furchtbar peinlich, Herr Masaryk. Ich habe das Taschenmesser sonst immer in dieser Jackentasche. Aber da ist es nicht.

F: Erinnern Sie sich daran, wann Sie das Messer zum letzten Mal benutzt haben?

A: Ich benutze es eigentlich kaum. Das ist sicher schon Monate her.

F: Melden Sie sich doch bitte, wenn das Messer wieder auftaucht. Und sagen Sie auch Bescheid, falls Sie es nicht mehr finden sollten.

A: Ja, selbstverständlich. Es ist mir wirklich ein Rätsel.

F: Vielen Dank, Frau Panier, dass Sie sich Zeit genommen haben. Sollten noch Fragen auftauchen, melden wir uns bei Ihnen.

*

Sie wollen, dass sie ins Kino geht. *Auf andere Gedanken kommt*. Mit ihm oder ihr, nur nicht allein. Im Schutz der Dunkelheit ans Licht der Öffentlichkeit.

Der Weg gesäumt von Tuscheln und Blicken. Sie reden viel. Über sie.

Die Stadt ist träge, sie lastet schwer auf ihr. Dächer biegen sich, Straßen werden eng. Sie ist der Makel unter ihnen, auf einfallsloser Reinheit. Unsichtbare Finger zeigen auf sie, flüchtig und feige, keiner berührt sie, wagt es. *Als könnte ich sie anstecken.*

Blicke triefen vor Mitleid und Wiedersehensfreude. Erbärmliche Schauspieler. Nur eins ist echt: *Angst. Angst. Angst*. Ein gewaltiger, schwarzer Felsen. Was er nicht unter sich begräbt, dem stellt er sich in den Weg.

Sie ist froh, als im Kino das Licht ausgeht. Sie hätte nicht gedacht, dass sie die Dunkelheit einmal schützen würde. Sie sitzt neben ihm. Schulter an Schulter, Herz an Herz, Atem an Atem. Für den Moment völlig neben sich. *Alles wie früher. Alles wie vorher. Alles so gut.*

Nichts ist gut.

Die Geräusche viel zu laut. Die Leinwand viel zu hell. Er viel zu weit weg.

Der Film fängt an und läuft schon viel zu lange. An ihr vorbei. *Schnelldurchlauf. Stromausfall. Aus.*

Sie will aufstehen. Gehen. An einen anderen Ort. In ein anderes Leben.

Er hält sie zurück. Der Blick starr geradeaus. Noch nicht einmal ein Streifen. Seine Hand in ihrer. Glatt.

Lauwarm. Sein Daumen streicht über ihren Handrücken.

Auf.

Ab.

Auf.

Ab.

Me cha nisch.

Sie erkennt ihn nicht.

Er erkennt sie nicht.

Es ist so dunkel.

*

»War das eben Flora?« Trixis Mutter reichte ihrem Mann einen Teller mit Käse.

Trixi nickte. Sie ließ das Telefon auf dem Fensterbrett liegen, setzte sich zurück an den Abendbrottisch und klemmte den rechten Fuß unter den linken Oberschenkel.

»Wie geht es ihr?« Trixis Mutter hielt sich die Teetasse an den Mund, trank aber nicht. Durch den feinen, heißen Nebel, der vom Tee aufstieg, betrachtete sie ihre Tochter aufmerksam. Ihr Mund formte einen strengen Strich.

Trixi sah auf den leeren Teller vor sich. Sie fuhr sich abwesend über ihr Ohr. Es war noch warm vom Telefonat. »Geht so. Sie war gerade im Kino.«

»Klingt nach Besserung«, meinte Trixis Vater und kaute dabei an einem Brotkanten.

Trixi schüttelte den Kopf. Der Pony fiel kurz über ihre Augen. »Würde man meinen. Klang aber grad gar nicht so.«

»War sie in dem Film mit den Erdmännchen?«, fragte Lasse, wobei die Gurkenscheibe, die er sich gerade in den Mund gesteckt hatte, wieder auf den Tisch fiel.

Trixi verzog den Mund und sah kurz zu ihrem kleinen Bruder. »Na klar.«

»War sie mit Andro im Kino?« Frau Jerger nahm vorsichtig einen Schluck vom heißen Tee.

Trixi nickte. Sie überflog die Wurst, den Käse, das Brot und das Gemüse auf dem Tisch. Normalerweise fiel sie nach dem Training immer wie eine Termite über das Essen her. Heute hatte sie keinen Hunger.

»Andro ist Floras Lebensabschnittssexualpartner«, wusste Lasse.

»Bei uns hieß das noch Schatz«, sagte Frau Jerger.

»Oder Ische und Stecher«, fügte Herr Jerger hinzu und handelte sich damit von seiner Frau einen gespielt entrüsteten Blick ein.

»Auf jeden Fall ist es gut, dass Flora Andro hat. Gerade jetzt«, fand Frau Jerger.

Trixi zuckte mit den Schultern. »Kann sein. Ich kenne ihn kaum. Entweder Flora macht was mit ihm oder mit mir. Zusammen machen wir nie was. Und erzählen tut sie auch so gut wie kaum was.«

»Mann, die sind Lebensabschnittssexualpartner«, meldete sich Lasse. »Du störst nur.«

Trixi gab ihm einen leichten Klaps auf den Hinterkopf.

»Hat sie …« Trixis Vater legte seine Brotscheibe auf dem Teller ab und setzte erneut an. »Hat sie dir irgendetwas über das, was am See passiert ist, erzählt?«

»Nicht mehr, als ich schon aus der Zeitung und vom Getratsche in der Schule wusste.« Trixi hielt einen Moment inne und starrte auf den Herd. »Sie sagt, sie kann sich an nichts erinnern.«

»Niklas hat gesagt, jemand wollte sie mit einem Säbel ermurksen. So«, Lasse fuchtelte mit seinem Buttermesser herum.

Herr Jerger packte mit einer schnellen Bewegung Lasses Hand und nahm ihm das Buttermesser weg.

Lasse verzog das Gesicht zu einem Schmollen.

Erst jetzt blinzelte Trixi und löste den starren Blick vom Herd. »Gibt es das, dass man sich auf einmal an gar nichts mehr erinnert? Dass man so etwas vergisst?« Sie sah ihre Mutter und ihren Vater Hilfe suchend an.

Herr Jerger legte Lasses Buttermesser auf den Tisch. »Ich kann mir das ehrlich gesagt nicht vorstellen. Dass man kleine, unbedeutende Sachen vergisst, ja, das schon, aber so etwas … Allerdings bin ich kein Experte.«

»Ich habe mal ein Buch gelesen. War eine wahre Geschichte«, begann Trixis Mutter langsam, als erinnerte sie sich während des Erzählens. »Ein Mann fiel nach einem Überfall ins Koma und als er erwachte, wusste er nicht mehr, wer er war. Er erkannte seine Eltern nicht mehr, seine Verlobte, seine Kollegen, nichts. Seine ganze Vergangenheit war ausgelöscht. Er musste wieder bei null anfangen.«

»Konnte er das Alphabet noch?«, fragte Lasse.

»Ich glaube, auch das musste er erst wieder lernen«, erwiderte Frau Jerger.

»Aber Flora kennt das Alphabet noch, sie kennt ihre Mutter noch, ihren Freund, sie weiß, wer sie ist. Nur, was in dieser einen bestimmten Nacht geschah, weiß sie nicht mehr. Das ist etwas vollkommen anderes«, meinte Trixi. »Es ist, als hätte sie diese eine Nacht aus ihrem Gedächtnis ausgeschnitten.«

»Wenn es wirklich so wäre«, begann Trixis Mutter, »kannst du ihr vielleicht helfen, den Schnipsel wiederzufinden.«

»Ich?«

»Du bist ihre beste Freundin.« Frau Jerger musterte ihre Tochter. »Oder etwa nicht mehr?«

»Natürlich bin ich das.« Trixi runzelte kurz die Stirn. »Aber seit der Sache am See ist Flora total verschlossen. Sie lässt mich nicht mehr reingucken, als ... als hätte sie Angst, etwas preiszugeben.« Trixi schnaufte. »Fast so, als müsste sie sich nackt vor mir ausziehen und würde sich genieren.«

»Wer macht sich nackig? Flora?« Lasse grinste Trixi erwartungsvoll an.

Herr Jerger drückte Lasse sein Buttermesser wieder in die Hand und gab ihm eine Scheibe Brot. »Vielleicht sollte sie mal zu so einem Nervenklempner gehen.«

»Im Moment will sie nichts von wegen Therapie wissen«, erwiderte Trixi. »Man kann sie ja kaum dazu zwingen, oder?«

»Lass ihr Zeit«, sagte Frau Jerger zu ihrer Tochter. »Sei einfach für sie da. Ruf sie an, triff dich mit ihr, lad sie ein. Aber sei vorsichtig. Pass auf sie auf. Und auf dich auch. Immerhin haben sie den Täter noch nicht …«

Ein schrilles Telefonklingeln fuhr Frau Jerger ins Wort.

»Ich hasse dieses Klingeln. Genau wie in unserem Büro«, murmelte Herr Jerger.

Trixi und Lasse waren gleichzeitig aufgesprungen.

»Das ist für mich! Das ist für mich!«, rief Lasse, schlängelte sich auf Taillenhöhe um seine Schwester herum und schnappte sich den Hörer vom Fensterbrett. »Hallo, Lasse Jerger«, meldete er sich.

Trixi stand neben ihm, die Hand nach dem Hörer ausgestreckt.

»Hallo?« Lasse lauschte ein paar Sekunden. Dann schielte er zum Hörer an seinem Ohr. »Niklas, bist du das?«

»Gib schon her!«, zischte Trixi.

Lasse drückte sich den Hörer noch fester ans Ohr. »Hallooo? Niklas?« Er horchte. »Ey, Mann, verarsch mich nicht!« Lasse sah nervös zu seiner Schwester.

Trixi riss ihm kurz entschlossen den Hörer aus der Hand.

»Brutale Blödsau!«, rief Lasse.

Trixi presste sich den Hörer ans Ohr. »Hallo?« Sie lauschte. Mehrere Sekunden lang war nur ein gleichmäßiges Knistern zu hören. Zweimal knackte es kurz in der Leitung. »Hallo? Ist da wer?«

Trixi musste auf einmal an die Muschel denken, die ihr Flora vom einzigen größeren Urlaub zusammen mit ihrer Mutter mitgebracht hatte. Oft hatte sie sich die Muschel ans Ohr gehalten und dem Rauschen gelauscht, das so dicht an ihrem Ohr war und gleichzeitig so wunderbar weit weg klang. So wie jetzt. Doch das Rauschen, was sie gerade hörte, klang nicht nach Meer und Wind und Salz. Es klang, als würde sich am anderen Ende der Leitung das unendliche, einsame Weltall ausbreiten.

»HAL-LO!«, rief Trixi ins All. Keiner antwortete. Trotzdem hatte Trixi das Gefühl, dass jemand am anderen Ende sein Ohr genauso an den Hörer drückte wie sie.

»Was ist los?«, fragte Herr Jerger.

Trixi nahm den Hörer vom Ohr und sah auf die Anzeige. *Anonym.* Sie zuckte mit den Schultern und presste sich den Hörer wieder ans Ohr. Auf einmal hörte sie etwas. Erst ganz leise. Als würde jemand im Winter gegen ein Fenster hauchen. Dann wurde es lauter. Schneller. Gehetzt. Jemand atmete in den Hörer.

»Wer ist da?«, fragte Trixi. Es klang, als hätte sich Raureif auf ihre Stimmbänder gelegt.

Das Atmen wurde noch intensiver, noch drängender, als würde der Mensch am anderen Ende der Leitung rennen.

Trixi hielt sich mit einer Hand am Fensterbrett fest und sah instinktiv aus dem Fenster. Die Straße lag ruhig und verlassen im goldgelben Licht der Laternen. Schlief wie aus einem vergangenen Jahrhundert. Der große Lindenbaum in der Einfahrt zum Hof des Häuserblocks gegenüber hob sich wie ein schwarzer Riese vom Abendhimmel ab. Darunter stand eine dunkle, klobige Gestalt. Trixi starrte sie an. »Hallo?«, sagte sie, ohne den Blick abzuwenden.

Plötzlich knackte es in der Leitung. Dann war von einer Sekunde auf die andere alles verschwunden. Das Rauschen. Das Knistern. Das Atmen. Ein durchgehender Ton erklang, der signalisierte, dass der andere Teilnehmer aufgelegt hatte.

Trixi ließ den Hörer langsam sinken. Ihr Ohr glühte. Sie starrte noch immer auf die klobige Gestalt in der Einfahrt gegenüber. Erst jetzt erkannte sie, dass es eine Mülltonne war. Der Hausmeister musste sie in die Einfahrt gestellt haben. Jemand hatte einen schwarzen Plastiksack daraufgelegt.

»Trixi, wer war das denn?«, fragte ihre Mutter.

»Falsch verbunden.«

8. Kapitel

»Und du bist dir sicher, dass es in ganz Telpen nur ein Liegerad gibt?« Polizeihauptmeister Leif Sälzer sah zu seinem Streifenpartner, der hinter dem Steuer des Dienstwagens saß.

»Keine Ahnung, wie viele Liegeräder es in Telpen gibt. In Kraldorf gibt es jedenfalls nur eins.«

Masaryk war nach der Vernehmung mit Annedore Panier zu der Stelle am See gegangen, wo laut ihren Angaben in der Nacht vom 2. Juli der Hund angeschlagen hatte. Bis auf ein verlassenes Vogelnest und einen alten Handschuh, der jemandem vermutlich im Winter ins Wasser gefallen war, fanden sie dort nichts. Danach hatte Masaryk sich auf die Suche nach dem Liegeradfahrer gemacht, den Frau Panier in der Tatnacht gesehen hatte. Er war überzeugt davon, dass der Liegeradfahrer eine Schlüsselfigur war. Er war ein wichtiger Zeuge. Wenn nicht noch mehr. Obwohl er vor der vermuteten Tatzeit vom See weggefahren war, konnte er etwas gesehen haben. Oder er war zurückgekehrt – aus welchem Grund auch immer.

»Wie viele Einwohner hat das Nest denn? Fünfzig?« Sälzer umklammerte den Haltegriff über der

Tür, als Masaryk ohne zu bremsen auf die Landstraße nach Kraldorf abbog.

»Zweiundachtzig. Von denen sind nur achtzehn unter fünfundzwanzig. Und von diesen achtzehn sind nur fünf über zehn Jahre alt. Und von diesen fünf besitzt nur einer ein Liegerad. Patrick Felber.«

Sälzer runzelte die Stirn.

»Ist genauso alt wie Flora Duve, gleiche Schule, Parallelklasse.«

»Felber ...« Sälzer strich sich über das Kinn. Es stachelte. Hatte er den Namen schon einmal gehört oder bildete er sich das nur ein? »Felber ... Warte mal, dieser Wilbert Felber, hat der was damit zu tun?«

Masaryk nickte. »Ist der Vater. Hat regelmäßig Ärger mit Anwohnern, Tierschutz, dem Bürgerbüro und so weiter. Er betreibt so einen Gnadenhof für Tiere. Die Nachbarn beschweren sich ständig über den Gestank, das Gebell und die Unordnung. Außerdem steht schon seit einiger Zeit das Gerücht im Raum, Felber würde die Tiere nicht artgerecht halten. Und er würde das Ganze nur aus Profitgier betreiben.«

»Einen Gnadenhof? Wie kann man damit Profit machen? Das sind doch meistens gemeinnützige Vereine.«

»Felber verkauft viele der Tiere wieder. Er bekommt die Tiere ja einfach so, päppelt sie halbwegs wieder auf und macht dann beim Verkauf entsprechend Gewinn.«

»Was ist daran verkehrt? Von irgendetwas muss der Mensch ja leben.«

»Das Problem sind die Tiere, die Felber nicht mehr losbekommt. Die vegetieren dann auf dem Gnadenhof dahin. Denen gibt er keinen Krümel Futter zu viel.«

»Das sagen die Gegner vom Hof, nehme ich an«, erwiderte Sälzer.

Masaryk fuhr über eine kleine Kopfsteinpflasterbrücke.

Die Steine glänzten noch vom letzten Regen. Sie sahen so alt aus, dass Sälzer sich fragte, ob schon Pferdekutschen über diese Brücke gefahren waren. Obwohl er nun schon seit einem Jahr in Telpen lebte, war er noch nie in Kraldorf gewesen. Bis jetzt hatte es dazu keinen Anlass gegeben. Er war kein Freund des Landlebens. Es war ihm zu viel Miteinander. Zu viel übereinander wissen. Er fühlte sich schon in einer Kleinstadt wie Telpen unwohl und beobachtet.

Sie erreichten den Ortseingang von Kraldorf. Das einstmals gelbe Schild war am Rand von Moos bedeckt.

»Es muss gleich hier links sein«, sagte Masaryk. »Der Gnadenhof liegt direkt am Feldweg, der zum See führt.« Er beugte sich leicht über das Lenkrad, sah angestrengt auf die Straße und bog nach ein paar Metern links von der Dorfstraße auf einen unbetonierten Weg.

Masaryk fuhr mit der gleichen Geschwindigkeit

wie auf der Landstraße, was zur Folge hatte, dass Sälzer hin und her geworfen wurde, als er für eine Sekunde den Haltegriff losließ, um sein Basecap, das verrutscht war, gerade zu rücken.

»Das muss es sein.« Masaryk parkte den Wagen auf einem abgenutzten, grüngelben Rasenstück vor dem letzten Haus. Dort standen bereits ein alter, weißer Kleinlaster mit Rostflecken und einer Ladefläche voller Gerümpel sowie ein Opel Corsa, der bis zu den Fenstern von getrockneten Schlammspritzern überzogen und darunter vermutlich rot war.

Das Haus wirkte klein und alt, aus den Vierzigern oder Fünfzigern. Der beigefarbene Putz bröckelte an mehreren Stellen; eine der Stufen, die zum Hauseingang führten, war abgesackt. Die Fenster waren klein, die Gardinen mehr grau als weiß.

Masaryk suchte am Hauseingang nach einer Klingel. Nachdem er keine finden konnte, klopfte er mehrmals kräftig an die Tür. Im Haus blieb alles ruhig. Er drehte sich zu seinem Chef um und zuckte mit den Schultern.

Sälzer stand mit den Händen in den Jackentaschen auf dem Rasenstück vor dem Haus. Er betrachtete in aller Ruhe das Haus und die Umgebung. »Versuchen wir es hier«, sagte er schließlich. Er gab seinem Praktikanten einen Wink mit dem Kopf.

Parallel zum Feldweg schloss direkt an das Haus ein Grundstück an. Der Großteil war von einer hohen, dichten Hecke verborgen. An einer Stelle war die Hecke unterbrochen und ein Gittertor gab den Blick auf den Hof frei. Am Tor hing ein Holzbrett, auf dem in dicken, schwarzen Buchstaben »Gnadenhof« stand. Das Holzbrett war mit zwei Drähten am Tor angebracht und hing schief. Über einem Torpfosten lag ein alter, weißer Lappen, der mit bräunlich-gelben Flecken übersät war.

Sälzer ging auf das Tor zu und rüttelte daran.

Sofort fingen mehrere Hunde an zu bellen. Das Tor war verschlossen.

Masaryk stellte sich neben Sälzer vor das Tor. »Hallo? Herr Felber? Patrick?«

Auf dem Hof standen mehrere Käfige. Manche leer, manche mit Insassen. Sie standen kreuz und quer, sahen aus wie zufällig dahingewürfelt. Zwischen den Käfigen wuchsen Gemüse und Blumen, denen früher vermutlich einmal ein ganzes Beet zugedacht gewesen war.

Die hintere Hofseite wurde von einem Holzschuppen begrenzt, der die gesamte Hofbreite einnahm. Er hatte mehrere Türen, aus denen Tiergeräusche kamen.

In der linken Hofecke lag ein Gerümpelhaufen, groß wie ein Schiffscontainer. Sälzer erkannte eine alte Waschmaschine, ein Gartengitter, ein Ofenrohr und mehrere Lumpen, Plastiktüten und Farbeimer. Auf der anderen Seite, vor dem Seiteneingang des Hauses, standen ineinandergestapelte Eimer, Säcke mit Tierfutter, eine Schaufel, eine Spitzhacke und mehrere Holzbretter, über denen eine Plane lag. Auf der Plane hatte sich ein kleiner See aus Regenwasser gebildet.

Direkt an der Hauswand, im Schutz des Dachvorsprungs, stand ein Fahrrad. Es war ein Liegerad und hatte dicke, schwarze Reifen und einen hellgrauen Rahmen. Sälzers Blick verharrte einen Moment darauf.

»Volltreffer«, sagte Masaryk, der das Liegerad ebenfalls entdeckt hatte. »Wir müssen da rein.«

Sälzer betrachtete den Zaun. »Wenn wir müssen, müssen wir wohl«, sagte er, griff nach einer der oberen Querstangen und zog sich daran hoch.

Masaryk begriff schnell und folgte Sälzer, der bereits den oberen Rand des Zauns erreicht hatte und sich auf die andere Seite hievte.

Sälzer war überrascht, dass sein Streifenpartner ihm ohne die Klassikerfrage nach dem Durchsuchungsbefehl folgte und somit zwar nicht seine Karriere aufs Spiel setzte, aber immerhin riskierte, dass sie einen unschönen Knick bekam.

Die Hunde bellten noch lauter, als Sälzer und Masaryk auf der anderen Zaunseite nach unten kletterten.

»Verdammt!«, schimpfte Sälzer, als er mit dem rechten Fuß in einer Schlammpfütze landete, in der er fast bis zum Knöchel versank. Er drehte sich um, wollte einen Schritt Richtung Haus gehen, doch er kam nicht weit. Er nahm eine hastige Bewegung wahr, und bevor er irgendetwas begriff, spürte er etwas Kaltes, Spitzes an seinem Hals.

»Keinen Schritt weiter!«, befahl eine gehetzte Stimme.

Sälzer wagte es nicht, sich zu bewegen. Nicht, solange das Kalte und Spitze noch an seinem Hals war. Er sah in zwei Augen, die so hellblau waren, dass sich die Iris kaum von ihrer weißen Umgebung abhob. Die Wimpern waren rötlich, sie zitterten. Die Augen waren weit aufgerissen. Unter dem rechten Auge prangte eine Narbe. Sie war schlecht verheilt und nässte. Der Mann trug einen grauen Filzhut mit breiter Krempe wie ein Gaucho.

»Legen Sie das Teil da weg!«, rief Masaryk, der auf den Mann zuging. Seine Stimme klang höher als sonst.

»Keinen Schritt näher, habe ich gesagt. Das gilt auch für Sie.«

Erst jetzt erkannte Sälzer, womit der Mann sie bedrohte. Es war eine dreizinkige Heugabel aus Stahl. Er hielt sie jetzt so, dass er Sälzer und seinen jungen Partner gleichzeitig damit in Schach halten konnte.

»Was wollt ihr hier, ihr durchgeknallten Turteltierheinis? Ich werde euch anzeigen. Hausfriedensbruch ist das!« Der Mann stieß die Heugabel in die Luft.

Sälzer wich instinktiv zurück. Schnell zog er seinen Dienstausweis aus der Jackentasche. »Polizeiinspektion Telpen. Hauptpolizeimeister Sälzer. Mein Kollege Masaryk.« Sälzer deutete kurz mit dem Kopf zu seinem Praktikanten. »Legen Sie die Heugabel weg. Sonst bekommen Sie eine Anzeige wegen Widerstands gegen Vollstreckungsbeamte.«

Der Mann rührte sich nicht. Langsam wanderten seine hellen Augen zwischen den beiden Polizisten hin und her. Schließlich ließ er die Heugabel sinken. Er spuckte auf den Fußboden, direkt vor Sälzer.

Sälzer sah, wie die Spucke Bläschen bildete, dann blickte er auf. »Wilbert Felber, nehme ich an?«

»Was wollen Sie von mir? Haben die Tierheinis jetzt die Bullen auf mich gehetzt, oder was?«

»Immer mit der Ruhe, Herr Felber. Wir wollen gar nicht zu Ihnen«, sagte Masaryk. »Wir wollen Ihren Sohn sprechen.«

Sälzer sah, wie Felbers Hand zuckte.

Felber steckte die Hand in die Tasche seines blauen, verwaschenen Overalls. »Welchen?«

»Sie haben mehrere Söhne?« Masaryk wagte einen Schritt auf Felber zu.

»Ich dachte, Bullen wissen immer alles.« Felber sah kurz zum Haus. »Der Große hat schon die Mücke gemacht, dem war es in Kraldorf zu langweilig. Manchmal kommt er vorbei. Aber immer seltener. Was soll er auch hier. Der Kleine müsste noch in der Schule sein.«

»Ist das Patrick?«, fragte Masaryk.

Felber nickte. Um seine Mundwinkel lagen zwei

tiefe Falten, wie Sicheln. Sein Hals war von Kratzern übersät.

Sälzer ging langsam an Felber vorbei und auf das Liegerad zu.

»Was wollen Sie von ihm?«, fragte Felber, der zwischen Masaryk und Sälzer nervös hin und her blickte. »Hat er etwas angestellt?«

»Wir wollen nur mit ihm reden«, sagte Masaryk.

»Ist das sein Liegerad?«, fragte Sälzer, ohne den Blick davon zu heben.

»Ja. Wieso? Hat er sich selbst zusammengebaut. Sind Sie deswegen hier? Ist es verboten, damit im öffentlichen Straßenverkehr zu fahren, oder was?«

»Von mir aus kann Ihr Sohn damit fahren, wo er will.« Sälzer beugte sich über das Liegerad. Er betrachtete den Sattel, der ihn an die Bonanzaräder seiner Kindheit erinnerte. Die Reifen waren breit, der Rand von einer Erdkruste bedeckt. Sälzers Blick glitt über den Rahmen, den Lenker und blieb ganz vorne hängen, dort, wo der Rahmen im Kettenantrieb mit den Pedalen endete. Sälzer stutzte. Dann bückte er sich, schob das Basecap ein Stück in den Nacken. Er hatte richtig gesehen. Auf dem letzten Stück des Rahmens waren zwei dunkelrote, fast bräunliche Flecken zu erkennen, hoben sich deutlich vom Hellgrau ab. Sälzer betrachtete sie noch ein paar Sekunden, dann richtete er sich wieder auf. »Fährt Ihr Sohn oft mit dem Rad?«

Felber zuckte mit den Schultern. »Was heißt oft?

Ab und zu eben. Meistens nur hier im Dorf, mal zum Angeln oder rüber zu Rainers Garage.«

»Wissen Sie noch, wann er das letzte Mal damit gefahren ist?«, fragte Sälzer und kam wieder auf Felber und Masaryk zu.

»Keine Ahnung. Ich kontrolliere meinen Sohn doch nicht auf Schritt und Tritt. Er ist alt genug. Bei dem Mistwetter wird es aber eine Weile her sein.«

»Wir funken gleich noch mal die Kollegen an. Die werden mit dem Bus kommen und das Liegerad mitnehmen. Nichts anfassen bis dahin«, sagte Sälzer und gab Masaryk ein Zeichen.

»Was, zum Teufel noch mal, soll das alles?« Felber stieß die Heugabel auf den Boden. »Sagen Sie mir jetzt endlich, was Sie von meinem Sohn wollen?«

Masaryk zögerte und sah kurz zu Sälzer. Als der kaum merklich nickte, sagte er: »Es geht um letzten Mittwoch. Genauer gesagt um Mittwochabend.«

Felbers Augen weiteten sich. Sein Mund ging ein paarmal auf und zu, ohne dass ein Ton herauskam. »Die Sache mit dem Mädchen am See?«

Masaryk nickte kurz.

»Was hat Patrick damit zu tun?«

»Flora Duve. Sie geht in die Parallelklasse von Ihrem Sohn.«

»Das tun etliche andere auch.« Wilbert Felber schob den Gauchohut ein paar Zentimeter nach oben und wischte sich mit dem Handrücken den Schweiß von der Stirn.

»Können Sie sich erinnern, was Ihr Sohn am Abend des 2. Juli gemacht hat?«, fragte Sälzer.

»Letzten Mittwoch?« Felbers Augenlider zuckten. Sein Blick flog von einer Hofecke zur anderen. »Weiß nicht. Wahrscheinlich war er in seinem Zimmer. Hat gelernt oder ferngesehen.«

»Sind Sie sich sicher?«, fragte Sälzer.

»Ja, ja, doch, jetzt erinnere ich mich, wir haben zusammen diese Millionärssendung mit dem Jauch gesehen.«

»Die kommt montags und freitags«, sagte Masaryk.

»Dann war es eben eine Wiederholung.« Felber fuhr sich mit der Hand über den Hals.

»Herr Felber, jemand hat Ihren Sohn am Mittwochabend noch spät in der Nähe des Sees gesehen«, sagte Masaryk.

»Aber ... dann hat sich dieser Jemand eben verguckt.«

»Das ist sehr unwahrscheinlich«, wandte Masaryk ein. »Herr Felber, Ihr Sohn ist womöglich ein wichtiger Zeuge.«

»Wo finden wir Patrick jetzt?«, fragte Sälzer.

Wilbert Felber sah den Polizeihauptmeister einen Moment unentschlossen an. »In der Schule. Heinrich-Heine-Schule. Gabelhoferstraße«, sagte er dann langsam.

*

Sälzer war alleine zur Heinrich-Heine-Schule gefahren, während sich Masaryk um die Blutspuren am Liegerad kümmerte.

Er wollte Patrick Felber nicht aus dem Unterricht holen. Er erinnerte sich noch, dass er das früher, als er selbst noch ein Schüler gewesen war, gehasst hatte. Nicht, weil er etwas vom Unterricht verpasste. Aber mit jeder Minute, die er nicht im Klassenzimmer war, wurden die Spekulationen darüber immer wilder, wohin, zu wem und warum er aus dem Unterricht geholt worden war.

Aber als Sälzer in der Schule ankam, hatte die Stunde gerade begonnen. Das Lehrerzimmer war bis auf eine Referendarin verwaist, bei der weder Flora Duve noch Patrick Felber Unterricht hatten und die somit für Sälzer als Gesprächspartnerin nicht interessant war. Zumindest, was die Ermittlungen betrafen. Außerdem hatte sie Besseres zu tun, als einem Polizeibeamten mit Bauchansatz das Warten zu verkürzen. Vor allem aber konnte Sälzer nicht warten. Nicht, wenn die dunkelroten Flecken auf Patricks Liegerad tatsächlich Blutspuren waren. Woran Sälzer keinen Zweifel hatte. Die Frage war nur, wessen Blut es war.

Sälzer stellte sich mit dem Rücken an den Lehrertisch und stützte sich mit beiden Händen darauf ab. Patrick Felber lehnte vor ihm in der ersten Reihe mit verschränkten Armen und übereinandergeschlagenen Füßen an einem Tisch. In der letzten Reihe neben dem Fenster saß Frau Dr. Kreisler. Sie war Patricks Geografielehrerin, stand kurz vor der Pensionierung und saß der Vernehmung als Vormund bei. Sie hatte ihre Brille, an deren Bügeln eine goldene Kette hing, die um den Hals führte, bis zur Nasenspitze geschoben und blätterte in einer Fachzeitschrift.

Patrick Felber war untersetzt. Als Sälzer ihn sah, musste er im ersten Moment an Napoleon denken. Ein Napoleon nach der Schlacht bei Waterloo. Sein Gesicht war rund, fast noch kindlich. Im Gegensatz zu seinem Vater hatte er kleine, dunkle Augen. Sie wirkten auf dem weichen Gesicht wie versunkene Knöpfe. Die Haare waren kirschrot gefärbt, an den Schläfen und dem Haaransatz kam das natürliche Dunkelbraun bereits wieder zum Vorschein.

»Weißt du, warum ich hier bin?«, fragte Sälzer.

Patrick zuckte mit den Schultern.

Sälzer trommelte mit den Fingern der rechten Hand an den Rand der Tischplatte. »Okay. Versuchen wir es anders. Klassisch. Wo warst du letzten Mittwochabend?«

»Mittwoch?« Patrick richtete sich etwas auf. »Wieso Mittwoch? Ist das wegen Flora?«

»Du kennst sie?«

»Jeder kennt die. Auf jeden Fall jeder an dieser

Schule. Und ein Haufen andere sicher auch. Na ja, jetzt auf jeden Fall, nach der Sache am See ...«

»Du hast davon gehört?«

Patrick zögerte kurz. »Stand doch in der Zeitung. Außerdem reden alle nur noch davon.«

»In der Schule?«

»Überall. Mann, gehen Sie nie unter Leute? Die ganze Stadt kennt nur das eine Thema.«

»Zurück zu Mittwoch. Was hast du gemacht?«

Patrick presste die Lippen aufeinander. Er sah zum Fenster. »Weiß nicht. Ferngesehen?«

»Das hat uns dein Vater auch erzählt.« Sälzer ließ Patrick keine Sekunde aus den Augen.

»Sie waren bei meinem Vater? Wieso das denn?« Patrick hatte sich vom Tisch abgestoßen, als wolle er ein paar Schritte machen, überlegte es sich dann aber anders.

Frau Dr. Kreisler sah kurz auf, leckte den Zeigefinger an und blätterte eine Seite in ihrer Fachzeitschrift um.

»Wir wollten eigentlich zu dir. Du warst nicht da. Also haben wir uns kurz mit deinem Vater unterhalten.«

Patrick nickte mehrmals hintereinander, wobei er zu Boden starrte. »Wenn mein Vater sagt, ich habe Mittwochabend ferngesehen, wird's wohl stimmen. Sonst noch was?«

Sälzer kratzte sich am Nacken, wodurch sein Basecap ein Stück nach vorne rutschte. Er zog es zurück.

»Noch 'ne ganze Menge, fürchte ich.« Er lehnte sich vor und sagte leise: »Du hast am Mittwochabend nicht vor dem Fernseher gesessen.«

Patrick starrte Sälzer ausdruckslos an. »Hab ich nicht?«

»Du warst am See. Jemand hat dich gesehen. Wir haben eine Zeugin, die bestätigt, dass du am Mittwochabend mit deinem Liegerad an ihr vorbeigefahren bist.« Sälzer konnte förmlich sehen, wie die Gedanken in Patricks Gehirn wie aufgescheuchte Ameisen durcheinanderliefen.

»Vielleicht hat sie irgendeinen anderen mit einem Liegerad gesehen.« Patrick spielte hektisch mit einem Faden an der äußeren Hosennaht.

»Die Sache ist die, Patrick: Im Moment vernehme ich dich vorrangig als möglichen Zeugen, nicht als möglichen Täter.« Es sei denn, das Blut an deinem Liegerad stammt von Flora Duve, fügte Sälzer stumm hinzu. »Wir wissen, dass du Mittwochabend am See warst. Je mehr Blödsinn du mir hier auftischst, desto verdächtiger machst du dich.« Sälzer sah Patrick fest in die Augen. »Also, was ist? Erzählst du mir, was du letzten Mittwochabend gemacht hast?«

Der Stuhl in der letzten Reihe knarzte, als Frau Dr. Kreisler sich aufrichtete, die Zeitschrift auf dem Tisch ablegte und zu Patrick sah.

Patrick fuhr sich mit Daumen und Zeigefinger über die Nase, verharrte so einen Moment. Die Sekunden verstrichen. Dann ließ er die Hand sinken und hob den Kopf. »Okay. Ja. Ich war am Mittwoch am See.«

»Alleine?«

Patrick nickte. »Ich war angeln. Dazu braucht man niemanden. Deswegen mag ich es ja.«

»Wann bist du losgefahren, wo genau hast du geangelt, wie lange, ich will alles wissen.«

Patrick stemmte sich mit den Händen auf der Tischplatte ab, zog sich hoch und setzte sich auf den Tisch. Er starrte auf ein kleines Stück Kreide, das neben Sälzers rechtem Fuß lag, dann begann er: »Ich bin kurz nach acht zum See. Vielleicht auch Viertel nach acht. Als ich ankam, hatte Ella auf jeden Fall schon zu und die Badegäste waren weg. Auch die Penner, die da manchmal noch länger vor dem Kiosk rumhängen.«

»Wie bist du zum See gekommen?«

»Mit dem Liegerad. Wissen Sie doch schon. Ich bin den Feldweg lang. Er führt von unserem Haus direkt zum See. Vom Feldweg aus habe ich noch ein Stück geschoben. Zu der Stelle, wo ich meistens angle, gibt es keinen richtigen Weg. Da ist alles total zugewuchert. Ich habe das Rad nach ein paar Metern einfach stehen lassen und bin den Rest gegangen.«

»Wo ist deine Angelstelle genau?«

»In dieser kleinen Bucht mit der großen Weide, ziemlich genau am gegenüberliegenden Ufer vom Badestrand. Da ist so ein alter Bootssteg, schon 'n bisschen morsch. Den benutzt seit Jahren keiner mehr. Außer ich eben. Liegt richtig geschützt im Schilf und sieht man kaum, wenn man nicht weiß, dass er da ist. Na ja, und da habe ich dann eben geangelt.«

»Was gefangen?«

»Einen Karpfen.«

»Wer war noch am See?«

»Zunächst war da niemand.« Patrick hielt einen Moment inne. »Ich mag das, wenn der See abends ganz still daliegt.« Er räusperte sich. »Ich weiß nicht mehr genau, wie lange ich schon da gesessen habe, aber es können eigentlich nur ein paar Minuten gewesen sein, da kamen zwei Radfahrer. Drüben am Badestrand. Sie haben die Räder hingelegt und sich ans Ufer gesetzt. Obwohl das andere Ufer ein gutes Stück weg ist und es langsam dunkel wurde, habe ich sie sofort erkannt.« Patrick machte ein Geräusch, das wie eine Mischung aus Lachen und Ächzen klang. »Das Traumpaar der Schule.«

Sälzer runzelte die Stirn. »Flora und dieser … Andreas?«

»Andro«, verbesserte ihn Patrick. »Andro Petric.«

»Flora Duve war nicht alleine am See?«

»Hab ich doch grad gesagt. Sagen Sie bloß, das wussten Sie noch nicht?«

Sälzer ignorierte die Frage. »Weiter.«

Patrick verzog kurz den Mund. »Die beiden saßen also drüben am Ufer. Haben erst mal nur geredet, soweit ich das erkennen konnte. Auf jeden Fall passierte eine ganze Weile nichts Spannendes. Aber dann wurde Flora immer lauter. Ich habe zwar nicht verstanden, was sie da schrie, aber dass sie schrie, konnte ich auch am anderen Ufer hören. Ich hatte schon Angst, sie würde mir die Fische vertreiben. Dann stand sie auf, fuchtelte mit den Armen. Keine Ahnung, was da los war, aber es sah echt wild aus. Andro hat versucht, sie wieder nach unten zu ziehen.«

»Ein Streit.«

»Sah zumindest so aus. Wie gesagt, ich habe kein Wort verstanden. Irgendwann ist Andro auch aufgestanden und wollte Flora umarmen. Sie hat ihn aber weggestoßen. Er ist beinahe hingeknallt. Mann, war die wütend. So habe ich sie noch nie gesehen. Dann hat er sein Fahrrad genommen und ist einfach abgehauen. Hat seine Freundin alleine sitzen lassen.«

»Wann war das?«

Patrick überlegte kurz. »Gegen neun vielleicht.«

»Erzähl weiter. Andro ist also weggefahren. Wohin?«

»Woher soll ich das wissen? Er hat sich aufs Rad geschwungen und ist dann auf dem Radweg Richtung Stadt verschwunden. Ohne sich auch nur noch einmal nach ihr umzudrehen.«

»Und dann?«

»Flora stand alleine da. Einen Moment sah es

aus, als wüsste sie nicht, was sie tun sollte. Als wollte sie Andro vielleicht hinterherfahren. Aber dann hat sie sich ganz nah ans Ufer gesetzt, direkt neben diese hässliche Krötenkunst. Sie hat sich irgendwie so zusammengekauert, Sie wissen schon, so mit beiden Armen um die angezogenen Knie, wie Mädchen das manchmal machen. Ich habe noch eine Weile gewartet, ob irgendetwas passiert, ob Andro zurückkommt. Oder ob Flora baden geht, na ja, irgend so etwas.« Patricks Knopfaugen bekamen einen roten Rand. »Aber gar nichts passierte. Sie saß einfach nur da und starrte auf das Wasser. Wahrscheinlich tat ihr der Streit leid und sie war traurig. Aber von so etwas habe ich echt keine Ahnung. Ich hab dann irgendwann zusammengepackt, bin zurück zu meinem Liegerad und nach Hause.«

»Und du hast nicht daran gedacht, rüber zu Flora zu fahren? Immerhin kanntest du sie. Sie saß da alleine am See, in der Dunkelheit, nach einem Streit mit ihrem Freund.«

»Na ja, klar kenne ich Flora, aber doch nicht so. Sie … Sie ist kein Mädchen, zu dem man einfach so hingeht«, sagte Patrick. Seine Stimme klang, als wäre sie in eine Streichholzschachtel gepresst. »Glauben Sie mir, die hätte sich ganz sicher nicht gefreut, in dem Moment mein Gesicht zu sehen. Das Letzte, was sie braucht, ist Hilfe von einem Typen wie mir.«

Sälzer blies kurz die Backen auf. »Sieht so aus, als hätte sie an dem Abend sehr gut Hilfe gebrauchen können.«

Patrick schloss einen Moment die Augen. Er schluckte. »Da kommt doch kein Mensch drauf«, sagte er, wobei er den Mund kaum öffnete. »Dass an unserem verpennten Telpener Tümpel ein entflohener Psychopath im Schilf hockt und nachts Mädchen abschlachtet. Das gibt's doch nicht in Telpen, nur im Fernsehen.«

»Wie kommst du darauf, dass der Täter im Schilf gehockt hat?«

Patrick sah Sälzer verwirrt an. »Keine Ahnung. Im Schilf, im Gebüsch, hinter dem Kiosk. Irgendwo muss er sich ja versteckt haben.« Er nahm die Hände von der Tischplatte und fuhr sich mit den Handflächen über die Oberschenkel.

Sälzer sah, dass dort, wo Patricks Hände auf der Tischplatte gelegen hatten, zwei feuchte Abdrücke zurückblieben. »Hast du an dem Abend außer Flora Duve und ihrem Freund noch jemanden am See gesehen?«

Patrick schüttelte langsam den Kopf. »Nein. Da war niemand. Also, am Badeufer auf jeden Fall nicht. Drüben, wo die Wohnsiedlung ist, da hat mal ein Hund gebellt. Und das südwestliche Ufer ist so dicht mit Schilf, Gräsern und Bäumen bewachsen, selbst wenn dort jemand gewesen wäre, hätte ich ihn nicht gesehen.«

»War sonst irgendetwas auffällig? Geräusche? Tiere? Irgendeine besondere ... Atmosphäre?«

Patrick runzelte die Stirn. »Was denn für eine Atmosphäre? Es war abends am See, Vollmond. Es war noch ziemlich warm. Ein paar Libellen waren unterwegs, Enten, irgendwo quakte ein Frosch. Alles war total friedlich. Wie in einem Bilderbuch.« Patrick senkte den Kopf. »Nur dass auf der nächsten Seite ein Blutgemetzel kam.«

Frau Dr. Kreisler zog in der letzten Reihe die Augenbrauen hoch, ohne den Blick von der Fachzeitschrift zu nehmen, in die sie sich wieder vertieft hatte.

»Du hast dann also zusammengepackt und bist gegangen. Wann war das?«

»Weiß nicht. Vielleicht so Viertel nach neun. Kann auch halb zehn gewesen sein. Ich bin zurück zu meinem Liegerad gegangen, hab es zum Feldweg geschoben und dann bin ich nach Hause gefahren.«

»Bist du auf dem Heimweg jemandem begegnet?«

»Nein.« Patrick hielt einen Moment inne. »Doch, warten Sie, da war jemand. Auf dem Feldweg. Diese große, krumme Frau mit dem Hund.«

»Groß und krumm?«

»Na, die geht so 'n bisschen schief. Sieht von Weitem aus wie Quasimodo. Und sie redet immer mit ihrem Hund. Ist mir schon ein paarmal entgegengekommen. Die muss da irgendwo wohnen.« Patrick blickte Sälzer forschend an. »Das ist die Zeugin, die mich gesehen hat, oder?«

Sälzer nickte. »Ist dir an ihr irgendetwas aufgefallen?«

»Sie kam vom See, ist auf dem Feldweg Richtung Kraldorf gegangen. Hatte einen ziemlichen Stechschritt drauf. Sie hat gerade irgendetwas zu ihrem Hund gesagt, als ich an ihr vorbeifuhr. Ich glaube, sie hat sich ziemlich erschrocken.«

»Hat sie etwas zu dir gesagt?«

»Wenn, dann hat es nur ihr Hund gehört. Ich war ziemlich schnell weg.«

»Wann warst du an dem Abend wieder zu Hause?«, fragte Sälzer.

»Schätze so kurz vor zehn.«

»Was hast du dann gemacht?«

»Wieso ist das wichtig?«

»Beantworte einfach meine Frage.«

Patrick verzog den Mund. »Ich hab mein Angelzeug weggestellt. Kurz mit meinem Vater gesprochen. Dann bin ich in mein Zimmer.«

»Was ist aus dem Fisch geworden?«

»Welcher Fisch?«

»Der Karpfen.«

»Ach so, der. War doch zu mickrig, hab ich den Katzen gegeben.«

»Was für eine Angel benutzt du eigentlich?«

»'ne Steckrute. Uraltes Teil.«

»Und wie transportierst du die auf dem Liegerad?«

»Ich hab so eine Rutentasche. Da passt alles rein, auch das ganze Zubehör.«

Sälzer nickte, war in Gedanken aber bei seinem jungen Kollegen. Er musste ihn sofort nach der Vernehmung anrufen und ihm sagen, dass er sich Patricks Angelzeug von seinem Vater zeigen lassen und es am besten gleich mitnehmen sollte. Vor allem den Angelhaken, das Filiermesser und welche waffenähnlichen Gegenstände ein Angler sonst noch bei sich hatte. Leif Sälzer hatte in seiner Kindheit mal geangelt. Es war eine kurze Leidenschaft gewesen. Vielleicht, weil sich keine Erfolgserlebnisse einstellten. Oder aber, weil er nicht gerne Fisch aß.

»War es das?«, fragte Patrick in Sälzers Schweigen hinein und rutschte vom Tisch.

»Moment. Eine Frage noch: Wieso wolltest du mir erst weismachen, du hättest letzten Mittwochabend ferngesehen und wärst nicht am See gewesen?«

Patrick lehnte sich zurück an den Tisch. Er zögerte einen Moment. »Keine Ahnung. Reflex«, sagte er schließlich. »Ich wollte mich aus der Sache raushalten. Irgendwie kriegt man doch nur Ärger, wenn man etwas gesehen hat. Von den Bullen oder vom Täter. Ist doch in jedem blöden Krimi so.«

»Mit uns bekommst du nur Ärger, wenn du lügst oder etwas verheimlichst.«

Patrick schnaufte kurz.

Sälzer konnte es ihm nicht verdenken. »Okay, das war's. Halt dich bitte zur Verfügung, ich bin sicher, dass noch ein paar Fragen auftauchen. Also keine großen Ausflüge.«

Sälzer nickte Frau Dr. Kreisler zu, die daraufhin ihre Fachzeitschrift zuschlug, ihre Brille auf dem Nasenrücken nach oben schob und aufstand.

Patrick stieß sich vom Tisch ab und ging zur Tür. Bevor er die Klinke nach unten drückte, drehte er sich noch einmal zu Sälzer um. »Sie verdächtigen mich, oder?«

Sälzer sah Patrick ausdruckslos an.

Nachdem Patrick und Frau Dr. Kreisler das Klassenzimmer verlassen hatten, saß Sälzer einen Moment auf dem Lehrertisch und starrte auf einen unbestimmten Punkt an der Wand. Zählte Patrick Felber wirklich zu den Verdächtigen? Seine Aussage deckte sich mit der von Annedore Panier. Er hatte den See gegen halb zehn verlassen. Eine gute halbe Stunde vor Beginn der vermutlichen Tatzeit. Sein Vater würde mit Sicherheit bestätigen, dass Patrick kurz vor zehn wieder zu Hause war. Aber der würde auch bestätigen, dass Patrick mit einem Raumschiff auf dem Hof gelandet ist, wenn er müsste.

Patrick wusste, dass Flora alleine am See saß. Er hätte jederzeit umkehren können. Vielleicht hat er zu Hause nur etwas geholt. Annedore Panier konnte er auf dem Rückweg zum See nicht begegnen, da sie den Feldweg zu dem Zeitpunkt bereits verlassen hatte und auf dem Trampelpfad unterwegs nach Hause war. Aber warum sollte er das tun? Gab es ein Motiv? War er der Psychopath, von dem er selbst gesprochen hatte? Oder stellte sich am Ende doch heraus, dass all diese Spuren Sackgassen waren und sie sich einzig und allein auf den entflohenen Zinke hätten konzentrieren sollen? Doch von ihm fehlte jegliche Spur.

Genau wie von der Tatwaffe. Die Spurensicherung hatte die Badeinsel, den Kiesstrand, das gesamte Ufer und die nähere Umgebung des Telpener Sees gründlich abgesucht. Nichts. Kein spitzer Gegenstand, kein Messer, keine Klinge. Der Täter musste die Waffe mitgenommen haben. Oder sie ruhte auf dem Grund des Telpener Sees.

Sälzer fuhr sich mit der flachen Hand übers Gesicht, als wolle er damit in seinem Gehirn einen Neustart auslösen. So kam er nicht weiter. Er musste Schritt für Schritt vorgehen, sonst geriet er nur ins Stolpern und übersah entscheidende Hinweise. Momentan galt es, eine viel wichtigere Frage zu klären. Dazu musste Sälzer mit einem anderen Schüler sprechen: Andro Petric.

Im Lehrerzimmer erklärte ihm die Referendarin, dass Andro gerade zum Schulpraktikum bei *Interface* war, einer kleinen Softwarefirma. Sälzer ließ sich die Adresse geben, dann rief er seinen Streifenpartner an. Dieser hatte den Gnadenhof bereits verlassen. Sie würden sich später um Patricks Angelzeug kümmern müssen. Er bat Masaryk, sich in der Schule mal ein bisschen über Patrick, Andro, Flora und ihr Umfeld umzuhören.

Dann machte er sich auf den Weg zu *Interface*.

9. Kapitel

Zeugenvernehmung von Andro Josip Petric

Zur Person

Name: Petric
Vorname: Andro, Josip
Geb.Datum: 18.12.92
Beruf: Schüler
Wohnort: Telpen
Adresse: Wittelsbacherstr. 123

Vernommen im Fall der gefährlichen Körperverletzung zum Nachteil von Flora Duve. (Vernehmung durchgeführt von Polizeihauptmeister Sälzer)

Zur Sache

F: Wie lange bist du schon mit Flora Duve befreundet?

A: Sie meinen, wie lange wir zusammen sind? Ungefähr vier, fünf Monate.

F: Ihr seht euch jeden Tag?

A: In der Schule sowieso. Also, wir gehen nicht in eine Klasse. Ich bin zwei Stufen über Flora. Aber in den Pausen, auf dem Schulhof. Und danach ... meistens auch.

F: Hast du sie letzten Mittwoch nach der Schule getroffen?

A: Letzten Mittwoch?

F: Der Tag, an dem deine Freundin überfallen wurde.

A: Das weiß ich.

F: Und, weißt du auch, ob du sie an dem Tag nach der Schule gesehen hast?

A: Sie kam abends bei mir vorbei, mit dem Fahrrad.

F: Was habt ihr gemacht?

A: Kurz gequatscht. Ich hatte nicht so richtig Zeit. Ich musste meinen Bruder abholen.

F: Du hast sie weggeschickt?

A: Weggeschickt. Das klingt ja wie bei einem Hund. Sie meinte, dass sie selbst auch keine Zeit hat. Wir haben uns verabschiedet, sie ist losgefahren, das war's.

F: Flora ist also alleine mit dem Fahrrad wieder weggefahren. Weißt du, wohin?

A: Hat sie nicht gesagt. Ich dachte, sie fährt nach Hause. Oder zu Trixi.

F: Du bist ihr nicht hinterhergefahren oder hast sie später noch irgendwo getroffen?

A: Nein.

F: Bist du dir sicher?

A: Sonst würde ich es ja wohl kaum sagen, oder?

F: Überleg noch mal. Sie ist alleine von dir mit dem Rad weggefahren und du hast sie an dem ganzen Abend nicht mehr gesehen. Habe ich das richtig verstanden?

A: Hab ich doch eben gesagt.

F: Wieso lügst du?

A: Was meinen Sie?

F: Ich meine, dass ihr letzten Mittwochabend zusammen zum See gefahren seid. Du und Flora.

A: Hat sie das gesagt?

F: Jemand hat euch gesehen. Beide. Am See. Gegen halb neun.

A: - - - -

F: Andro?

A: Ja.

F: Was, ja?

A: Ja, es stimmt. Wir waren zusammen am See.

F: Was habt ihr dort gemacht?

A: Wir haben uns hingesetzt, uns unterhalten. Nichts weiter. Ich bin dann irgendwann gefahren.

F: Einfach so? Ganz ohne Grund? Du lässt deine Freundin nachts alleine am See sitzen?

A: Hören Sie auf, mir ein schlechtes Gewissen zu machen. Mir geht's schon mies genug, weil ich immer daran denken muss. Ich hätte sie nicht alleine lassen dürfen, hätte mit ihr zusammen zurückfahren sollen, sie nach Hause bringen müssen. Das weiß ich jetzt. Jetzt, wo es zu spät ist. Aber Flora hat ihren eigenen Kopf. Sie wollte noch bleiben. Und wenn sie etwas will, dann macht sie das auch.

F: Der Zeuge hat gesehen, wie ihr euch gestritten habt.

A: Gestritten? Wir haben geredet, vielleicht ein bisschen ... diskutiert.

F: Muss eine sehr heftige Diskussion gewesen sein. Laut Aussage des Zeugen hat Flora dich weggestoßen.

A: Ja, okay, wir haben gestritten. Aber ganz normal. Wenn man es darauf anlegt, kann man jeden Tag mit Flora streiten. Das gehört bei ihr dazu. Streiten Sie sich nie mit Ihrer Frau?

F: Nein.

A: Glauben Sie mir, es war ein total harmloser Streit, mehr nicht.

F: Worüber?

A: Über alles und nichts. Darüber, dass ich zu wenig Zeit habe, darüber, was wir in den Ferien machen, über meine Familie, all so ein Zeug eben.

F: Was ist mit deiner Familie?

A: Nichts. Flora findet nur, ich verbringe zu

viel Zeit mit ihr. Aber ich habe nun mal eine sehr große Familie. Wenn ich mir überlege, was dann in der Nacht passiert ist, wirkt der ganze Streit total lächerlich.

F: Ihr habt euch also gestritten. Was ist dann passiert?

A: Es war ein echt mieser Abend. Flora hat mir ziemlich heftige Sachen an den Kopf geworfen. Irgendwie war sie krass drauf, richtig aggressiv. Na ja, ich lasse mir auch nicht alles gefallen, hab zurückgeschossen. Mit Worten natürlich nur, ich hab sie nicht angefasst. Da bin ich echt vorsichtig, wegen ... na ja, es gab da mal eine Geschichte mit einem meiner Cousins.

F: Worum ging's da?

A: Er sitzt. Wegen Schlägerei. Ist jetzt auch egal. Ich habe Flora auf jeden Fall kein Haar gekrümmt, das könnte ich gar nicht. Wirklich nicht. Aber was ich auch gesagt habe, irgendwie war es immer das Falsche, Flora wurde immer wütender. Sie meinte dann irgendwann, ich könne auch gleich abhauen. Das hab ich gemacht. In dem Moment hatte ich einfach nur die Schnauze voll. Flora legt öfters solche Auftritte hin. Meistens versöhnen wir uns danach wieder. Aber an dem Abend hatte ich keinen Bock auf die Nummer, ich wollte nicht vor ihr auf die Knie fallen. Ich hab mein Rad genommen und bin zurück in die Stadt gefahren.

F: Auf dem Radweg?

A: Ja.

F: Wann war das?

A: Keine Ahnung. Wir waren vielleicht eine halbe Stunde am See. Oder länger? Könnte gegen neun gewesen sein. Vielleicht war es auch schon halb zehn.

F: Und dann? Hast du ein schlechtes Gewissen bekommen oder die Wut hat dich gepackt und du bist umgekehrt?

A: Nein. Wie kommen Sie denn darauf?

F: Wo bist du vom See aus hingefahren? Nach Hause?

A: Nein.

F: Zurück zum See?

A: Nein, verdammt, ich war das nicht mit Flora. Das wäre doch vollkommen krank. Ich meine, sie ist meine Freundin, wir sind zusammen.

F: Liebe. Eins der häufigsten Motive.

A: Sie spinnen.

F: Wo warst du an dem Abend? Wo bist du hingefahren, nachdem du Flora am See verlassen hast?

A: Ich war bei einer Bekannten.

F: Bekannte? Das klingt, als wäre sie 50 und

würde dir Kamillentee kochen. Hat die Bekannte einen Namen?

A: Ivana. Ivana Horvat. Wir gehen auf eine Schule. Sie ist zwei Klassen unter mir.

F: Geht sie mit Flora in eine Klasse?

A: Parallelklasse.

F: Mit Patrick Felber?

A: Keine Ahnung. Wer ist das?

F: Egal. Du bist also vom See direkt zu Ivana gefahren?

A: Ich bin noch eine Runde durch den Park gefahren, weil ... weil ich nicht sicher war, ob ich einfach so zu Ivana kann.

F: Wieso warst du dir da nicht sicher?

A: Na ja, wir kennen uns noch nicht so lange.

F: Wo wohnt sie? Wann warst du bei ihr? Wie lange?

A: Sie wohnt gleich bei uns ums Eck, Görresstraße 4. Ich weiß nicht mehr, wann ich bei ihr war. Schätze, irgendwann zwischen zehn und elf.

F: Wann bist du wieder weg?

A: Gegen vier.

F: Dafür, dass ihr euch noch nicht so lange kennt, warst du aber lange bei ihr. Mitten in der Nacht.

A: Das sieht jetzt alles total bescheuert aus, ich weiß. Aber es ist nicht so einfach. Mit Ivana ist vorher noch nie was gelaufen. Nur in der Nacht, da ... Na ja, da ist irgendwie alles zusammengebrochen. Ich dachte, ich krieg das auf die Reihe mit Flora, dass es nur eine Phase ist. Aber dann kam Ivana. Da ging nichts mehr. Ich wollte mit Flora reden, aber ...

F: Flora weiß nichts von Ivana?

A: Bis letzten Mittwoch gab es da nichts zu wissen. Ich hatte höchstens ein, zwei Mal mit Ivana geredet. Trotzdem war irgendwie alles klar. Es war ... oh Mann, echt wie in solchen Schnulzfilmen. Das gibt es wirklich. Und es fühlt sich überhaupt nicht schnulzig an. Wussten Sie das?

F: Kann es mir vorstellen.

A: Die Sache mit Ivana ... könnten Sie das erst mal weglassen, wenn Sie noch mal mit Flora reden?

F: Du willst es ihr selbst sagen?

A: Nicht gleich. Vielleicht später. Ist grad kein guter Zeitpunkt. Ich meine, nach dem Überfall am See.

F: Als du mit Flora am See warst und dann zurück in die Stadt gefahren bist, ist dir da irgendetwas aufgefallen? Hast du jemanden gesehen, vielleicht ein Auto, einen Radfahrer, Angler, Spaziergänger, was auch immer?

A: Als wir am See waren ... da war keiner mehr.

Zumindest habe ich niemanden gesehen. Kann natürlich schon sein, dass irgendwo im Gebüsch oder im Schilf jemand gehockt hat. Darauf habe ich nicht geachtet. Aber es war keiner mehr auf der Liegewiese oder im Wasser, wenn Sie das meinen. Ich hatte das Gefühl, ich war mit Flora alleine am See. Und auf dem Rückweg, da war es schon dunkel. Und ich war ziemlich durcheinander. Wegen Flora, Ivana und all den Sachen. Ein anderer Radfahrer ... Nein, da war keiner. Aber natürlich sind einige Autos auf der Bundesstraße gefahren.

F: Du meinst die Straße, die parallel zum Radweg verläuft?

A: Genau, die nach Pokritz führt. Aber ich habe niemanden zum See abbiegen sehen. Hab allerdings auch nicht darauf geachtet. Dazu hätte ich mich umdrehen müssen. Und das wollte ich nicht.

F: War sonst irgendjemand auf dem Radweg?

A: Bei der Reihenhaussiedlung war eine Frau mit Kinderwagen. Na ja, und vorne, wo der Radweg auf die Schlufterstraße trifft, da waren dann natürlich jede Menge Autos und Leute.

F: Du hast Flora an dem Abend also zum letzten Mal gegen ... sagen wir kurz vor neun am See gesehen?

A: Ungefähr.

F: Und Flora hat sich an dem Abend nicht mehr bei dir gemeldet?

A: Ja. Das heißt, nein, nicht ganz. Sie hat eine SMS geschrieben, aber ich habe sie erst am nächsten Morgen gesehen.

F: Was stand drin?

A: Es war etwas total Kryptisches. Warten Sie, ich kann es Ihnen gleich genau sagen. Ich müsste die SMS noch haben. Moment. Hier: *Weinen kann ich nicht, aber mein Herz blutet.*

F: Klingt dramatisch. Und auf diese SMS hast du dich nicht gemeldet?

A: Ich sag doch, ich habe sie erst am nächsten Tag gelesen. Außerdem habe ich einen Haufen solcher SMS von Flora bekommen. Vielleicht nicht immer so dramatisch, aber so kryptisch. Flora liebt so was.

F: Was hat sie wohl damit gemeint?

A: Weiß nicht. Das müssen Sie Flora fragen. Ich hatte die SMS ehrlich gesagt total vergessen.

F: Wann hat sie die SMS geschrieben?

A: Warten Sie, hier: 22:37 Uhr, am 02.06.

F: War das die einzige Nachricht von ihr an dem Abend?

A: Ja. Sonst kein Anruf, nichts.

F: Wieso hast du uns nicht gleich erzählt,

dass du an dem Abend mit Flora zusammen am See gewesen bist?

A: Sie haben mich nicht gefragt. Außerdem wusste ich, dass Flora Ihnen nichts von mir erzählt hatte. Dachte, es ist besser, es dabei zu belassen.

F: Dir ist schon klar, dass du dich damit erst mal verdächtig machst?

A: Ich hab ein Alibi.

F: Das wir überprüfen werden. Danke, Andro, das war's fürs Erste.

A: Was ist eigentlich mit dem Zeugen, der uns gesehen hat?

F: Was soll mit dem sein?

A: Ich habe an dem Abend am See niemanden gesehen. Also kann der Typ doch nur im Schilf gehockt und uns beobachtet haben. Wie krank ist das denn?

F: Es war ein Angler.

A: Haben Sie den schon vernommen und gefragt, was er den ganzen Abend gemacht hat?

F: Keine Sorge. Ich weiß, wie ich meinen Job zu erledigen habe. Du hörst sicher noch mal von uns.

*

Leif Sälzer trat durch die Glastür des Bürogebäudes, in dem sich die Firma *Interface* befand, nach draußen. Er steckte die Hand in die Jackentasche und suchte nach seinem Handy. Die Taschennaht hatte sich aufgelöst und das Handy war in den unendlichen Weiten des Futters verschwunden.

»Sie sind doch dieser Kommissar?« Eine Frau blieb neben Sälzer stehen. Sie sah aus wie eine nordische Göttin, hatte einen stolzen, geraden Rücken und intelligente Augen. Sälzer schätzte sie auf Mitte dreißig.

»Polizeihauptmeister Sälzer«, sagte er.

»Polizeihauptmeister also.« Die Frau lächelte. Auf beiden Wangen tauchten völlig unerwartet Grübchen auf.

Sälzer lächelte zurück. »Kann ich etwas für Sie tun?«

»Können Sie.« Die Frau trat einen Schritt näher an ihn heran. Sie war fast so groß wie Sälzer und er konnte ihren Atem spüren. Ihr Gesichtsausdruck änderte sich, als sie auf einmal zischte: »Finden Sie endlich dieses abartige, kranke Scheusal vom See. Das ist ihr verdammter Job.«

Sälzers Lächeln verschwand schlagartig. »Den erledige ich auch.«

Die Frau trat einen Schritt zurück. »Nicht schnell genug.« Ihre Augen wurden weich. »Nicht schnell genug, wenn man eine Tochter im gleichen Alter hat.« Sie drehte sich um, ging mit hastigen Schritten auf ein taubengraues Auto zu, das vor dem Bürogebäude parkte, schloss die Fahrertür auf, stieg ein und fuhr davon, ohne den Polizeihauptmeister noch eines Blickes zu würdigen.

Sälzer sah auf die leere Parklücke, in der das Auto eben noch gestanden hatte. Vielleicht holte die Frau ihre Tochter jetzt von der Schule ab. Vielleicht sah die Tochter aus wie sie. Groß, blond, stolz. Vielleicht erschienen auf ihren Wangen auch zwei Grübchen, wenn sie lächelte. Er verstand die Angst der Frau. Doch er konnte sie ihr nicht nehmen. Noch nicht.

Erst nach ein paar Sekunden bemerkte Sälzer, dass seine Hand noch im Futter der Jacke steckte und das Handy umklammert hielt, das er anscheinend unbewusst gefunden hatte. Er holte es heraus und rief Masaryk an.

»Wie sieht's aus?«, fragte er.

»Ich hab mit drei Lehrern und einem Dutzend Schülern geredet. Im Großen und Ganzen ergibt sich ein einheitliches Bild: Flora Duve und Andro Petric waren das Traumpaar der Schule. Sie der künstlerisch veranlagte, lebenslustige Paradiesvogel, er der realistische, sportliche Typ mit der harten Schale und dem weichen Kern.«

Sälzer hörte im Hintergrund eine Schulklingel, dann mehrere helle Stimmen, die zu einem einheitlichen Lärmpegel anschwollen. »Was ist mit Patrick?«

»Außenseiter. Es gibt ein paar Leute, die ab und zu mit ihm Schach spielen. Aber sonst macht er meistens alleine sein Ding. Er ist relativ gut in der Schule. Gab nie Probleme mit ihm. Außer, dass er einigen Lehrern zu ruhig ist. Manche können sich kaum an ihn erinnern.«

»Gibt es irgendeine Verbindung zu Flora oder Andro?«

»Zu Andro wohl nicht. Sie gehen zusammen auf eine Schule, das ist alles. Bei Flora wird es allerdings interessant. Ich habe mich länger mit Beatrix Jerger darüber unterhalten, das ist diese Trixi, Floras beste Freundin. Warten Sie mal kurz.«

Sälzer hörte Gekreische und Türenschlagen, dann wurde es etwas ruhiger. »Bist du aufs Schulklo geflüchtet?«

»So ähnlich. Also, diese Trixi hat mir erzählt, dass Patrick Felber seit der ersten Klasse in Flora verliebt ist. Damals hat er angeblich ihren Namen mehrmals auf sein Lineal geritzt.«

»Das ist ja nun 'ne Weile her.«

»Patrick scheint ein sehr ausdauernder Verehrer zu sein. Aber auch sehr zurückhaltend. Trixi meinte, er hätte Flora nie genervt, immer nur aus der Ferne angehimmelt. Vor ein paar Wochen allerdings, da hat er Flora angesprochen und gefragt, ob sie sich mal treffen können. Flora hat ihm eine ziemlich klare Abfuhr erteilt. Sie war da schon mit Andro zusammen und Trixi glaubt auch nicht, dass Flora sonst mit Patrick irgendetwas unternommen hätte.«

»Patrick ist also seit neun oder sogar zehn Jahren in Flora Duve verliebt. Er nimmt seinen Mut zusammen, spricht sie an, sie serviert ihn ab. Wenn das alles so stimmt, hat Patrick Felber ein Motiv.«

»Sollen wir ihn noch mal vernehmen?«

»Später. Ich glaube nicht, dass der uns davonläuft. Ich will erst mal mit Flora Duve reden. Sie hat uns belogen.«

»Was?«

»Oder sie hat die Nacht am See wirklich komplett aus ihrem Gedächtnis gelöscht. Vielleicht kann ich ihrer Erinnerung auf die Sprünge helfen, indem ich ihr sage, dass sie nicht alleine zum See gefahren ist, sondern mit ihrem Freund.«

»Andro war mit am See?«

»Ja, das hat nicht nur Patrick Felber ausgesagt, sondern Andro auch bestätigt. Angeblich ist er allerdings gegen neun, halb zehn zurück in die Stadt gefahren. Er könnte der Radfahrer sein, den die junge Mutter bei der Reihenhaussiedlung gesehen hat. Für die Zeit danach hat er ein Alibi. Könntest du das bitte überprüfen?«

»Okay, wo muss ich hin?«

»Wahrscheinlich nur in den nächsten Unterrichtsraum. Sie heißt Ivana Horvat. Geht in Flora Duves Parallelklasse.«

10. Kapitel

Trixi trat aus dem Schultor und zog die Zigarette hinter ihrem Ohr hervor. Normalerweise rauchte sie nicht, hatte es nur ein, zwei Mal probiert. Trotzdem hatte sie von Eddie eine Kippe geschlaucht. Sie dachte, es würde sie vielleicht ablenken. Dachte, mit der Zigarette könnte sie eine andere werden. Zumindest für ein paar Minuten. Sie könnte sich vorstellen, dass alles nur ein Film wäre. Sie hatte eine tragische Rolle, eine Figur, die erst mal eine rauchen musste, weil der Tag so scheiße gelaufen war. Danach würde es ihr besser gehen. So war es doch in den Filmen.

Trixi stellte sich in die Ecke neben dem Tor, drehte die Zigarette zwischen den Fingern und sah sie gedankenverloren an. Schlechter, als ihr schon war, konnte ihr von der Zigarette auch nicht mehr werden.

Seit der vierten Stunde war in der Schule die Hölle los gewesen. Erst hatte ein Polizist Patrick Felber aus dem Unterricht geholt, dann war ein anderer Polizist durchs Schulgebäude gelaufen und hatte Fragen über Flora, Andro und Patrick Felber gestellt. Dass Felber verhört worden war, verbreitete sich schneller in der ganzen Schule als die Privatfotos der Referendarin im Internet.

Was wollte die Polizei von Andro und Patrick Felber? Wieso schnüffelte sie in der Schule rum, statt den Psychopathen da draußen zu fangen? Oder waren sie ihm bereits auf der Spur, hier, in der Schule?

Auf einmal spürte Trixi einen Atem dicht hinter sich. Es war der gleiche gehetzte Atem wie gestern Abend am Telefon.

»Warst du das?«

Trixi zuckte zusammen, die Zigarette fiel zu Boden und rollte die Treppen vom Schuleingang hinab. Trixi drehte sich um. Vor ihr stand Patrick Felber. Es kam ihr so vor, als wären seine kleinen Augen noch tiefer im Gesicht versunken. Sie hatten rötliche Ränder.

»Warst DU das?«, fragte er abermals. Seine Stimme klang kalt.

Erst jetzt bemerkte Trixi, dass er ihr auf Hüfthöhe etwas hinhielt. Es war ein Blatt Papier. Jemand hatte es offenbar zerknittert und dann wieder auseinandergefaltet. Es zitterte leicht in Patricks Hand, dennoch konnte Trixi lesen, was dort geschrieben stand: *Verrecke, du Schlächter!*

Die Buchstaben waren spitz, krakelig und blutrot. Sie sahen aus, als hätte sie jemand mit einem Holzspan, einem Messer oder einem anderen spitzen Gegenstand auf das Papier gekliert. Das Blatt war von dunkelroten Flecken bedeckt, als hätte ein Gemetzel darauf stattgefunden.

»Sag schon, hast *du* das geschrieben?«, zischte Patrick durch die Zähne, die er aufeinanderbiss.

»Steck das weg!« Trixi schob Patricks Hand zur Seite. »Das war ich nicht. Wer so was schreibt, ist doch genauso krank wie der Typ vom See.«

Patrick sah Trixi noch einen Moment an, dann knüllte er das Blatt mit einer Hand langsam zusammen. Er sah aus, als wüsste er nicht, wohin mit dem Knäuel, schließlich steckte er ihn in die Hosentasche. »Ich bin kein Schlächter«, sagte er leise.

Trixi erwiderte nichts. Sie musterte Patrick. Er hatte sich in ihren Augen seit der ersten Klasse kaum verändert. Nur blieb man mit dem Blick statt an den Zahnlücken, die er damals gehabt hatte, jetzt unweigerlich an den Pickeln auf Kinn und Stirn hängen. Er hatte noch immer etwas Weiches, Kindliches. Seine Augen lagen so tief im Gesicht, als wollte er darin etwas verbergen. Patrick war schon immer ein Einzelgänger gewesen, ließ keinen rein. Vielleicht hatte es auch nur noch niemand versucht. Was wusste sie schon über ihn? Er sah zwar nicht aus wie ein Mädchenschlächter, aber das hieß nicht, dass er keiner sein konnte. Und wie sah überhaupt jemand aus, der so etwas tat? »Was wollte die Polizei von dir?«, fragte Trixi schließlich.

Patrick zögerte. »Nichts Bestimmtes. Einfach reden.«

»Wegen der Sache mit Flora?«

Patrick nickte.

»Warum gerade mit dir?«

»Die haben auch mit anderen geredet. Mit dir zum Beispiel.«

»Das war in der Pause, auf dem Schulhof, mal für fünf Minuten. Dich hat ein Polizeihauptmeister aus dem Unterricht geholt und wie zur Vernehmung abgeführt.« Trixi deutete auf den Papierknäuel in Patricks Hosentasche. »Du siehst doch, was jetzt alle denken.«

»Denkst du das auch?«

Trixi schwieg einen Moment. »Weiß nicht«, sagte sie, ohne Patrick in die Augen zu sehen.

Patrick schob die Umhängetasche nach hinten und hielt sich mit einer Hand am Riemen fest. Die Hand war weiß. Nur die Knöchel traten rötlich hervor.

Trixi stellte sich vor, wie diese Hand ein Messer umklammerte. Wie sie zustach. Heftig, mit einem gewaltigen Ruck. Immer wieder. Wie sich Blut unter den Fingernägeln sammelte. Am Handgelenk hinablief. Das Beängstigende war, dass sie es sich vorstellen konnte. Unweigerlich wich sie ein Stück zurück.

»Ich war an dem Abend am See«, sagte Patrick in dem Moment leise. »Angeln. Am gegenüberliegenden Ufer vom Badestrand. Ich habe sie gesehen. Wie sie da saßen. Geredet haben. Gestritten haben.«

»Wer?«

»Flora und Andro.«

»Andro? Er war am See?« Trixi fuhr ein heißer Stich in den Magen.

»Sag ich doch. Er ist nach dem Streit abgehauen. Flora saß alleine da. Ich hab noch kurz gewartet, ob etwas passiert. Aber sie hockte einfach nur am Ufer. Dann bin ich auch gefahren.« Patricks Hand krallte sich um den Riemen. »Ich hätte zu ihr gehen sollen. Aber vor ein paar Wochen hat sie gesagt, ich solle ihr bloß vom Leib bleiben. Das hab ich dann gemacht.«

Es dauerte einen Moment, bis Trixi in das Bild, das sie von der Tatnacht im Kopf hatte, noch zwei weitere Figuren eingefügt hatte. Flora war nicht alleine am Telpener See gewesen. Patrick war dort. Und Andro. Und keiner konnte sie beschützen. Oder wollte. »Wieso erzählst du mir das alles?«, fragte Trixi mit belegter Stimme.

»Du bist Floras Freundin. Ich will nicht, dass du so einen Schrott über mich denkst. Ich will nicht, dass Flora so über mich denkt.« Patrick hatte die Hand in die Hosentasche gesteckt und drückte auf dem Papierknäuel herum. »Ich meine, komm schon, Trixi, du kennst mich doch auch seit der ersten Klasse.«

Trixi sah Patrick fest in die Augen. »Ich kenne dich nicht, Patrick.« Sie ging an ihm vorbei und die Treppen zum Bürgersteig hinunter.

*

Vernehmung der Geschädigten Flora Duve

Zur Person

Name: Duve
Vorname: Flora
Geb.Datum: 2.6.94
Beruf: Schülerin
Wohnort: Telpen
Adresse: Edvard-Grieg-Str. 18

Vernommen im Fall der gefährlichen Körperverletzung zum Nachteil von Flora Duve. (Vernehmung durchgeführt von Polizeihauptmeister Sälzer. Anwesende Erziehungsberechtigte: Karoline Duve, Mutter der Geschädigten)

Zur Sache

F: Wieso hast du uns belogen?

A: Wie bitte?

F: Du hast uns erzählt, dass du letzten Mittwoch am Abend alleine mit dem Fahrrad zum Telpener Badesee gefahren bist. Das stimmt aber so nicht. Du bist nicht alleine gefahren, sondern mit deinem Freund. Andro Petric.

A: Sie haben mit ihm gesprochen?

F: Mit ihm und mit einem Zeugen, der euch gesehen hat.

A: Was denn für ein Zeuge?

F: Ein Angler. Das tut jetzt erst mal nichts zur Sache. Also?

A: Ich will mich nicht an diesen Abend erinnern.

F: Du musst.

A: Der Abend existiert nicht mehr.

F: Doch, das tut er. Und wenn du nicht versuchst, dich daran zu erinnern, wird es uns sehr schwerfallen, denjenigen zu finden, der dir das angetan hat. Komm schon, Flora.

A: Na gut, schön, ich war mit Andro am See. Wir sind mit den Fahrrädern rausgefahren. So gegen Viertel nach acht. Es war meine Idee. Ich dachte, das wäre romantisch.

F: War es dann aber nicht?

A: Ging so.

F: Ihr habt euch gestritten?

A: Wer sagt das? Andro?

F: Andro und der Angler.

A: Es war ein total bescheuerter Streit. Eigentlich ging es um gar nichts. Danach tat es mir leid.

F: Ihr habt euch so sehr gestritten, dass Andro weggefahren ist?

A: Ja. Im ersten Moment dachte ich: Geh doch, hau ab, du Idiot! Aber dann wollte ich, dass er zurückkommt. Ich wollte, dass alles wieder gut wird. Dass er mich in den Arm nimmt. Es sollte doch alles so romantisch werden am See.

F: Hast du ihm deshalb die SMS geschrieben?

A: Welche SMS?

F: *Weinen kann ich nicht, aber mein Herz blutet.*

A: Die hatte ich komplett vergessen.

F: Hast du dir das selbst ausgedacht?

A: Nein. Shakespeare.

F: Klingt ziemlich traurig.

A: Traurig ist manchmal auch schön.

F: Ist Andro an dem Abend zurückgekommen?

A: Nein. Das wissen Sie doch.

F: Ich weiß es nicht. Bist du dir sicher?

A: Natürlich. Was soll die Frage? Sie meinen doch nicht etwa, dass er ... Was für ein Blödsinn! Andro würde so etwas nie tun. Niemals.

F: Woher weißt du das so genau?

A: Ich kenne ihn. Sehr gut.

F: Die meisten Opfer kennen ihre Täter. Sehr gut.

A: Vergessen Sie's. Andro war es nicht.

F: Warum nicht?

A: Er liebt mich.

F: Wahrscheinlich hast du recht. Er war es nicht. Er hat ein Alibi für die Tatzeit. Aber wenn du dir da so sicher bist, wieso hast du uns nicht gleich gesagt, dass du mit deinem Freund am See gewesen bist? Das wusstest du doch die ganze Zeit schon.

A: Na ja, ich ... ich wollte ihn da nicht mit reinziehen. Ich dachte, es würde einen falschen Verdacht wecken. Ich meine, wenn ein Polizist hört, dass ein Mädchen nachts mit ihrem Freund am See ist, sie sich streiten und das Mädchen am nächsten Morgen voller Wunden am See gefunden wird, dann denkt er sich ja wohl automatisch seinen Teil. Vor allem, wenn dieser Freund einen stadtbekannten Cousin hat, der wegen mehrfacher Körperverletzung im Gefängnis sitzt.

F: Na schön. Lassen wir das mit Andro erst mal. Eine Frage noch: Kennst du Patrick Felber?

A: Der geht auf meine Schule. Ist so alt wie ich. Wieso?

F: Kennt ihr euch näher?

A: Ganz sicher nicht. Den kennt keiner näher. Ich meine, er ist jetzt nicht irgendwie abartig oder zurückgeblieben, dass keiner etwas mit ihm zu tun haben will. Er lebt einfach in seiner eigenen kleinen Welt. Wieso, was ist mit ihm?

F: Er ist der Zeuge, der dich und Andro gesehen hat.

A: Er war auch am Badestrand?

F: Nein, am gegenüberliegenden Ufer. Hat geangelt.

A: Hat er ... Ich meine, hat er gesehen ...?

F: Ob er den Täter gesehen hat? Laut seiner Aussage hast du noch alleine am Badestrand gesessen, als er gefahren ist. Wir sind uns allerdings nicht sicher. Patrick könnte auch zum See zurückgekehrt sein.

A: Er könnte ...

F: Er könnte der Täter sein.

A: Aber wieso? Warum sollte er ... Patrick ist doch vollkommen harmlos.

F: Stimmt es, dass er dich vor ein paar Wochen angesprochen hat?

A: Ja, schon.

F: Was wollte er?

A: Er hat ziemlich wirr geredet, etwas von großer Liebe und dass Menschen füreinander bestimmt sind und dass ich ihm eine Chance geben soll. Eigentlich war es echt romantisch. Vielleicht klingt es jetzt, als ob Patrick wie ein Trottel dastand. Tat er aber nicht. Er wirkte ziemlich entschlossen und irgendwie ... stark. Aber das hat nichts daran geändert, dass Patrick nicht mein Typ ist. Und daran, dass ich mit Andro zusammen bin.

F: Du hast ihm eine Abfuhr erteilt?

A: Was sollte ich sonst machen? Vielleicht

habe ich es ihm etwas zu deutlich gesagt. Aber ich dachte, besser so, als wenn er sich noch ewig Hoffnungen macht.

F: Unerfüllte Liebe. Kein seltenes Motiv.

A: Was? Sie glauben wirklich, dass Patrick etwas damit zu tun hat? Nein. Nein, ich bin sicher, da liegen Sie falsch. Patrick könnte so etwas gar nicht.

F: Woher willst du das wissen, wenn du ihn nicht näher kennst?

11. Kapitel

Sälzer angelte sich eine Salzstange aus der Innentasche seiner Jacke, dort, wo früher die Zigarettenschachtel gesteckt hatte.

Matej Masaryk warf einen kurzen Blick auf die Salzstange, während er den Dienstwagen vor dem Gnadenhof parkte. »Die hatte meine Oma auch immer.«

Als Kommentar zerknackte Sälzer die Salzstange. Es wurde bereits dunkel, wobei Sälzer sich nicht sicher war, ob es an den grauen Regenwolken lag oder an der untergehenden Sonne. »Hast du eigentlich Andro Petrics Alibi überprüft?« Ein Salzstangenkrümel landete auf der Armatur. Sälzer wischte ihn unauffällig mit dem Knie ab.

»Ivana Horvat bestätigt, dass Andro in der Nacht vom Mittwoch zum Donnerstag bei ihr war. Er ist gegen halb zehn gekommen und kurz nach vier gegangen. Übrigens ein sehr hübsches Alibi.«

»Kann ich mir vorstellen.«

»Andro ist also raus. Es sei denn, Ivana Horvat deckt ihn. Aber so kam sie mir ehrlich gesagt nicht vor. Also bleibt Patrick Felber. Und nach wie vor Silvio Zinke, der noch immer irgendwo da draußen rumläuft.«

»Irgendwas Neues?«

»Es melden sich immer wieder Leute, die meinen, ihn gesehen zu haben. Im Stadtpark, an einer Tankstelle oder im Supermarkt. Trüger und Kessel gehen den Meldungen nach. Aber bis jetzt ist dabei nichts herausgekommen. Die Leute haben Panik und sehen überall Schwerverbrecher.«

Sälzer suchte in der Jackeninnentasche nach einer neuen Salzstange. Er seufzte, als er keine fand, und wollte aussteigen. Doch dann hielt er in der Bewegung inne.

»Was ist? Gehen wir rein?«, fragte Masaryk, der seine Tür bereits geöffnet hatte.

»Flora Duve meinte, Patrick könnte so etwas gar nicht tun«, sagte Sälzer langsam. »Irgendwie habe ich das Gefühl, sie hat recht.«

Masaryk zog die Autotür wieder ein Stück heran. »Wieso?«

»Schwer zu sagen. Na schön, er hätte ein Motiv. Aber warum soll er erst nach Hause fahren und dann wieder umkehren? Als Angler hatte er sicher ein Messer dabei. Auf jeden Fall einen Angelhaken. Er hätte Flora gleich überfallen können.«

»Vielleicht kam ihm die Idee erst auf dem Heimweg. Nahm allmählich in seinem Kopf Gestalt an. Ich kann mir nicht vorstellen, dass man spontan darauf kommt, ein Mädchen auf eine Badeinsel zu schleifen und dort mit einem Messer … oder einem Angelhaken zu misshandeln. Vielleicht hat er noch irgendein Hilfsmittel geholt, mit dem er Flora auf die Insel gebracht hat.«

Sälzer starrte einen Moment auf einen Salzstangenkrümel auf seinem Knie. »Da ist auch was dran. Wie gesagt, ist nur ein Gefühl.« Und im Gegensatz zu den Kommissaren im Fernsehen lag Sälzer mit seinem Gefühl manchmal komplett daneben.

Im Haus, das zum Gnadenhof gehörte, ging in einem der vorderen Zimmer Licht an. Am Fenster tauchte kurz eine Silhouette auf.

»Reden wir noch mal mit Patrick, sehen uns seine Angelsachen an und ein bisschen im Haus um, dann wissen wir mehr.« Sälzer öffnete die Autotür und stieg aus.

Masaryk ging bereits auf das kleine, graue Haus zu. Es hockte am Feldwegrand wie ein tattriger Greis.

Wilbert Felber öffnete die Wohnungstür noch bevor sie klopfen konnten. »Patrick ist nicht da.«

Sälzer deutete mit dem Kopf Richtung See. »Angeln?«

»Meinen Sie, nach dem, was dort passiert ist, geht mein Sohn so schnell einfach wieder angeln? Sie haben den Zinke ja noch nicht mal eingefangen. Stattdessen belästigen Sie einfache, anständige Leute. Haben Sie nichts Besseres zu tun?«

Masaryk und Sälzer sahen Herrn Felber ausdruckslos an.

»Wo ist Patrick?«

Herr Felber hatte seinen grauen Filzhut tief ins

Gesicht gezogen. »Er wollte in die Stadt«, murrte er.

»Wann kommt er wieder?«, fragte Masaryk.

»Hat er nicht gesagt.«

»Können wir reinkommen?«, fragte Sälzer.

Wilbert Felber zögerte, dann stieß er die Wohnungstür ein Stück weit auf und trat zur Seite. »Weiß zwar nicht, was Sie hier wollen ...«, murmelte er.

Die beiden Polizisten betraten die Wohnung. Sie war spärlich beleuchtet. Die niedrigen Wände waren mit Holz vertäfelt und ließen die Räume noch dunkler wirken. An der Decke hing eine gelbe Schirmlampe mit Fransen, die vermutlich einmal weiß gewesen war. Es roch nach kaltem Rauch und Vergangenheit.

»Wo bewahrt Patrick seine Angelsachen auf?«, erkundigte sich Masaryk.

»Draußen. Im Schuppen. Was wollen Sie damit?«, erwiderte Felber.

»Nur mal einen Blick darauf werfen. Zeigen Sie uns den Schuppen?«, fragte Masaryk.

Felber betrachtete Sälzer und Masaryk, als wären sie die Schwerkriminellen. Dann deutete er kurz mit dem Kopf zur Hintertür in der Küche, die auf den Hof führte. »Da lang.«

Masaryk folgte Felber zur Hintertür. An der Tür drehte Wilbert Felber sich um und sah Sälzer fragend an, der im Hausflur vor der Küche stehen geblieben war.

»Ich warte hier«, sagte Sälzer.

Felber zögerte.

»Also, gehen wir.« Masaryk drückte die Hoftür auf. Felber folgte ihm widerwillig, nachdem er einen letzten Blick auf Sälzer geworfen hatte.

Sälzer hielt sich nicht lange mit Flur und Küche auf. Er steckte kurz den Kopf ins Wohnzimmer. Dann öffnete er eine kleine Tür am Ende des Flurs. Das Bad. Er machte die Tür daneben auf und wurde beinahe von einer Lawine überrollt. Aus einem Berg Gerümpel, der sich in dem Raum befand, hatte sich ein Zeitschriftenstapel gelöst. Sälzer schlug die Tür wieder zu, bevor sich alles auf dem Flur ergoss.

Er blieb kurz im Flur stehen, erholte sich von dem Schreck. Dann betrat er eine schiefe Holztreppe, die ins Dachgeschoss führte. Er folgte den knarzenden Stufen nach oben, wo es nur ein Zimmer gab. Sälzer öffnete die Tür, betrat den Raum, schaltete das Licht an und sah sich um. Die Dachschrägen reichten bis zur Mitte der Wand. Auch sie waren mit Holz vertäfelt. In der Ecke beim Fenster lag eine Matratze. Das Bettzeug darauf war zerwühlt. Vor dem Fenster stand ein Schreibtisch. Im Gegensatz zum Rest der Wohnung war er sehr aufgeräumt. Überhaupt hob sich das ganze Zimmer durch seine Ordnung von den anderen Räumen ab.

Links und rechts neben dem Fenster hing jeweils ein Poster. Auf dem einen waren Fische mit lateinischen und deutschen Namen darunter abgebildet, das andere Poster erinnerte Sälzer an das Medizinstudium, das er nach der Schule begonnen und nach drei Wochen wieder abgebrochen hatte. Darauf waren zwei Menschen abgebildet, jeweils von vorne und von hinten. Die oberen beiden Bilder zeigten den Blutkreislauf und das Nervensystem, die unteren die Muskulatur. Jemand hatte kleine Pinnnadeln auf den Körpern verteilt, die Sälzer spontan an Voodoo und Akupunktur denken ließen.

An der anderen Wand mit der Dachschräge, gegenüber der Matratze, reihten sich niedrige Regale. Darauf standen eine alte Musikanlage, ein kleiner Fernseher, ein paar CDs, Bücher und eine Lampe, deren Schirm abhanden gekommen war, sodass man die nackte Glühbirne sah.

An der hohen Wand am anderen Ende des Raums stand ein Kleiderschrank. Er war aus massivem, dunklem Holz und so groß, dass Sälzer sich fragte, wie er durch die Tür gepasst hatte. Als er auf den Schrank zuging, knarrte der Holzboden unter ihm. Sälzer öffnete den linken Flügel der Schranktür. In mehreren Fächern stapelten sich säuberlich Klamotten. Ganz unten stand eine Kiste mit zusammengerollten Strümpfen. Sälzer schloss die linke Schranktür und öffnete den rechten Flügel. Mehrere Jacken und ein paar Hemden hingen auf Kleiderbügeln an einer Stange. In dem einzelnen, untersten Fach lagen Mützen und Handschuhe.

Sälzer wollte die Tür gerade schließen, als er aus

den Augenwinkeln etwas wahrnahm, was sofort seine Aufmerksamkeit erregte. Er riss den Türflügel weit auf und starrte auf dessen Innenseite.

Das Holz des Türflügels war kaum noch zu sehen. Er war über und über von Fotos bedeckt. Die Fotos zeigten immer ein und dieselbe Person: Flora Duve. Flora vor ihrem Haus, wie sie sich gerade die Haare zum Zopf bindet. Flora neben Trixi auf einer Mauer. Flora auf dem Fahrrad mit wehendem Schal. Flora inmitten von anderen Jugendlichen, vermutlich auf einem Schulfest oder Ausflug. Flora mit Mütze im Winter, wie sie gerade einen Schneeball wirft und dabei die Zunge herausstreckt. Flora lachend, nachdenklich, ernst, überrascht. Auf manchen Fotos war Flora höchstens zwölf, auf anderen glich sie dem Mädchen, das Sälzer seit ein paar Tagen kannte.

Quer über alle Fotos verlief eine breite, dunkelrote Spur. Tropfen, Flecken, Schlieren, Spritzer – Blut. Es sah aus, als hätte jemand den unzähligen Floras mit voller Wucht eine Blutbombe entgegengeschleudert.

Eine Sekunde schloss Sälzer die Augen. Er hielt sich mit der Hand am Türflügel fest und merkte nicht, wie er leicht schwankte. Er hätte es wissen müssen: Sein Gefühl war ein beschissener Ratgeber.

Hastig riss er eins der blutbeschmierten Fotos von der Innenseite der Schranktür, ließ sie offen stehen, eilte aus Patricks Zimmer und die Treppe hinunter. Im Flur stieß er fast mit Felber und Masaryk zusammen, der ein blutverschmiertes Filiermesser in einer Plastiktüte vor sich hielt.

Sälzer hielt Wilbert Felber das Foto vor die Nase. »Wo ist Patrick?«, schrie er, obwohl Felber nur ein paar Zentimeter entfernt stand.

Felber starrte auf das Foto. Die Narbe auf seiner Wange zuckte.

Masaryk begriff sofort, was Sälzer selbst in dem Moment nur unbewusst befürchtete. »Herr Felber, sagen Sie uns sofort, wo Ihr Sohn ist.«

Felber ließ das Foto nicht aus den Augen. »Ich weiß es nicht«, sagte er kaum hörbar. »Er wollte in die Stadt. Eine Freundin besuchen.«

Sälzer und Masaryk tauschten einen kurzen Blick, dann hasteten sie aus dem Haus und ließen Wilbert Felber alleine im Flur zurück.

*

»Aber bleib bitte nicht zu lange, ja? Und ruf an, wenn es doch später wird. Ich kann dich auch abholen.«

»Mama, ich geh nur ein paar Straßen weiter zu Flora. Das habe ich tausend Mal gemacht.« Trixi ließ den Wohnungsschlüssel in die Umhängetasche fallen und trat in den Hausflur.

»Ich weiß. Aber das war vor letztem Mittwoch.«

Trixi drehte sich auf der Türschwelle um und gab ihrer Mutter einen Kuss auf die Wange. »Ich pass auf mich auf. Okay?«

Frau Jerger lächelte traurig, bevor die Tür ins Schloss fiel.

Trixi ging die Stufen im Hausflur nach unten und steckte sich die Hörer ihres MP3-Players in die Ohren. Natürlich hatte ihre Mutter Angst um sie, wenn sie abends alleine aus dem Haus ging. Die ganze Stadt hatte Angst. Wenn Eltern ihre Kinder nach Einbruch der Dunkelheit überhaupt noch rausließen, fuhren die meisten sie mit dem Auto und holten sie auch wieder ab. Die Straßen kamen Trixi abends seit dem Vorfall am See verlassener vor als früher. Nicht dass in Telpen jemals viel los gewesen wäre. Doch jetzt sahen selbst die Penner zu, dass sie nachts eine Bleibe fanden. An den See ging nachts niemand mehr. Auch tagsüber schien ein Fluch auf ihm zu liegen und nur wenige wagten sich an sein Ufer. Und das Freilichtkino machte nicht nur wegen des wechselhaften Wetters schlechte Umsätze. Die Aufführung des Musicals, in dem Flora mitspielte, war abgesagt worden und sogar einige Partys von Leuten, mit denen Flora gar nichts zu tun gehabt hatte. Die Stadt war wie gelähmt. Solange der Täter noch frei herumlief, würde das auch so bleiben.

Dabei konnte er längst über alle Berge sein. Was Trixi so mitbekommen hatte, glaubten die meisten Leute, dieser entflohene Vergewaltiger, Silvio Zinke, war es gewesen. Sie begründeten ihren Verdacht damit, dass so etwas Abscheuliches und Erbärmliches niemals jemand aus Telpen getan haben könnte. Die Vorstellung, der Täter käme aus Telpen, man würde ihn kennen, hatte schon mit ihm geredet, vielleicht war man sogar mit ihm befreundet oder verwandt, war zu schockierend.

Trixi zog die Haustür hinter sich zu, steckte die Hände in die Jackentaschen und trat auf den Gehweg. Mit schnellen Schritten machte sie sich auf den Weg zum Komponistenviertel, in dem Flora wohnte. Es war nicht weit, aber Trixi musste ein Stück durch den Stadtpark und über die kleine Brücke bei der Ruine der Trinitatiskirche. Eigentlich, wurde Trixi bewusst, war es ein Wunder, dass ihre Mutter sie die Strecke alleine zu Fuß gehen ließ. Von dem hechelnden anonymen Anrufer hatte sie ihr lieber gleich gar nichts erzählt. Wahrscheinlich war es sowieso nur irgendein Spinner gewesen.

Trixi schob die Gedanken beiseite, folgte der Efeugasse bis zur Kreuzung und drehte die Lautstärke am MP3-Player hoch. Die Musik musste laut sein, schnell, sie musste in ihre Ohren hageln, musste Trixi in einen Sog ziehen. Sie musste sie spüren. Nicht nur hören.

Menschenfressermusik nannte sie Lasse immer. Ihr Vater hatte Angst, die Musik würde Trixi aggressiv machen. Was sie aggressiv machte, war das seichte Gedudel, das er hörte. Ihre Musik war Medizin. Eine Wundermedizin gegen alles. Über die Kopfhörer drang sie in ihren Körper, der Bass sackte in ihren Magen, der Widerhall der E-Gitarre stach bis in die

Zehenspitzen, das Schlagzeug übernahm den Puls und die Stimme füllte den Kopf bis zum Platzen.

Am liebsten hätte Trixi laut mitgeschrien. Sie war sauer. Auf jemanden, den man gerade nicht anschreien konnte. Durfte. Sollte. Sie war sauer auf Flora. Wieso hatte sie ihr nichts davon gesagt, dass sie mit Andro am See gewesen war? Wieso hatte sie behauptet, sie wäre alleine hingefahren? Was sollte der Scheiß? Wieso log Flora Trixi an, in so einer Situation? Dass sie der Polizei nichts von Andro erzählt hatte, konnte Trixi noch verstehen, aber wieso ihr nicht?

Sie hatten sich sonst immer alles gesagt, was für sie wichtig war. Jeder hatte auch ein paar Sachen, die privat oder ein Geheimnis blieben. Das war okay so. Aber dass Trixi sich Sorgen machte, sich über die Nacht am See den Kopf zerbrach, das musste Flora doch klar sein. Und sie erzählte ihr noch nicht einmal, dass sie mit ihrem Freund dort gewesen war.

Trixi ging über die Kreuzung auf den nur spärlich beleuchteten Eingang zum Stadtpark zu. Vielleicht tat sie Flora auch Unrecht. Was wusste sie schon, wie man sich nach so einem furchtbaren Erlebnis fühlte, ob man noch klar denken konnte. Gut möglich, dass Flora einfach nur total verwirrt war. Vielleicht hatte sie Andro im ersten Moment wirklich vergessen. So, wie sie auch alles andere vergessen hatte.

Trotzdem drängte sich Trixi ein Gedanke auf, der

ihr wie ein Eiswürfel über den Rücken lief: Was konnte sie Flora überhaupt noch über den Abend am See glauben?

Trixi zuckte kurz zusammen, als sie auf einem der unbeleuchteten Nebenwege des Parks eine Bewegung wahrnahm. Sie blieb stehen, starrte in die Dunkelheit. Einen Moment zögerte sie, dann ging sie schnell weiter. Rechts und links vom Hauptweg, der alle paar Meter von einer klobigen Laterne beleuchtet wurde, breitete sich Finsternis aus. Die Bäume sahen aus wie schwarze, stumme Riesen und bildeten eine beklemmende Kulisse.

Auf einmal störte Trixi die Musik. Sie fühlte sich eingeschränkt, gefährdet. Sie schaltete den MP3-Player aus, behielt nur die Hörer in den Ohren. Die Welt um sie herum kam ihr auf einmal unsagbar still vor. Erst nach und nach nahm sie die Geräusche der Nacht auf. Der Kies knirschte unter ihren Turnschuhen. Ein leichter Wind fuhr in die Baumkronen, ließ die Blätter rauschen. Um die Parklaternen flogen Motten, Fliegen und andere Insekten. Wenn Trixi dicht an ihnen vorbeiging, hörte sie ihr Summen. Manche zischten wie Wassertropfen in einer heißen Pfanne. In einer der Parklaternen hatte sich eine fette Fliege verfangen und flog immer wieder von innen gegen das Glas. Trixis linkes Augenlid zuckte jedes Mal.

Eine Minute später hatte Trixi das Ende des Hauptweges fast erreicht. Sie sah bereits die kleine

Brücke, die über die Telm und zur Ruine der Trinitatiskirche führte, die sich schwarz vom nachtblauen Himmel abhob. Auf einmal raschelte es in einem Gebüsch direkt vor ihr. Trixi sprang zur Seite, erstarrte mit angehaltenem Atem. Das kleine Gestrüpp wackelte. Sie sah es jetzt deutlich. Auf einmal schoss etwas aus dem Gebüsch. Trixi blieb ein Schrei in der Kehle stecken. Ein schwarzes Eichhörnchen hüpfte auf den Weg, die Augen glänzten wie dunkle Kiesel. Es rannte vor Trixis Füßen über den Hauptweg, verschwand auf der anderen Seite im Gras und flitzte dann einen Baum hinauf, wo es sich in die dunkle Krone flüchtete.

Als das Eichhörnchen schon längst nicht mehr zu sehen war, hämmerte Trixis Herz noch immer. Sie musste aus diesem Park raus, sofort. Die ganzen Horrorgeschichten, die man sich in der Stadt über den Täter erzählte – er würde nachts im Park, am See, an jedem Ort der Stadt lauern, auf sein nächstes Opfer warten, zuschlagen, zustechen, wenn sich wieder die Gelegenheit ergeben würde –, und die Sorge ihrer Eltern machten sie schon ganz verrückt.

Trixi ballte die Hände in den Taschen zu Fäusten zusammen und verließ eilig den Park, ohne sich umzusehen. Als sie über die Brücke ging, knarrten die Holzbalken. Trixi warf einen kurzen Blick auf die Telm. Der kleine Fluss floss schwarz und träge durch die Nacht, als würde er kein Wasser, sondern Teer führen. Sie sprang die drei Steinstufen am Ende der

Brücke hinunter und ging auf die Trinitatiskirche zu.

Gerade als sie die Kirchenruine erreicht hatte, hörte sie ein Knarren. Sie zuckte innerlich zusammen. Dann hörte sie es noch einmal, etwas entfernt, wie von Holzbalken. Sie drehte sich um, konnte die Brücke von hier aus aber nicht mehr einsehen. Sie ging weiter, am zerfallenen Eingangstor der Kirche vorbei, die Schritte immer schneller. Der Radweg, der um die Ruine herum und danach weiter am Fluss entlangführte, war verlassen. Trixi überquerte ihn und lief über ein zugewuchertes Rasenstück auf den Beethovenplatz zu. Sie lauschte auf Geräusche hinter sich, aber das Rascheln ihrer Füße auf dem Rasen war zu laut.

Am Beethovenplatz begann das Komponistenviertel. Trixi eilte über den Platz mit dem Springbrunnen in der Mitte, der seit Jahren kein Wasser mehr sprühte und dessen Muse in der Mitte voller Graffiti war. Als Flora und Trixi ungefähr neun gewesen waren, hatten sie sich immer an diesem Brunnen getroffen. Sie fanden das damals unendlich cool, weil sie einen Film gesehen hatten, in dem sich zwei beste Freundinnen auch immer an einem Springbrunnen trafen.

Trixi war schon fast an dem alten Treffpunkt vorbei, als sie hinter sich etwas Rascheln hörte. Sie kannte das Geräusch, hatte es vor Sekunden erst selbst erzeugt. Es klang, als würde jemand durch hohes Gras gehen. Sie blieb stehen und drehte sich um. Da war jemand. Eine Gestalt. Schwarz wie ein Scherenschnitt. Trixi hatte das Gefühl, kochend heißes Wasser schoss ihr in die Kehle und in den Magen, als sie sah, wie die Gestalt näher kam. Es war ein Mann. Er schritt langsam durch die hohen Gräser. Er war mittelgroß, hatte breite Schultern und eine Kapuze auf, deren Schatten auf seinem Gesicht lag.

Trixi rührte sich nicht, als wäre sie mit dem Brunnen zu Stein geworden. *Lähmende Angst*, jetzt verstand sie, was das war. Es war absurd: Statt einen logischen Gedanken zu fassen, musste sie an diese Filme denken, in denen die Person, die sich in Gefahr befand, einfach stehen blieb, erstarrte, als würde sie auf den Todesschlag warten, während die Zuschauer vor dem Fernseher saßen, sich die Haare rauften und »Mach schon, hau ab!« schrien.

Hau ab, Trixi!, schrie sie innerlich und zwang sich schließlich zum Weitergehen. Erst hatte sie das Gefühl, ihre Beine würden wegknicken. Doch mit jedem Schritt beruhigte sie sich mehr, wurde sie sicherer. Um sie herum waren Häuser voller Menschen. Sie war mitten in der Stadt. Wie Hunderte Male zuvor war sie auf dem Weg zu Flora. Das hier war die Wirklichkeit, kein abgeschmackter Horrorthriller.

Als sie in die hell erleuchtete Ellingtonstraße einbog, schüttelte sie über sich selbst den Kopf. Ein Mann ging am Abend durch den Park und durch die Stadt. Genau wie sie. Er kam von der Arbeit.

Wollte nach Hause. Vielleicht wollte er jemanden besuchen, war zum Essen eingeladen. Rein zufällig war er auch durch den Park, über die Holzbrücke, an der Trinitatiskirche vorbei und zum Beethovenplatz gegangen. Nichts weiter. Es war nur ein Zufall, der ihr normalerweise überhaupt nicht aufgefallen wäre, würden die Leute um sie herum nicht alle vor Angst und Panik komplett gaga sein. Sie war einfach paranoid, wie alle in dieser gottverfluchten Stadt seit der Sache am See. Die Polizei sollte endlich den Täter finden, damit das aufhörte, damit nicht noch alle verrückt wurden.

Als Trixi von der Ellingtonstraße nach rechts in die Hindemithstraße bog, sah sie sich kurz um. Es war eher ein Reflex als eine bewusste Entscheidung. Zwischen den parkenden Autos tauchte ein Kopf auf. Er war von einer Kapuze bedeckt. Trixis Kiefer verkrampfte sich, als sie die Backenzähne aufeinanderpresste. *Nur ein Mann. Auf dem Weg nach Hause,* wiederholte sie stumm und ohne echte Überzeugung. Sie blies sich den dicken Pony aus der Stirn und ging weiter. Ihre Schritte waren klein, schnell und leise, wie eine Maus auf der Flucht.

Die Edvard-Grieg-Straße, in der Flora wohnte, war die zweite Querstraße, die links von der Hindemith abging. Es war nicht mehr weit. Nur noch ein paar Meter, dann war Trixi in Sicherheit, zurück in der Wirklichkeit, raus aus diesem lächerlichen Albtraum.

Trixi überquerte die erste Straße und drehte sich dabei unauffällig um, als würde sie auf herannahende Autos achten. Die Straße war vollkommen leer. Doch auf dem Bürgersteig hinter ihr lief jemand, die Schritte ruhig und gleichmäßig, beharrlich. Der Mann mit der Kapuze folgte ihr noch immer. Ein heißer Strom lief Trixi durch die Kehle, als sie bemerkte, dass der Abstand sich verkleinert hatte. Der Mann war höchstens noch vier Autolängen entfernt.

Trixi drehte sich abrupt um und ging weiter. Am liebsten wäre sie gerannt, so schnell sie nur konnte. Aber sie widerstand dem Drang. Sie wollte nicht rennen, weil sie befürchtete, damit alles nur noch schlimmer zu machen und ihr Schicksal zu besiegeln. Außerdem wäre das eine Art Eingeständnis gewesen. Das Eingeständnis, dass sie sich tatsächlich in Gefahr befand. Obwohl ihr Herz hämmerte wie nach einem Marathon und sie das Zittern der Fäuste in ihren Jackentaschen kaum unterdrücken konnte, wollte sie den letzten Funken Hoffnung nicht aufgeben, der Mann hinter ihr hätte nichts mit ihr zu tun. Obwohl er ihr seit dem Park folgte. Obwohl er immer näher kam. Obwohl sie jetzt an seinen Schritten hören konnte, dass auch er an der ersten Querstraße vorbeigegangen war und weiter auf der Hindemithstraße ging. Nur ein paar Meter von ihr entfernt, dicht in ihrem Rücken.

Trixi zog die Schulterblätter zusammen, als es sie

vom Nacken bis zum Steiß fröstelte. Die Schritte hinter ihr klangen entschlossen, unaufhaltsam näherten sie sich. Sie versuchte, das Geräusch einen Moment auszublenden und einen klaren Gedanken zu fassen. Die Hindemithstraße war im Gegensatz zur kleinen Edvard-Grieg-Straße, in der Flora wohnte, gut beleuchtet. Würde Trixi erst einmal in Floras Straße einbiegen und es dort womöglich sogar bis zum Hauseingang schaffen, hätte sie damit nicht viel gewonnen. Der Hauseingang bedeutete in dem Fall keine Sicherheit, er war eine dunkle Falle. Die Klingeln unten funktionierten nicht, deshalb stand die Haustür immer offen. Doch viel weiter, ins Haus hinein, würde Trixi es nicht schaffen. Dazu war der Verfolger schon zu dicht hinter ihr. Gegenüber von Floras Haus war ein Kindergarten, in dem sich um diese Uhrzeit kein Mensch mehr befand. Kein Mensch, der sie sehen oder hören konnte. Auch Autos verirrten sich selten in die Einbahnstraße.

Trixi war nur noch vier Schritte vom Abzweig zur Griegstraße entfernt. Mehr einer Eingebung folgend als wohlüberlegt blieb sie plötzlich stehen. Sie kniete sich mit dem rechten Bein aufs Pflaster und band ihren linken Schnürsenkel. Was auch immer jetzt passierte – Trixi würde so laut schreien, dass es den Anwohnern in den Häusern rechts und links nicht entgehen konnte.

Sie hörte die Schritte hinter sich.

Tep – tep – tep – tep.

Immer näher. Trixi ballte die Hände mit dem Schnürsenkel zu Fäusten zusammen. Ihre Fingernägel schnitten in die Handflächen. Sie zog die Schultern hoch, wollte sich vor der Angst schützen, die wie Hagelkörner auf sie niederprasselte.

Auf einmal verstummten die Schritte. Der Mann war stehen geblieben. Trixis Blick wanderte langsam nach rechts. Neben ihr standen zwei schwere, schwarze Schnürschuhe. Die Spitzen glänzten im Schein der Straßenlaterne. Schwarze Hosenbeine fielen bis über die Knöchel. Trixi wagte es nicht, den Blick zu heben.

»Doppelschleife«, kam es von oben.

Die Stimme klang unerwartet jung. Trixi sah auf. Das Licht der Straßenlaterne spiegelte sich in zwei Brillengläsern. Die Augen dahinter waren kaum zu erkennen. Trotzdem hatte Trixi das Gefühl, sie schon einmal irgendwo gesehen zu haben.

»Sagt man doch immer. Doppelschleife hält besser.« Der Typ mit der Kapuze deutete mit dem Kinn auf Trixis linken Schuh. Sie hielt den Schnürsenkel noch immer fest umklammert. Erst jetzt lösten sich die Fäuste.

Trixi richtete sich auf, wobei sie den Kapuzenträger nicht aus den Augen ließ.

»Sorry, das war wohl der ranzigste Spruch aller Zeiten, das mit der Doppelschleife«, sagte er. »Willst du zu Flora?«

Trixi sah ihn fragend an.

»Wir sind uns schon mal kurz im Hausflur begegnet. Ist 'n paar Wochen her. Hagen. Der Sohn von Götz.« Hagen strich sich mit der flachen Hand die Kapuze vom Kopf und nickte Trixi zu. Er hatte kurze, glatte, hellbraune Haare, die ordentlich zum Seitenscheitel gekämmt waren und zusammen mit der Kapuze und den Schnürstiefeln ein eigentümliches Bild ergaben.

»Ja, ich glaub, ich erinnere mich«, sagte Trixi, nachdem sie ihre Atmung wieder halbwegs unter Kontrolle hatte. Sie ließ die Schultern locker und schloss für zwei Sekunden die Augen. *Paranoid, vollkommen paranoid.* Dann wandte sie sich wieder Hagen zu. »Kann es sein, dass du damals einen Anzug angehabt hast?«

»Praktikumskostüm.«

Trixi nickte. Sie freute sich, Hagen zu sehen – aber nur, weil er kein entflohener Schwerverbrecher und Floras aktueller Stiefbruder war. Sie wusste nicht so recht, worüber sie sich mit dem Sohn des aktuellen Freundes von Floras Mutter unterhalten sollte. Außerdem war ihr nach der eingebildeten Verfolgungsjagd nicht nach Small Talk.

»Hast du gar kein Problem damit, nachts hier so alleine rumzulaufen?«, fragte Hagen, als hätte er ihre Gedanken gelesen. »Oder stehst du da drauf?«

»Worauf?«

»Horror. 'n kleiner Kick. So was. Gibt Leute, die

brauchen das.« Hagen musterte Trixi aus kleinen, wachen Augen hinter den Brillengläsern.

»Also ich nicht. Du?«

»'nen guten Horrorstreifen zieh ich mir schon gerne rein. Aber eher so Psychosachen. Blutgemetzel lassen mich kalt.«

»Tolles Thema«, fand Trixi und ging langsam weiter. Hagen ging neben ihr her. Keiner sagte etwas, bis sie in die Edvard-Grieg-Straße bogen.

»Das ist doch alles die totale Heuchelei«, begann Hagen. Seine Stimme klang auf einmal fester und tiefer. »Alle Leute in Telpen tun, als würden sie mit Flora fühlen, ihr helfen wollen. Dabei sind sie doch nur froh, dass es nicht ihr eigenes Kind war, das aufgeschlitzt wurde.«

»Kann man ihnen ja wohl kaum verdenken«, erwiderte Trixi.

»Soll ich dir was sagen? Sie ergötzen sich insgeheim an Floras Leid. So, wie man sich früher am Tod eines Gladiators ergötzt hat oder an einer Hexenverbrennung, so wie die Menschen heute Berichte über Flugzeugabstürze, Lawinenunfälle oder das tragische Ende von vernachlässigten Kindern verschlingen.« Hagen hatte die Augen weit aufgerissen und fuchtelte mit den Armen durch die Luft, dass Trixi Angst hatte, einen Schlag abzubekommen.

»Du spinnst«, sagte Trixi und blieb vor dem Eingang zu Floras Haus stehen.

Hagen sah Trixi einen Moment mit einem seltsamen Gesichtsausdruck an.

»Was ist?«, fragte Trixi.

»Stimmt. Ich spinne«, sagte Hagen schließlich und lächelte kurz.

*

Dieses Mal saß Sälzer selbst am Steuer des Dienstwagens. Er war kein guter Fahrer, aber ein schneller, wenn es sein musste. Er bog von der Hindemithstraße in die Edvard-Grieg-Straße und nahm dabei den Bordstein mit. Aus den Augenwinkeln sah er noch das Einfahrtverbotsschild der Einbahnstraße.

Masaryk hielt sich auf dem Beifahrersitz mit einer Hand am Türgriff, mit der anderen am Armaturenbrett fest. »Da ist gerade jemand reingegangen«, sagte er und deutete mit dem Kopf auf die Tür des Hauses Nummer 18.

Sie ließen den Wagen mitten auf der Straße stehen und stürmten in den Hausflur. Obwohl Sälzer fülliger und älter als sein junger Kollege war, erreichte er die erste Etage zuerst. Er hielt sich mit einer Hand am Geländer fest, atmete heftig, während er folgendes Bild aufnahm: Flora Duve stand in der Wohnungstür. Unmittelbar davor und nicht mehr als eine Armlänge entfernt von ihr stand Patrick Felber. Er hielt Flora etwas entgegen, das in braunes Papier verpackt war. Hinter Patrick stand

Beatrix Jerger. Neben ihr ein junger Mann mit Brille und Kapuzenjacke, Anfang zwanzig oder jünger.

Masaryk überholte Sälzer, war mit zwei Schritten bei Patrick Felber, packte ihn am Oberarm und zog ihn von Flora weg. Das Päckchen, das Patrick Flora hinhielt, fiel zu Boden und machte ein Geräusch wie eine zerbrechende Kaffeetasse.

Flora stieß einen Schrei aus.

»Lassen Sie mich los! Was soll das?« Patrick versuchte vergebens, sich aus Masaryks Griff zu befreien.

Sälzer ging auf Patrick zu, zog ein Foto aus seiner Jackentasche und hielt es ihm entgegen.

Beatrix, die noch immer hinter Patrick stand und das Foto sah, riss die Augen auf und hielt sich die Hand vor den Mund.

Patrick starrte auf das Foto von Flora. Über ihre lachenden, grünbraunen Augen verlief eine Blutspur, breitete sich weiter über die Nase aus und bildete auf ihrem Mund einen dunkelroten Fleck. Floras Wangen, ihr Kinn und ihr Hals waren von Blutspritzern übersät. Patricks Lippen zuckten, aber er brachte keinen Ton heraus.

Polizeihauptmeister Sälzer trat näher an Patrick heran. Er sah ihm fest in die Augen. »Dieses Foto habe ich aus deinem Schrank«, erklärte er. »Sag was. SAG ENDLICH WAS!«

Patrick blinzelte kurz. »Sie haben bei mir rumgeschnüffelt. Das geht Sie nichts an.«

»Doch. Tut es. Und zwar seit letztem Mittwoch. Seit du an dem Abend zurück zum See gefahren bist. Zum Badeufer. Vielleicht hast du Flora noch eine Weile beobachtet. Warst noch unschlüssig, was du tun solltest.« Sälzer sprach leise, aber eindringlich. »Dann hat sie sich ausgezogen. Das hat bei dir einen Schalter umgelegt. Etwas, was sich seit Wochen, seit Jahren in dir angestaut hat, brach aus dir heraus. Du hast sie überwältigt, zur Badeinsel geschafft. Vielleicht war es auch anders. Vielleicht hast du sie gezwungen, zur Badeinsel zu schwimmen. Vielleicht ist sie sogar freiwillig geschwommen, weil sie nicht wusste, was sie dort erwartete. Und auf der Badeinsel hast du sie dann –«

»NEIN!«, schrien Patrick und Flora gleichzeitig.

Sälzer sah erstaunt zu Flora. Sie stand noch immer in der Wohnungstür, hatte einen Pulloverärmel bis über die Fingerspitzen gezogen und knetete die Naht mit der anderen Hand.

»So war es nicht«, sagte Patrick.

»Dann erzähl uns, wie es war«, forderte ihn Masaryk auf. »Du kannst es hier machen oder auf der Polizeiwache.«

»Lassen Sie mich dann endlich los?«, fragte Patrick, sah auf seinen Oberarm und dann zu Masaryk, der ihn noch immer fest umklammert hielt.

Masaryk lockerte seinen Griff langsam, bis er Patricks Arm schließlich ganz losließ und die Hand senkte. Aber er blieb dicht hinter Patrick stehen.

Patrick sah zu Sälzer, senkte den Blick und begann: »Ja, es stimmt, ich war an dem Abend wütend auf Flora. Nein, nicht wütend. Ich habe sie gehasst. Aber das hielt nicht lange an. Mir wurde bald klar, dass ich nur mich selbst für alles hassen kann. Mein kleines, beschissenes Selbst.« Patrick sprach schnell, während seine Augen zwischen zwei unbestimmten Punkten hin- und herflogen. Er vermied jeden Blick in Floras Richtung, redete, als wäre sie nicht da. »Als ich sie dort am See gesehen habe, erst mit ihrem Freund und dann alleine, da habe ich alles erst einmal richtig begriffen. Vorher hatte ich echt noch Hoffnung. Ich Vollidiot.«

»Was hast du begriffen?«, fragte Sälzer ruhig.

»Dass es niemals passieren wird. Dass Flora und ich niemals zusammenkommen werden. Dass sie lieber einen Freund hat, mit dem sie sich streitet, der danach einfach abhaut, und dass sie wahrscheinlich sogar dann lieber alleine ist als mit mir zusammen. Wie sie so zusammengekauert dasaß … ich weiß nicht, ich konnte mir nicht mehr vorstellen, dass ich jemals neben ihr sitzen würde. Mir wurde klar, dass ich immer nur ein Zuschauer sein würde. Dass ich da nicht mitspielen kann.« Patrick holte Luft. »Als sie mir vor ein paar Wochen gesagt hat, dass sie sich nicht mit mir treffen will, habe ich das nicht so schlimm gefunden. Ich dachte, *jetzt* will sie das nicht, dachte, meine Chance würde noch kommen, ich müsste nur warten. So, wie ich die letzten Jahre schon gewartet hatte. Aber an dem Abend am See begriff ich, dass diese Chance niemals kommen würde. Dass ich nicht weitermachen konnte wie bisher. Flora von der Ferne verehren, als wäre sie ein Engel und kein Mensch. Fotos an meiner Schranktür von ihr aufhängen wie Heiligenbilder in einem Altar. All dieser kranke Schwachsinn. Mir wurde klar, dass ich die Flora in meinem Kopf zerstören musste, dieses Bild, das ich von ihr hatte. Was wahrscheinlich sowieso ganz anders war als die Vorlage.« Patrick sah kurz zu Flora.

»Und um dieses Bild zu zerstören, hast du der lebenden Vorlage auch ein paar ordentliche Kratzer verpasst?«, fragte Sälzer.

Patrick schüttelte den Kopf, fuhr sich kurz mit der Zunge über die trockenen Lippen und sprach weiter: »Ich wollte nur noch weg vom See, weg von ihr. Unbewusst war mir klar, dass die Flora, die da saß, nicht viel mit der Flora in meinem Kopf zu tun hatte. Ich ging zu meinem Liegerad und fuhr so schnell nach Hause wie noch nie. Ich dachte, ich könnte mir die Wut, die Traurigkeit, die Verzweiflung, dieses ganze blöde Weltschmerzgemisch aus dem Leib fahren. Zu Hause ging ich gleich in mein Zimmer. Ich wollte mit niemandem reden. Schon gar nicht mit meinem Vater, der solche Sachen sowieso nicht versteht.«

»Was hast du in deinem Zimmer gemacht?«, fragte Masaryk von hinten.

Patrick fuhr sich mit der Hand über den Mund, dann redete er weiter: »Ich habe die Schranktür aufgerissen und die Fotos angestarrt. Im ersten Moment wollte ich sie alle abreißen, zerfetzen, verbrennen. Erst da habe ich gemerkt, dass ich das Angelzeug und den Karpfen noch bei mir hatte. Es war dann wie im Affekt. Ich holte aus und schleuderte den toten Karpfen auf die Fotos. Alles war voller Blut. Ich … ich schlug immer wieder mit dem Karpfen auf die Schranktür. Immer heftiger. Immer schneller. Ich wollte alles auslöschen, wollte, dass Flora verschwand.« Patrick sah zu Boden.

Einen Moment sagte niemand etwas.

»Und dann?«, fragte Sälzer nach einer Weile.

»Nichts und dann. Mehr war nicht«, erwiderte Patrick. »Ich bin nicht noch mal an den See gefahren. Ich weiß nicht, was dort passiert ist. Ich war den ganzen Abend in meinem Zimmer.«

»Und was willst du jetzt hier? Du wolltest die Flora in deinem Kopf doch auslöschen. Stell ich mir schwer vor, wenn sie direkt vor dir steht«, sagte Sälzer.

Patrick sagte leise: »Ich wollte Flora nur kurz etwas vorbeibringen. Wegen der Sache am See. Ich meine das, was danach passiert ist, als ich schon weg war. Wäre ich länger geblieben, wäre es vielleicht nicht passiert.« Patrick sah zu dem zerbrochenen, kleinen Gegenstand, der noch immer in braunes Papier gewickelt vor der Wohnungstür der Duves am Boden lag. »Das war ein Schutzengel.«

Sälzer sah einen Moment auf den zerbrochenen Schutzengel, dann zu Patrick und holte tief Luft.

»Er hat recht«, sagte Flora auf einmal. »Er war es nicht. Er kann es nicht gewesen sein.«

»Wie kommst du darauf?« Sälzer wandte sich von Patrick ab und Flora zu.

In dem Moment ging das Licht im Treppenhaus aus. Flora blieb bewegungslos in der Wohnungstür stehen. Das gedämpfte Flurlicht, das sie von hinten beleuchtete, ließ ihren Körper wie eine schwarze Scherenschnittsilhouette aussehen.

Sälzer drückte hinter sich auf den Lichtschalter und das Licht ging wieder an.

»Ich weiß, dass er es nicht war«, sagte Flora.

Sälzer sah sie abwartend an.

»Du kannst dich erinnern?«, fragte Trixi.

»Nicht genau«, begann Flora langsam. »Es ... es sind nur Fetzen, Bilder wie schnelle Filmschnitte, und selbst die sind wie im Nebel.« Flora hielt kurz inne, dann fuhr sie mit halb geschlossenen Augen fort. »Ich weiß noch, wie ich am See saß, der Kies unter mir hart und kalt. Als ich aufstand, spürte ich, dass da jemand war, ganz in meiner Nähe. Als bräuchte er nur den Finger auszustrecken, um mich zu berühren. Ich sehe ihn, für Sekunden, kann sein Gesicht nicht erkennen, aber er ist größer als ich, mindestens einen Kopf. Ich sehe einen kräftigen Nacken, breite Schultern, dann verschwimmt alles.«

Flora öffnete die Augen, ihr Atem ging schnell, sie stützte sich mit einer Hand am Türrahmen ab.

Sälzer betrachtete sie einen Moment nachdenklich. »Noch etwas anderes? Haarfarbe? Kleidung? Geruch? Hat er etwas gesagt?«

Flora schüttelte den Kopf.

Sälzer sah zu Patrick. Seine Arme waren muskulös, die Schultern waren nicht schmal, aber auch nicht auffallend breit. Vor allem aber war er klein. Vielleicht gerade einmal genauso groß wie Flora.

»Deine Erinnerung eben«, wandte sich Sälzer wieder an Flora. »Du weißt, dass du Patrick mit dieser Aussage entlastest?«

Flora sah Sälzer ausdruckslos an. »Er war es nicht.«

»Wusstest du das die ganze Zeit schon? Dass der Täter größer ist als du und breite Schultern hat?«, fragte Masaryk.

Flora schüttelte abermals den Kopf. »Ich sag doch, es sind kurze Bildfetzen, die auftauchen. Es ist mir eben eingefallen, als Patrick vom Abend am See erzählt hat.«

Sälzer warf seinem Praktikanten einen Blick zu. Natürlich hatte er recht – hätte Flora sich früher erinnert, hätten sie sich einige Ermittlungsarbeit sparen können. Sälzer fragte sich aber vor allem eins: Wie viele dieser kurzen Bildfetzen würden mit der Zeit noch auftauchen? So viele, dass sich ein ganzes Bild ergab? Und selbst, wenn sie nicht auftauchen sollten: Konnte jemand Flora dabei helfen, sie zu finden?

»Kann ich jetzt gehen?«, unterbrach Patrick Sälzers Gedanken.

»Ja, aber mit uns«, erwiderte Sälzer. »Wir klären auf der Polizeiwache noch ein paar Detailfragen und nehmen ein Protokoll auf.«

Patrick schnaufte. »Ich wusste schon, warum ich mich aus der ganzen Sache raushalten wollte«, murrte er leise.

Masaryk ging mit Patrick an Sälzer vorbei.

Sälzer blieb einen Augenblick unentschlossen auf dem Treppenabsatz stehen. Er nickte Beatrix kurz zu, warf einen flüchtigen Blick auf den jungen Mann hinter ihr, dann wandte er sich an Flora: »Wir melden uns bald. Und solltest du dich wieder an irgendetwas erinnern, auch wenn es nur eine Kleinigkeit ist, sag sofort Bescheid, hörst du?«

Flora nickte.

Sälzer musterte sie einen Moment, dann schloss er sich den anderen an. Er war schon fast den ersten Treppenabsatz nach unten gegangen, als er sich noch einmal zu Flora umdrehte. »Weißt du, es gibt Leute, deren Job ist es, jemandem wie dir zu helfen, sich zu erinnern.«

Im Treppenhauslicht wirkte Floras Gesicht wie das einer Marmorskulptur.

Als Sälzer klar wurde, dass er vergebens auf eine Reaktion wartete, tippte er sich kurz an den Schirm seines Basecaps und folgte seinem Streifenpartner und Patrick Felber nach unten.

Im Parterre stand eine Wohnungstür auf. Nur einen kleinen Spalt. Dahinter meinte Sälzer graue Haare und gierige Augen zu sehen. Er sagte laut »Guten Abend«, woraufhin die Tür sofort zuschlug, und verließ das Wohnhaus.

12. Kapitel

Sie liegt auf dem Boden. Spürt das Parkett unter sich. Harter Halt.

Einen Moment hat sich alles gedreht. Die Treppe, das Geländer, das Flurlicht. Die Gesichter verschwammen, die Welt war verrutscht.

Sein Gesicht. Blass, versunkene Rosinenaugen. Sagen die Wahrheit, die sie kennt. War nur zur falschen Zeit am falschen Ort. War immer da. All die Jahre. Es macht sie traurig. Aber das reicht für nichts.

Sie fährt mit den Fingernägeln die Rillen im Holz nach. Versucht, sich zu erinnern. Die Nacht am See. Das gegenüberliegende Ufer. Schilf. Verborgener Steg. Ein Augenpaar. Ein stummer Zeuge. Doch nicht der Tat.

Wäre er länger geblieben.

Hätte er es gesehen.

Hätte er etwas getan?

Hätte er sie gerettet?

Oder wäre er davongelaufen, hätte die Augen verschlossen, alles ausgeblendet, wie sie? Sie fährt sich mit flachen Händen über die Oberschenkel. Er hätte den Anblick nicht ertragen. *Hätte er mich so gesehen, wäre ich aus seinem Kopf ausgelöscht gewesen.*

Die Tür geht auf. Ihre Freundin, in der Hand eine Tasse Tee. Als hätte sie eine Erkältung. Als könnte Tee helfen.

Sie sitzen nebeneinander. Am Boden. Reden viel. Sagen nichts.

Sie spürt, dass Trixi sauer ist. Hat die Wut in sich gestopft, Mülltonne, Deckel drauf. Mit Gelaber beschweren. Genau das, was sie einst hassten. Was nur die anderen taten. Sie hatten sich dagegen verschworen.

Alles anders seit der Nacht. Sie ist anders. Entstellt. Gezeichnet. Ein fremdes Bild. Verunsichert sie. Nur keinen Müll auf diese Fremde schütten.

Sie weiß auch so, worum es geht. Immer und immer und immer wieder geht es darum. Um diese Nacht am See. Um Andro. Um Vertrauen. Um das, was seit dem Abend am See zwischen ihnen liegt. Was sie ihr nicht erklären kann.

Sie reden träge, wie zwei Junkies am Ende des Trips. Vorsichtig kriechen die Wörter aus ihr heraus, als hätte sie Angst, sie könnten auf eine Tretmine fallen. Sie sieht auf den Mund der anderen, die Wörter wie Schnecken. Bei der kleinsten Berührung ziehen sie sich in ihr Haus zurück.

Sie wendet den Blick ab. Starrt an die Wand. Nebenan wummert Musik. Ein Presslufthammer auf ihrer Schädeldecke. Trixi bewegt die Zehen im Takt, schiebt unbewusst den Kopf vor und zurück. Es kommt ihr vor wie ein Verrat.

Dann fragt auch sie.

Erinnerst du dich?

Erinnerst du dich?

Erinnerst du dich?

Nein, sagt sie.

Es gibt nichts zu erinnern. Ich habe nie etwas vergessen.

*

Zeugenvernehmung von Konstantin Schmidbauer

Zur Person

Name:	Schmidbauer
Vorname:	Konstantin
Geb.Datum:	11.2.60
Beruf:	Gastwirt
Wohnort:	Telpen
Adresse:	Langerweg 57

(Vernehmung durchgeführt von Polizeimeister Kessel)

Zur Sache

Herr Schmidbauer betreibt im Langerweg 57 die Gastwirtschaft »Zum langen Atem«. Er gibt an, dass heute gegen 11 Uhr ein Mann seine Gastwirtschaft betrat, in dem er mit hoher Wahrscheinlichkeit den vor einigen Tagen aus der Telpener JVA entflohenen Häftling Silvio Zinke wiedererkannt hat. Schmidbauer sagte wörtlich: *»Zu 99% war das dieser Zinke, von dem das Foto in der Zeitung war.«*

Der gesuchte Häftling hielt sich nach Angaben von Herrn Schmidbauer nur kurz in seiner Gastwirtschaft auf. Er betrat den Speiseraum, sah sich um und ging dann auf einen Zigarettenautomaten zu. Er zog sich eine Packung Zigaretten (Herr Schmidbauer meint, es waren Pall Mall) und verließ dann wieder umgehend das Gebäude. Als der Gastwirt auf die Straße trat, war von dem Mann nichts mehr zu sehen. Herr Schmidbauer ist sich allerdings sicher, kein Auto oder sonstiges Fahrzeug gehört zu haben.
Laut Aussage des Gastwirtes trug Silvio Zinke eine Sonnenbrille, eine alte, dunkelblaue Wollmütze, ein verwaschenes gelblich weißes T-Shirt sowie eine verschmutzte, blaugraue Latzhose und derbe Schuhe.

*

Es war schon die fünfte Tasse Pfefferminztee an diesem Tag. Leif Sälzer nahm einen Schluck, stellte die Tasse auf dem Schreibtisch ab und reichte seinem Praktikanten am Schreibtisch gegenüber das Vernehmungsprotokoll von Konstantin Schmidbauer.

»Sonnenbrille, Wollmütze, Latzhose – das kann doch jeder sein. Wie will er denn Zinke da erkannt haben?«

»Er hat eine ziemlich markante Nase«, erwiderte Masaryk und überflog das Protokoll.

»Die hat Mike Krüger auch«, brummte Sälzer.

»Nach allen Hinweisen aus der Bevölkerung war Zinke jetzt bald in so ziemlich jeder Ecke der Stadt. Dem scheint es in Telpen zu gefallen.«

»Ich würde an seiner Stelle zusehen, dass ich wegkomme. Weit weg. Und schnell. Vielleicht hat er das ja auch gemacht.«

»Und all die Leute haben Gespenster gesehen?«

Sälzer zuckte die schweren Schultern. »Das ist wie mit den Ufos. Die haben eine Zeit lang auch alle gesehen.«

»Sie glauben nicht, dass Zinke unser Mann ist, oder?«

»Wäre das nicht irgendwie zu einfach: Ein Sexualverbrecher flieht aus dem Gefängnis und in derselben Nacht wird in derselben Gegend ein Mädchen misshandelt.«

»Manchmal sind es einfach die naheliegendsten Sachen.«

Das wusste Sälzer nur zu gut. Mehr aus sportlichem Ehrgeiz als aus Überzeugung argumentierte er weiter. »Wieso sollte Zinke so etwas tun? Diese ganze Geschichte am See – das passt nicht zu ihm. Erstens wäre es dumm, auf der Flucht solche Spuren zu hinterlassen und die Liste seiner Verbrechen zu verlängern …«

»Er wäre nicht der erste Schwerverbrecher, der keine Intelligenzbestie ist«, warf Masaryk ein.

»... und zweitens passt es nicht zu seinem früheren Vorgehen. Mal ganz drastisch gesagt: Er hätte Flora Duve vergewaltigen, umbringen und in den See werfen können. Nicht, dass das, was ihr zugestoßen ist, nicht schon schlimm genug wäre.«

»Vielleicht haben ihn die Jahre hinter Gittern verändert.«

Sälzer sah seinen Praktikanten ungläubig an.

Masaryk hob abwehrend die Hände. »Alles nur Gedankenspiele. Viel mehr bleibt uns im Moment nicht. Patrick Felber können wir ja wohl endgültig abhaken. Das Labor hat übrigens bestätigt, dass sowohl am Liegerad als auch auf den Fotos und dem Filiermesser Fischblut war.«

Sälzer nickte und starrte auf einen feuchten Kreis, den seine Teetasse auf dem Schreibtisch hinterlassen hatte. Er dachte zurück an die Szene im Treppenhaus gestern. An Flora Duves ausdrucksloses Marmorgesicht. »Ich frage mich manchmal«, sagte er langsam, »ob Flora Duve sich nicht erinnern kann oder nicht erinnern will. Es ist doch seltsam: Als wir gestern nahe dran waren, vor ihren Augen einen Unschuldigen zu verhaften, hatte sie auf einmal diese Erinnerungsfetzen.«

Masaryk machte ein Gesicht wie ein Eichhörnchen. »Sie meinen, sie weiß die ganze Zeit, wer der Täter ist?«

»Kann sein, sie weiß es genau. Kann sein, sie weiß nur etwas über ihn und ahnt, wer er ist. Kann auch sein, dass ich mich irre und sie sich wirklich an nichts erinnert.«

»Wenn sie ahnt oder weiß, wer der Täter ist, wieso redet sie nicht mit uns?«

»Aus Angst. Vielleicht bedroht der Täter sie. Ist noch immer in ihrer Nähe.«

Masaryk drehte hektisch einen Bleistift zwischen Zeige- und Mittelfinger. »Oder aber sie will ihn schützen.«

Sälzer runzelte die Stirn. »Schützen?«

»Sie könnte den Täter gut kennen. Es könnte ein Freund sein, ein Verwandter. Sie will ihn nicht ins Gefängnis bringen, meint, es wäre nur ein einmaliger Ausrutscher gewesen. Vielleicht gibt sie sich sogar selbst die Schuld dafür.«

»Du meinst wie bei vielen Fällen mit häuslicher Gewalt?«

»Ja, so ähnlich.«

Sälzer fuhr sich mit der Zunge über die Backenzähne. »Auch möglich. Sogar sehr gut möglich.«

»Wir sollten uns Floras Umfeld noch mal genauer ansehen. Ihre Mutter, den Freund der Mutter, dessen Sohn, ihre beste Freundin ...«

»... den Großvater, bei dem sie aufgewachsen ist, die Nachbarn, die Lehrer –« Sälzer hielt mitten in der Aufzählung inne, dachte einen Moment nach, dann schob er den schweren Bürostuhl zurück und ging zum Aktenschrank. Da der Raum im Tiefparterre, in dem sonst alle Kriminalaktennachweise aufbewahrt wurden, gerade renoviert wurde, war ein Großteil der Unterlagen in Sälzers Büro gelandet. Ihm machte der wuchtige Aktenschrank hinter seinem Schreibtisch nichts aus. Im Gegenteil, so musste er nicht zwei Treppen nach unten laufen, wenn er etwas nachsehen wollte. So wie jetzt. Er zog ein Fach auf und studierte die Reiter an den Mappen.

In dem Moment klopfte es einmal resolut an der Tür, eine Sekunde später flog sie auf und Herr Heinrich, von dem keiner genau wusste, seit wie vielen Jahren er schon als Sekretär auf der Telpener Polizeiwache arbeitete (manch einer sprach auch von Jahrhunderten), kam herein.

»Der Herr Polizeihauptmeister Sälzer, der Herr Polizeianwärter Masaryk.« Er nickte dem Genannten jeweils zu und nahm eine stramme Haltung an. »Verzeihen Sie die Störung, aber dieses Faksimile ist eben vorne bei mir angekommen. Ich gehe davon aus, dass es bei den Herren auf Interesse stößt.« Mit diesen Worten reichte er Masaryk, der am nächsten zur Tür saß, ein Fax.

Herr Heinrich stand noch einen Moment im Raum wie ein Hoteljunge, der ein Trinkgeld erwartete.

»Vielen Dank, Herr Heinrich«, sagte Masaryk.

»Sehr aufmerksam«, sagte Sälzer.

Herr Heinrich nickte beiden zu. »Ich bitte die Herren, nicht der Rede wert.« Mit diesen Worten verließ er das Büro und schloss hinter sich die Tür.

»Kommt vom Staatlichen Veterinär- und Lebensmittelüberwachungsamt«, sagte Masaryk, den Blick auf das Fax gerichtet. »Ein Spaziergänger hat heute Morgen einen toten Hund in der Nähe vom Telpener See gefunden. Und zwar gleich neben dem Feldweg, der vom See nach Kraldorf führt. Es war ein Kurzhaarcollie. Er war voller Schnittwunden. Laut Veterinäramtsarzt ist der Hund eines natürlichen Todes gestorben, aber er kann nicht mit Sicherheit sagen, ob der Hund zu dem Zeitpunkt, wo ihm diese Wunden zugefügt wurden, schon tot war oder nicht.«

Sälzer hatte sich vom Aktenschrank abgewandt. Er schüttelte sich kurz. »Hast du 'nen Hund?«, fragte er.

»Nein. Sie?«

»Hatte mal Guppies.«

Masaryk sah seinen Chef einen Moment unentschlossen an, dann blickte er wieder auf das Fax. »Der Spaziergänger hat darauf bestanden, dass das Veterinäramt die Sache an uns weiterleitet.«

»Hat er Anzeige erstattet?«

»Ja. Hier steht gegen unbekannt wegen Tierquälerei und Sachbeschädigung.« Masaryk runzelte die Stirn.

»Tiere sind laut Gesetz Sachen. Da bellt im BGB kein Hund nach.«

Masaryk sah wieder auf das Blatt. »Der Spaziergänger, der die Anzeige erstattet hat, heißt Olaf Kaltenborn, wohnt in Kraldorf.«

»Kraldorf. Schon wieder.« Sälzer wiegte den Kopf. Schon wenn er an den letzten Besuch in diesem Dorf nur dachte, bekam er schlechte Laune. Wozu hatte er einen Praktikanten? »Kannst du rausfahren und mit diesem Kaltenborn reden?«

Masaryk nickte, stand auf, trank im Stehen seinen Kaffee aus, steckte das Fax ein und ging zur Tür. »Bin schon weg.«

Sälzer wandte sich wieder dem Aktenschrank zu. Er fuhr mit dem Finger über die Reiter und zog schließlich eine Mappe heraus. Sie gehörte zu einem der ersten Fälle, die Sälzer in Telpen bearbeitet hatte. »Sven Thiele« stand auf dem Deckblatt. Sälzer klopfte mehrmals hintereinander kurz mit dem Zeigefinger auf die Akte und nickte. Dann klemmte er sich die Akte unter den Arm und schob die Schranktür zu. Er beschloss, sich mit der Akte in die Cafeteria zu setzen und eine Salzstange zu rauchen, bevor er sich an weitere Befragungen in Flora Duves Umfeld machte.

13. Kapitel

»Sie ist in ihrem Zimmer«, sagte Floras Mutter, kaum dass sie Trixi die Wohnungstür geöffnet hatte. »Vielleicht kannst du sie trösten. Meine verstaubten Sprüche will sie nicht hören.« Sie verschwand mit brennender Zigarette in der Küche.

Im Vorbeigehen sah Trixi, dass Götz Gerlinger am Küchentisch saß und gerade eine Bierflasche öffnete. Die Ärmel seines hellblauen Hemds waren hochgekrempelt, die obersten Knöpfe geöffnet. Trixi hielt kurz inne und betrachtete ihn zum ersten Mal genauer. Er hatte die gleichen glatten, hellbraunen Haare wie Hagen, nur dass seine schon mit grauen Strähnen durchsetzt waren und sein Haaransatz weit zurückreichte. Er sah genau so aus, wie man sich einen Immobilienvermittler vorstellte.

Er blickte auf und sah Trixi fragend an.

»Hallo«, sagte sie und ging schnell weiter. Erst als sie vor Floras Tür stand und einen Blick auf die Tür zu dem kleinen Abstellraum daneben warf, in dem Hagen zwei Tage die Woche schlief, wurde ihr bewusst, dass sie gehofft hatte, ihm bei den Duves zu begegnen. Nach ihrem letzten Besuch bei Flora hatte sie einen Zettel in ihrer Jackentasche gefunden: *Wann hat denn Frau Jerger mal Zeit und Laune, sich mit Herrn Gerlinger zu treffen?*

Trixi wusste nicht, was sie von Hagen halten sollte. Genau das reizte sie. Im Gegensatz zu den anderen Jungen, die sich bisher für sie interessiert hatten, war er ein Rätsel. Sie liebte Rätsel.

Trixi klopfte an Floras Tür. »Flora? Ich bin's.« Sie wartete ein paar Sekunden. Immerhin schrie Flora nicht *Hau ab, lass mich in Ruhe!* oder so etwas. Das hatte sie das letzte Mal getan, als sie Liebeskummer gehabt hatte. Langsam drückte Trixi die Klinke hinunter und trat ins Zimmer.

Flora saß mit ausgestreckten Beinen auf dem Fensterbrett. Mit den schwarzen Leggings und der eng anliegenden, dunklen Strickjacke wirkte sie noch schmaler. Wie eine junge Katze. Sie hatte die Arme um die Hüfte geschlungen und lehnte seitlich mit der Stirn an der Fensterscheibe. Ihr Gesicht war blass, auch die Lippen.

Trixi ging langsam zum Fenster. Sie lehnte sich an die Wand neben dem Fenster und strich Flora über den Arm. Einen Moment sagte keiner etwas.

»Heute war unser Jubiläum.« Floras Stimme zitterte wie ein Spinnennetz. Sie sah weiter aus dem Fenster. »Fünf Monate. Wir waren auf dem Friedhof. Bei unserem Engel. Weißt du, dieses uralte Grabmal mit der kleinen Bank dahinter. Hab ich dir das mal erzählt?«

Trixi nickte. Flora hatte ihr diesen Engel nie gezeigt. Und Trixi wollte ihn auch nie sehen. Es war Floras und Andros Platz. Dort hatten sie sich vor fünf Monaten an einem kalten Februarnachmittag zum ersten Mal geküsst.

»Als er gestern gefragt hat, ob wir uns am Engel treffen können, dachte ich, es ist wegen unserem Jubiläum. Ich dachte, wir feiern es, dachte, er hätte eine Überraschung für mich.« Flora stieß einen verächtlichen Ton aus. »Die hatte er dann ja auch.«

Trixi musterte Flora. Ihre Augen waren trüb, aber keine einzige Träne floss über ihre Wangen. Trixi konnte sich nicht daran erinnern, Flora jemals weinen gesehen zu haben. Sie kannte Flora traurig, wütend, ängstlich oder besorgt. Aber Tränen hatte sie bei ihr noch nie gesehen. Wo schluckte sie die alle hin?

Flora wandte den Blick vom Fenster und sah zu Trixi. »Er hat Schluss gemacht. Einfach Schluss gemacht. Genau an dem Tag und der Stelle, wo wir vor fünf Monaten zusammengekommen sind.«

Trixi strich Flora ein paar Strähnen aus dem Gesicht. »Vielleicht ist das so eine verquere Jungenlogik.«

Flora machte eine ablehnende Bewegung mit dem Kopf. »Er hat überhaupt nicht daran gedacht. Er hatte es vergessen. Wie kann man denn so etwas vergessen?«

Trixi musste daran denken, dass ihr Onkel extra

an seinem Geburtstag geheiratet hatte. Offiziell, weil er sich durch die Heirat wie neugeboren fühlte. »Hat er denn auch gesagt, warum Schluss ist?«

»Lauter unklares Zeug. Er meinte, es geht irgendwie nicht mehr, dass bei ihm etwas fehlt, dass es nichts mit mir zu tun hat – so ein Schwachsinn. Wie kann das alles nichts mit mir zu tun haben? Ich meine, es geht darum, dass *er* nicht mehr mit *mir* zusammen sein will.«

»Liegt es vielleicht an der Sache am See?«

»Der Streit damals war vollkommen harmlos.«

»Das meine ich nicht.«

Flora sah Trixi abwartend ängstlich an.

»Ich meine, dass er damit nicht klarkommt. Dass er ständig daran denkt, was dir zugestoßen ist, sobald er dich sieht. Dass er dich nicht mehr berühren kann, dass er … vielleicht nur noch Mitleid für dich empfindet.«

»Das mit dem Mitleid stimmt«, sagte Flora leise. »Er wusste es schon eine Weile. Wusste, dass es zu Ende geht. Die letzten Tage war er nur noch mit mir zusammen wegen der Sache am See. Er wollte mich nicht verletzen. Nicht, nach dem … was an dem Abend passiert ist. Und das ist echt das Übelste: Wenn jemand nur noch mit dir zusammen ist, weil er es nicht schafft, dir zu sagen, dass Schluss ist. Wie ein schimmliger Apfel, den man wegwerfen müsste, sich aber davor ekelt, ihn anzufassen.«

»Aber dann ist es doch echt besser, dass er es dir

gesagt hat. Auch wenn es jetzt ein Scheißzeitpunkt ist, dich alleine zu lassen.«

»Ein Scheißzeitpunkt? Wann ist der nicht?«

Trixi legte beide Arme um Flora und zog sie an sich heran. Flora vergrub den Kopf an Trixis Schulter und schloss die Augen. Trixi starrte aus dem Fenster. Es hatte wieder zu regnen begonnen. Wie graue Katzenhaare flogen die ersten leichten Tropfen ans Fenster. Trixi hatte Flora noch nie ernsthaft wegen eines Jungen trösten müssen. Bisher waren sie alle zu leicht gewesen. Trixi wusste, dass es bei Andro anders war. Flora hatte sich Andro geöffnet. Vielleicht sogar mehr als Trixi. Sie hatte sich ihm gezeigt. Von oben bis unten, von außen bis ganz tief innen. Er hatte sie gesehen. Und er hatte sie verlassen.

»Hast du nichts gemerkt? Ich meine, vorher irgendwann«, fragte Trixi leise und gab Flora aus der Umarmung frei.

»Manchmal. Da waren so Momente. Er war gar nicht mehr hier.« Flora starrte einen Augenblick vor sich hin. »Wenn ich gut drauf war, dachte ich, er ist eben einfach ein verschlossener Typ, weiß nicht, was er sagen soll. Wenn ich schlecht drauf war, machte mir sein Schweigen Angst. Er war so kühl und ich dachte, ich habe ihn schon verloren, er hat eine andere.«

»Eine andere?«

Flora zuckte mit den Schultern.

Wie bei einem Déjà-vu sah Trixi Andro auf dem

Schulhof stehen und zur Hoftür blicken. »Wäre das leichter für dich? Wenn nicht du der Grund bist, sondern eine andere?«

»Das wäre noch schlimmer. Dann hat er mich nicht nur verlassen, sondern auch betrogen. Wenn er eine andere hat, gibt es gar keine Hoffnung mehr.«

»Und die hast du noch?«

»Es kann doch nur eine Phase sein. Weißt du, dass man sich mal kurz trennt, um sich dann wieder zu finden. Dass er mal Abstand braucht, mal seinen Kram machen muss.«

»Hat er das gesagt?«

»Nein.« Flora holte tief Luft. »Es ist so absurd. Wir waren uns eben noch so nah, haben uns berührt, geküsst, und von einer Sekunde auf die andere ist es vorbei. Ich darf ihn nicht mehr anfassen. Nicht mehr anrufen. Er gehört nicht mehr zu meinem Leben. Er ist ein Fremder. Das fühlt sich einfach … so falsch an.«

»Es fühlt sich für euch völlig verschieden an«, sagte Trixi. »Deswegen funktioniert es nicht mehr. Richtig verstehen kann man das gar nicht.«

»Ich will es aber verstehen. Sonst dreh ich komplett ab.« Flora fuhr sich mit der flachen Hand über die Stirn. »Es ist irre – dauernd stelle ich mir vor, wie er alles bereut, zu mir zurückkommt und wir für alle Ewigkeit glücklich sind. Eine Sekunde später möchte ich meinen Kopf wiederum in eine Waschtrommel stecken, damit Andro herausgeschleudert wird. Oder weißt du, was ich brauche? So ein Gehirnwaschgerät, wo man ganze Personen und Erinnerungen löschen kann.«

»Wie die vom See?« Trixi biss sich auf die Unterlippe, kaum hatte sie den Satz gesagt.

Flora reagierte nicht darauf. »Karo meint, ich bin sechzehn und wenn ich mit sechzig zurückblicke, werde ich wahrscheinlich gar nicht mehr wissen, wer Andro war. Aber mir ist scheißegal, wie es mir mit sechzig geht. Es tut jetzt weh.« Flora zog die Beine an sich heran und umklammerte sie mit den Armen. »Außerdem werde ich vielleicht noch nicht mal sechzig.«

»Was soll denn das nun schon wieder heißen?« Trixi gab Flora einen leichten Knuff. »Du wirst 100 und hast von den Kindern der großen Liebe deines Lebens mindestens fünfundzwanzig Enkelkinder. Und bis es so weit ist, bin ich ja auch noch für dich da. Und deine Mutter sowieso.«

»Meine Mutter?« Flora legte das Kinn auf eins ihrer Knie und machte einen Schmollmund. »Die ist vielleicht noch ein paar Monate da. Dann haut sie ab nach Italien.«

»Wieso das denn? Was soll deine Mutter in Italien?«

»Ich habe die Broschüren gesehen. Sie und Götz kaufen sich dort zusammen ein Haus.«

»So ein Blödsinn, Flora. Deine Mutter würde dich nie alleine lassen.«

»Wieso bist du dir da so sicher? Meine Mutter hat mich seit ihrem achtzehnten Lebensjahr an der Backe. Kann schon verstehen, dass sie endlich auch mal etwas ohne mich machen möchte.«

»Wenn die beiden überhaupt etwas zusammen kaufen wollen, dann bestimmt nur ein Ferienhaus. Das wäre cool, überleg doch mal, wir könnten alle zusammen in Italien Urlaub machen.«

»Na klar doch. Mit Götz und womöglich noch mit Hagen.«

Als Trixi den Namen, der ihr seit gestern durch den Kopf ging, auf einmal laut ausgesprochen hörte, spürte sie einen Stich in der Kehle. Sie wollte Flora von Hagen erzählen. Von dem Zettel. Von ihrer Antwort. Davon, dass Frau Jerger Herrn Gerlinger morgen treffen würde. Normalerweise hätte sie das getan. Aber Trixi hätte sich wie eine Überläuferin gefühlt, hätte sie Flora jetzt, wo ihre Beziehung gerade zu Ende gegangen war, davon erzählt. Außerdem war ihr klar, dass Flora von Hagen nicht viel hielt. Er war der Sohn von Götz und Götz der Freund ihrer Mutter. Das reichte für zehn Minuspunkte. Flora hatte die Freunde ihrer Mutter immer *Auswechselspieler* genannt. Götz war mittlerweile allerdings ein Stammspieler. Manchmal hatte Trixi den Eindruck, Flora wusste nicht, wie sie damit umgehen sollte.

»Rutsch mal 'n Stück«, sagte Trixi und setzte sich gegenüber von Flora aufs Fensterbrett. Ihre Fußspitzen stießen aneinander. »Ich bleib jetzt so lange hier sitzen, bis du mindestens einmal eine Millisekunde lächelst.«

Flora vergrub den Kopf zwischen den Knien. Als sie wieder hochsah, fielen die Haare an den Wangen über die Mundwinkel. Flora lächelte widerstrebend.

14. Kapitel

Zeugenvernehmung von Götz Gerlinger

Zur Person

Name:	Gerlinger
Vorname:	Götz
Geb.Datum:	31.5.67
Beruf:	Immobilienvermittler
Wohnort:	Pokritz
Adresse:	Martin-Agricola-Str. 45

Vernommen im Fall der gefährlichen Körperverletzung zum Nachteil von Flora Duve. (Vernehmung durchgeführt von Polizeianwärter Masaryk)

Zur Sache

F: Herr Gerlinger, seit wann sind Sie mit Karoline Duve liiert?

A: Im August sind wir ein Jahr zusammen. Wir haben uns letztes Jahr beim Sommerfest einer gemeinsamen Freundin kennengelernt.

F: Sie wohnen bei den Duves?

A: Wohnen ... na ja. Sagen wir mal, ich übernachte ab und zu bei Karoline. In letzter Zeit öfter, ja.

F: Haben Sie einen Schlüssel zur Wohnung?

A: Ja. Aber was hat das alles mit dem zu tun, was Flora zugestoßen ist? Sie wurde am See überfallen, nicht in der Wohnung.

F: Wir wollen nur ihr Umfeld noch einmal genau abklären, die Familienverhältnisse. Unternehmen sie oft etwas zusammen?

A: Sie meinen Karoline und ich mit Flora? Nein. Ich glaube, wir haben einmal alle zusammen Karolines Vater besucht. Aber das war's. Flora ist sehr selbstständig und Karoline lässt ihr viel Freiraum. Manchmal vielleicht etwas zu viel.

F: Wie verstehen Sie sich mit Flora?

A: Es geht so. Wir kommen irgendwie klar.

F: Klingt nicht nach Dream-Team.

A: Es ist der Klassiker: In Floras Augen bin ich der Eindringling, der Typ, der ihre Mutter wegschnappt. Sie ist eifersüchtig. Es ist nicht einfach mit ihr. Am Anfang habe ich mich noch bemüht. Aber jetzt habe ich einfach akzeptiert, dass wir wohl nie die dicksten Freunde sein werden. Wir sagen Hallo, tauschen ein paar Floskeln aus, mehr nicht. Immerhin besser als streiten.

F: Gab es trotzdem irgendwann einmal Auseinandersetzungen?

A: Nein. Flora wollte mich ein paarmal provozieren. Aber ich bin nicht darauf eingestiegen. So etwas kenne ich schon von meinem Sohn. Zum Glück ist er aus dem Alter raus.

F: Wie ist das Verhältnis zwischen Flora und ihrer Mutter?

A: Gut. Sehr gut, würde ich sagen.

F: Nie Streit?

A: Doch, klar, das schon. Über Kleinigkeiten. Karoline ist manchmal etwas chaotisch, kommt zu spät. So etwas nervt Flora. Flora ist dafür etwas überdreht, launisch. Das findet Karoline anstrengend. Aber im Großen und Ganzen kommen die beiden sehr gut miteinander aus.

F: Was ist mit dem Großvater? Besucht Flora ihn oft?

A: Ich weiß nur von Karoline, dass sie früher die Ferien meistens dort verbracht hat. Bei dem gemeinsamen Besuch damals fand ich, dass die beiden ein seltsames Verhältnis haben. So eine Art Hassliebe. Karoline meint, die beiden sind sich sehr ähnlich.

F: Wie meinen Sie das mit der Hassliebe?

A: Karoline sagt, für ihren Vater ist Flora sowohl die Enkelin, die er innig liebt, als auch der Schmutzfleck auf dem Leben seiner

Familie. Weil Karoline Flora mit 18 bekommen hat und der Vater unbekannt ist. Er ist etwas altmodisch. Flora weiß, wie ihr Opa über sie denkt, deswegen geraten sie immer wieder aneinander. Allerdings ist es keine Kunst, mit Karolines Opa aneinanderzugeraten.

F: Wieso?

A: Walter Duve ist eine Nummer für sich. Sehr ... eigen. Aggressiv, altersstarr. Auf eine sehr ruppige Art herzlich. Letzteres sehen die meisten nicht.

F: Gab es mal einen größeren Familienstreit?

A: Ich kenne die Duves wie gesagt erst seit einem Jahr. Da gab es keine Streitereien. Ich glaube, Karoline hatte früher Probleme mit ihrer Mutter. Aber das ist schon lange her.

F: Was ist mit Ihrem Sohn? Er übernachtet zweimal die Woche bei den Duves. Versteht er sich mit Flora?

A: Verstehen ist zu viel gesagt. Die beiden haben so gut wie gar nichts miteinander zu tun.

F: Sie gehen sich aus dem Weg?

A: Schwer zu sagen. Ich hatte das Gefühl, dass Flora am Anfang schon interessiert war. Zumindest hat sie sich mal zu Hagen gesetzt, als er im Wohnzimmer war und ich mit Karoline gekocht habe.

F: Aber er war nicht interessiert?

A: Hagen war schon immer ein Eigenbrötler. Er will in Ruhe sein Ding machen. Ich könnte mir vorstellen, dass ihm Flora zu laut und bunt ist.

F: Also haben die beiden nie etwas zusammen unternommen?

A: Flora und Hagen? Nein. Auf keinen Fall. Da bin ich mir sicher.

F: Hat Hagen mal irgendwelche Freunde mit in die Wohnung gebracht?

A: Wie gesagt, er ist ein Eigenbrötler. Eine Menge alter Bücher hat er in die Wohnung gebracht. Mehr nicht.

F: Haben Sie Freunde von Flora kennengelernt?

A: Trixi natürlich. Die beiden sind wirklich dicke. An der kommt man gar nicht vorbei, wenn man mit Flora zu tun hat. Und Andro. Aber mit ihm habe ich nie gesprochen, nur kurz Hallo gesagt. Er war immer sehr zurückhaltend.

F: Hatte Flora mal Streit mit einem von beiden?

A: Ich habe davon nichts mitbekommen. Was aber nichts heißen muss.

F: Ist Ihnen sonst jemand aufgefallen, der in Floras Nähe war oder Kontakt zu ihr suchte?

Andere Freunde? Verwandte? Jemand aus der Schule? In der Nachbarschaft?

A: Nein.

F: Wo waren Sie Mittwochabend beziehungsweise in der Nacht von Mittwoch auf Donnerstag?

A: Bei Karoline. Ich habe sie von der Kulturwerkstatt abgeholt und wir sind Essen gegangen. In dem kleinen sardischen Restaurant in der Kirchenstraße, da gehen wir meistens hin. Danach sind wir nach Hause gegangen.

F: Zu Frau Duve?

A: Ja. Das müsste so gegen halb elf, elf gewesen sein.

F: Sie haben die Wohnung danach nicht noch einmal verlassen?

A: Sehen Sie, wir waren alleine zu Hause. Karoline hatte mit Flora telefoniert, sie wollte bei einer Freundin übernachten. Hagen hatte sich an dem Abend mein Auto ausgeliehen, er wollte nach Pokritz. Es passiert nicht oft, dass wir die Wohnung ganz für uns allein haben. Also haben wir es genossen. Das klingt jetzt natürlich furchtbar, wenn man bedenkt, was Flora zur gleichen Zeit durchgemacht hat.

F: Wann haben Sie die Wohnung der Duves wieder verlassen?

A: Am nächsten Morgen, so gegen acht. Ich hatte einen Besichtigungstermin. Ich hatte Karoline angeboten, sie ins Krankenhaus zu Flora zu begleiten, aber das wollte sie nicht.

F: Auch wenn Sie Flora nicht so gut kennen – könnten Sie sich vorstellen, dass sie Feinde hatte? Dass es irgendjemand aus ihrem Umfeld getan haben könnte?

A: Vorstellen, dass sie Feinde hatte, kann ich mir sehr gut. Sie hat so eine Art, schon liebenswürdig, aber auch manchmal sehr laut, damit eckt man schnell mal an. Aber wer diese Feinde sind – da fragen Sie den Falschen.

F: Danke, Herr Gerlinger. Das war so weit erst einmal alles.

*

»Trink wenigstens was.« Karoline Duve hielt ihrer Tochter ein Glas Saft entgegen. »Du bist sowieso schon nur noch ein Strich in der Landschaft.«

»Weißt du, wie egal mir das gerade ist?« Flora zog ihre Beine auf die Küchencouch und setzte sich in den Schneidersitz. »Von mir aus könnte ich auch ganz weg sein.«

Frau Duve sah ihre Tochter erbittert an. »Sag so etwas nie wieder.«

»Na was denn?« Flora zuckte mit den Schultern.

»Wen würde das denn schon groß jucken? Dich und Trixi vielleicht. Andro sicher nicht mehr.«

»Ach, und Trixi und ich – wir sind wohl nichts? Wir sind dir vollkommen egal, oder was?« Frau Duves Hand wackelte. Saft tropfte auf den Fußboden.

Flora starrte auf die drei Saftkleckse auf dem Parkett. »Nein. Seid ihr nicht.« Ihre Lippen lösten sich kaum voneinander.

Einen Moment sagte keiner etwas. Das dumpfe Dröhnen eines Basslaufs und ein hämmernder Rhythmus drangen durch die Wand in die Küche. Flora sah die Wand an, als wollte sie sie mit einem Blick umstoßen. »Müssen wir uns das echt antun?«

»Er ist nur zweimal die Woche da, wenn überhaupt.« Frau Duve stellte das Saftglas auf den Tisch, zog unter einer Papiertüte eine Zigarettenschachtel hervor und klappte sie auf. Sie war leer. »Außerdem habe wir schon x-mal darüber geredet.«

»Wann kommt der andere?«

Karoline Duve knitterte die leere Zigarettenschachtel mit einer Hand zusammen und warf sie zurück auf den Tisch. »Götz kommt später. Er hat noch einen Termin.«

»In Italien?«

Frau Duve sah ihre Tochter fragend an. »Italien? Was soll denn das jetzt wieder?«

Flora verzog den Mund. »Vergiss es.«

Frau Duve betrachtete ihre Tochter mehrere Sekunden, als hätte sie sie eine lange Zeit nicht mehr gesehen. »Ich versteh dich immer weniger«, sagte sie leise.

»Schön. Dann geht es dir ja genauso wie mir.« Flora wich dem forschenden Blick ihrer Mutter aus.

»Flora, ich will dir helfen. Aber du lässt mich nicht.«

»Du kannst mir nicht helfen.«

»Nein, ich bin ja *nur* deine Mutter.« Frau Duve stieß bissig Luft aus. »Du willst mit mir nicht über den Abend am See reden. Du willst mit mir nicht über Andro reden. Du erzählst mir seit ein paar Tagen überhaupt nichts mehr. Wie soll ich dich da verstehen? Wie soll ich dir helfen?«

Flora biss sich auf die Unterlippe und starrte auf den Fußboden.

»Vielleicht hast du recht«, fuhr Frau Duve leiser fort. »Vielleicht kann ich dir nicht helfen. Eben weil ich deine Mutter bin.«

Flora hob den Blick und sah ihre Mutter ausdruckslos an.

»Ich habe mich heute länger mit Isabel unterhalten. Ich weiß nicht, ob ich dir das schon mal erzählt habe, aber sie ist seit letztem Jahr in Behandlung. Seit diesem Unfall mit ihrem Mann. Sie macht eine Therapie.« Frau Duve sah, wie sich das Gesicht ihrer Tochter verhärtete.

»Und? Was hat das mit mir zu tun?«

»Die Psychotherapeutin soll wirklich gut sein. Sie behandelt auch Jugendliche. Ich habe mich erkundigt. Diesen Donnerstag wäre am Nachmittag noch ein Termin frei.«

Einen Moment starrte Flora ihre Mutter ungläubig an. Dann schoss sie in die Höhe und stand mit einem Satz auf. »Spinnst du? Du hast einen Termin bei so einer Psychotante für mich gemacht?«

»Irgendetwas musste ich doch machen. Ich kann nicht länger zusehen, wie du dich immer tiefer zu Hause vergräbst«, erwiderte Frau Duve. »Sie kann dir vielleicht helfen, mit der Sache am See umzugehen, dich zu erinnern, irgendwie damit zu leben.«

Flora sah ihre Mutter an, als würde eine Fremde vor ihr stehen. »Wie konntest du das tun? Noch nicht einmal gefragt hast du mich!« Sie stürmte aus der Küche, in ihr Zimmer und schlug die Tür hinter sich zu.

Frau Duve fuhr sich mit beiden Händen über die Augen.

*

Zeugenvernehmung von Hagen Gerlinger

Zur Person

Name:	Gerlinger
Vorname:	Hagen
Geb.Datum:	04.06.91
Beruf:	Auszubildender Einzelhandelskaufmann
Wohnort:	Pokritz
Adresse:	Martin-Agricola-Str. 45

Vernommen im Fall der gefährlichen Körperverletzung zum Nachteil von Flora Duve. (Vernehmung durchgeführt von Polizeihauptmeister Sälzer)

Zur Sache

F: Hagen – ist es in Ordnung, wenn ich dich duze?

A: Geht klar.

F: Wie gut kennst du Flora Duve?

A: Fast null.

F: Aber du wohnst mit ihr zusammen, richtig?

A: Falsch. Ich übernachte zweimal die Woche bei den Duves, wenn ich mein Praktikum habe. Das würde ich nicht wohnen nennen.

F: Seit wann übernachtest du zweimal die Woche dort?

A: Seit Anfang Mai.

F: Und dann sitzt ihr nicht abends mal zusammen, esst oder redet?

A: So gut wie nie. Da macht jeder seins und das passt mir auch.

F: Du hast ein eigenes Zimmer?

A: Ich hab 'ne Matratze und ein paar Sachen dort. Mehr nicht. Und Zimmer ... das ist eher ein begehbarer Kleiderschrank. Die Duve-Damen haben dort ihre Winterklamotten gelagert und was sie sonst gerade nicht brauchen.

F: Trotzdem wirst du Flora in der Wohnung ab und zu über den Weg gelaufen sein. Wie versteht ihr euch?

A: Gar nicht. Ich meine, da gibt es nichts zu verstehen. Wir haben einfach so gut wie nichts miteinander zu tun. Sie macht ihr Ding, ich meins, das haut hin.

F: Und wie findest du deine Stiefschwester?

A: Erstens ist sie nicht meine Stiefschwester. Dazu müsste mein Vater ihre Mutter heiraten, was er nicht tun wird.

F: Und zweitens?

A: Sie ist nicht mein Fall. Schlägt mir zu viele Wellen, zu hektisch, redet zu viel, lacht zu viel. Nach einem Tag mit ihr würde mir schwindlig werden.

F: Hast du schon mal einen Tag mit ihr verbracht oder etwas mit ihr unternommen?

A: Nein. Sag ich doch. Wir haben nichts miteinander zu tun.

F: Kennst du Freunde von Flora?

A: Ich weiß, dass sie viel mit Trixi zusammen ist. Ab und zu habe ich auch diesen Typen gesehen. Andro heißt er, glaube ich.

F: Sonst irgendjemand?

A: Nein.

F: Wie ist das Verhältnis von Flora zu deinem Vater?

A: Mein Vater hat mit Karoline ein Verhältnis, nicht mit Flora. Ich glaube, Flora kann ihn nicht besonders leiden. Sie gibt ihm keine Chance und er bettelt nicht darum. Das fände ich auch peinlich.

F: Kam es deswegen mal zum Streit?

A: Streit ... nee, nicht so richtig. Flora zickt manchmal rum, aber mein Vater steigt nicht darauf ein. Obwohl ich mir gut vorstellen kann, dass er ihr am liebsten schon manchmal den Kopf zurechtrücken möchte. Aber Flora ist nicht seine Tochter.

F: Kommst du mit Karoline klar?

A: Ich mag sie. Bei ihr ist alles echt. Nicht wie bei Flora.

F: Wie meinst du das?

A: Das ist nur so ein Gefühl ... Wenn Karoline lacht, dann kommt es von ganz tief innen. Bei Flora habe ich immer das Gefühl, es ist einstudiert. Ich finde sie so ... flach.

F: Oberflächlich?

A: Kann sein.

F: Auch wenn du mit Flora nie viel zu tun gehabt hast – könntest du dir vorstellen, wer ihr das am See angetan hat? Vielleicht hast du unbewusst etwas aufgeschnappt.

A: Womöglich irgendein Typ, mit dem sie gespielt hat.

F: Hat sie das?

A: Weiß nicht. Würde zu ihr passen.

F: Wo warst du letzten Mittwochabend?

A: Fragen Sie mich jetzt ernsthaft nach einem Alibi?

F: Wo warst du?

A: Ich war in Pokritz. Mein Vater hat mir sein Auto geliehen.

F: Wo warst du genau? Mit wem? Wann?

A: Ich war nirgendwo. Bin einfach rumgefahren. Das mach ich manchmal. Nachts durch die Straßen fahren und Musik hören. Laut.

F: Du bist alleine mit dem Auto herumgefahren. Von wann bis wann?

A: Keine Ahnung. Schätze, ich bin gegen zehn los. Es war auf jeden Fall schon dunkel. Und zurück ... vielleicht so eins, halb zwei rum.

F: Du bist also drei Stunden in Pokritz herumgefahren. Hast du irgendwo angehalten? Hat dich jemand gesehen? Hast du Freunde getroffen, getankt, etwas gegessen oder mit irgendjemandem gesprochen?

A: Nein. Ich bin durch die Straßen gefahren. Hab Musik gehört. Nachgedacht. Da brauch ich niemanden zum Quatschen. Was ist? Hab ich jetzt kein Alibi?

F: Vielleicht hast du ja Glück und bist in der Nacht geblitzt worden. Danke, Hagen. Das waren vorerst alle Fragen.

*

Leif Sälzer wollte gerade auf den Klingelknopf unter dem Schild mit der Aufschrift »Garthoff« drücken, als sein Handy läutete.

Er nahm ab und ging zurück in den Hauseingang. »Ja?«

»Sie haben ihn«, rief Masaryk am anderen Ende der Leitung.

»Den Täter?«

»Zinke. Er wurde heute Morgen in Haaksbergen aufgegriffen.«

»Wo ist das denn?«

»In Holland, nahe der deutschen Grenze. Also über 500 Kilometer entfernt von Telpen. Er hat Telpen noch in der Nacht des Ausbruchs verlassen. Als Flora am See überfallen wurde, saß er aller Wahrscheinlichkeit nach schon im Auto gen Westen.«

Sälzer fuhr sich mit der Zunge über die Backenzähne und starrte auf die Briefkästen im Hausflur.

»Sind Sie noch dran?«

»Ja.« Obwohl Sälzer immer Zweifel daran gehabt hatte, dass Silvio Zinke der Täter war, spürte er jetzt keine Genugtuung. Ihm wurde klar, dass Zinke die einfachste Lösung gewesen wäre. Ein bereits verurteilter Schwerverbrecher, Mörder, Vergewaltiger, schlägt erneut zu. Es würde zu dem Schreckensbild passen, das die Medien seit dem Vorfall am See verbreiteten. Ein Messerstecher, ein Schlächter, ein Monster – keiner von ihnen. Keiner aus Telpen. Und doch sah es jetzt danach aus. Sälzer war sich zunehmend sicher, dass sie den Täter in Floras Umfeld suchen mussten. Und finden würden.

»Zinke können wir also von der Liste streichen.« Sälzer kratzte sich im Nacken und sein Basecap rutschte etwas nach vorne. Er konnte sich die Schlagzeilen in der Lokalpresse bestens vorstellen: *Schwerverbrecher gefasst – der Messerstecher ist noch unter uns! Schlägt der Schlächter wieder zu?*

»Was ist mit dem Hund? Warst du schon in Kraldorf?«

»Von da komme ich gerade. Ich habe mit Herrn Kaltenborn gesprochen, der Spaziergänger, der den Hund gefunden hat. Habe mir von ihm die Stelle zeigen lassen. Ist aber nicht viel dabei herausgekommen. Mittlerweile hat es mindestens zweimal geregnet.«

»Also haben wir gar nichts?«

»Doch. Sogar etwas sehr Interessantes. Herr Kaltenborn hat einen eindeutigen Verdacht: Wilbert Felber.«

Sälzer klemmte das Handy zwischen Ohr und Schulter und suchte mit beiden Händen seine Jacke nach einer Salzstange ab. »Und, könnte an seinem Verdacht etwas dran sein?« Sälzer hatte ein vier Zentimeter langes Salzstangenbruchstück gefunden und klemmte es sich zwischen die Lippen.

»Schwer zu sagen. Ich bin bei Felber vorbeigefahren und habe mit ihm geredet«, sagte Masaryk. »Der hat sich übrigens sehr gefreut, mich schon wieder zu sehen.«

»Kann ich mir vorstellen. War Patrick da?«

»Nein. Dafür Felbers älterer Sohn. Ganz der Papa. Nur einen halben Kopf größer.«

»Was hat Felber zu der Geschichte mit dem Hund gesagt?«

»Er weiß nichts von einem Hund. Vermisst auch keinen. Hat nichts gehört und nichts gesehen und nichts damit zu tun.«

»Sonst kann er seinen Gnadenhof ja auch dichtmachen.«

»Und jetzt?«

»Ich rede noch mal mit dem Veterinärarzt. Wenn wir es bei dem Hund tatsächlich mit demselben Täter zu tun haben wie bei Flora Duve, müssen wir der Sache ernsthaft nachgehen und uns dahinterklemmen.« Ein Mädchen und ein Hund, entstellt an einem See – ergab das einen Sinn, ein Motiv? Sälzer hörte durch das Telefon eine Hupe, dann einen aufbrausenden Motor. »Wohin fährst du jetzt?«

»Zu Walter Duve. Floras Opa«, erwiderte Masaryk.

»Gut. Ich frag mal die Else Kling im Parterre bei den Duves, ob sie etwas mitbekommen hat.«

»Else wer?«

»Die alte Dame, die unter den Duves wohnt.«

»Der Hausdrache.«

»Genau. Bis später dann.« Sälzer steckte das Handy

in die Tasche, ging zurück zur Wohnungstür im Erdgeschoss und klingelte bei Frau Garthoff.

Hinter der Tür blieb alles ruhig. Die Wohnung war offenbar verlassen. Zur Sicherheit wollte Sälzer gerade ein zweites Mal auf den Klingelknopf drücken, als die Wohnungstür sich langsam einen Spalt öffnete.

Sälzer legte den Kopf schief und versuchte, die Person hinter dem Spalt auszumachen. Wie an dem Abend, als sie Patrick Felber beinahe verhaftet hätten, erkannte er graue Haare und kleine, kalt blitzende Augen.

Langsam ging die Tür auf. Frau Garthoff musterte den Besucher. Sie sah auf Sälzers abgetragene Jacke, sein unrasiertes Kinn, auf den Salzstangenstummel zwischen seinen Lippen und auf sein Basecap, auf dem heute Chief Wiggum von den Simpsons zu sehen war.

Sälzer ließ den Salzstangenstummel im Mund verschwinden. »Frau Garthoff? Guten Tag. Sälzer, Polizeiinspektion Telpen. Ich hätte ein paar Fragen an Sie.«

Zeugenvernehmung von Helma Garthoff

Zur Person

Name:	Garthoff
Vorname:	Helma
Geb.Datum:	13.1.38

Beruf: Rentnerin
Wohnort: Telpen
Adresse: Edvard-Grieg-Straße 18

Vernommen im Fall der gefährlichen Körperverletzung zum Nachteil von Flora Duve. (Vernehmung durchgeführt von Polizeihauptmeister Sälzer)

Zur Sache

F: Frau Garthoff, wie lange sind die Duves schon Ihre Nachbarn?

A: Sie sind eingezogen, als mein Mann noch lebte. Das Duve-Mädchen war noch klein. Ich glaube, sie kam damals gerade in die Schule.

F: Sie kennen die Duves also schon eine ganze Weile und sehr gut?

A: Nein. Mit denen habe ich nichts zu schaffen. Wir wohnen nur im selben Haus.

F: Aber Sie haben in den Jahren doch sicher einiges mitbekommen.

A: Das ließ sich nicht vermeiden.

F: Das klingt, als hätten Sie keine besonders gute Meinung von Ihren Nachbarn.

A: Sie führen ein Leben, das mir fremd ist und mitunter verwerflich erscheint. Aber: *Ertrage einer den anderen und vergebt euch untereinander.*

F: Was erscheint Ihnen denn so verwerflich?

A: Ich weiß, dass alles, was ich jetzt sage, in Ihren Augen altmodisch klingt, junger Mann, aber allein die Tatsache, dass das Kind weder einer von Gott gesegneten Ehe entsprungen noch getauft ist, erzeugt bei mir Missfallen. Doch das allein ist ja nicht schlimm genug, nein, Fräulein Duve muss auch noch ständig einen Liebhaber empfangen, der alle paar Monate gegen einen neuen ausgewechselt wird.

F: Sprechen Sie jetzt von Karoline Duve oder von Flora?

A: Von der Mutter. Es ist unverantwortlich, dass dies alles vor den Augen der Tochter geschieht. Kein Wunder, dass sie so verzogen und frühreif ist und herumläuft, als wäre das Leben ein Varieté. Was dort am See passiert ist, ist ohne Frage furchtbar. Aber gewundert hat es mich nicht.

F: Wie meinen Sie das?

A: Wäre Flora in der Geborgenheit einer Familie aufgewachsen, in der man das Wort Gottes achtet und nach der Bibel lebt, wäre das mit Sicherheit nicht passiert. *Der Herr wird deinen Fuß nicht gleiten lassen und der dich behütet, schläft nicht.*

F: Gab es mal einen größeren Streit mit einem der Freunde von Frau Duve?

A: Laut wurde es dort oben öfters. Aus welchen Gründen, blieb mir verborgen.

F: Können Sie mir etwas zum Umgang von Flora sagen? Haben Sie sie öfters mit jemandem zusammen gesehen?

A: Mit diesem anderen Mädchen. Das blonde. Ja, die beiden sind sehr oft zusammen. In letzter Zeit kam auch hin und wieder ein junger Mann vorbei. Dunkle Haare, südländischer Typ. Er hat immer freundlich gegrüßt.

F: Sonst niemand?

A: Der Vater von Fräulein Duve kam früher öfters vorbei. Ein unmöglicher Mensch.

F: Kein anderer Besuch?

A: Meinen Sie, ich habe den ganzen Tag nichts Besseres zu tun, als darauf zu achten, wer in dem Taubenschlag dort oben ein und aus geht?

F: Nein. Trotzdem muss ich Sie fragen, ob Ihnen in letzter Zeit, das heißt vor allem in den Tagen vor dem Überfall am See, etwas Ungewöhnliches bei den Duves aufgefallen ist.

A: Ungewöhnlich ... nun ja ... Dieser neue Liebhaber kam immer öfters. Groß, schlank, glatte hellbraune Haare. Und sein Sohn, ähnliche Statur, Brille. Sie scheinen sogar einen Schlüssel zu haben. Ich habe schon überlegt, ob ich der Hausverwaltung Bescheid sage. Das kann doch nicht rechtens sein, dass wildfremde Männer hier ein und aus gehen können, wie sie wollen.

F: Und in der Nacht von Mittwoch auf Donnerstag? Ist Ihnen da etwas aufgefallen? Irgendwelche Geräusche? Nächtliche Besucher?

A: Nachts schlafe ich für gewöhnlich.

F: Manchmal wacht man durch ein Geräusch kurz wieder auf.

A: Na schön. Lassen Sie mich überlegen ... letzten Mittwoch ... Das war der Tag vor dem Gewitter. Ja, es war warm. Da kann ich immer schlecht schlafen, deswegen bin ich spät zu Bett gegangen. Ich hatte das Fenster im Schlafzimmer geöffnet. Als ich einschlief, hörte ich Stimmen und Schritte im Treppenhaus. Ich erkannte die Stimme von Fräulein Duve. Sie hat ein sehr markantes Lachen.

F: Wann war das?

A: Gegen halb elf, elf vielleicht. Danach bin ich eingeschlafen.

F: Sind Sie in der Nacht noch einmal wach geworden?

A: Nein. Oder ... doch, ganz kurz. Sie haben recht, irgendein Geräusch hat mich geweckt. Ich weiß nicht mehr, was es war. Auf jeden Fall erinnere ich mich, dass jemand geduscht hat. Mitten in der Nacht. Natürlich in der Wohnung der Duves.

F: Sind Sie sich sicher, dass es bei den Duves war?

A: Herr Sälzer, ich wohne seit fünfunddreißig Jahren in diesem Haus. Sie können mir glauben, dass ich jedes noch so kleine Geräusch einordnen kann. Jemand hat in dieser Nacht bei den Duves geduscht. Punkt.

F: Wissen Sie, wie spät es war?

A: Ja. Es war Viertel vor zwei. Ich habe nämlich auf den Radiowecker neben meinem Bett gesehen, weil ich dachte, es wäre schon später und meine Nachbarn würden aufstehen. Aber nein, sie duschen einfach mitten in der Nacht.

F: Haben Sie außer dem Duschgeräusch noch etwas anderes in dieser Nacht gehört?

A: Nein. Zum Glück konnte ich schnell wieder einschlafen.

F: Ich danke Ihnen, Frau Garthoff.

A: Danken Sie nicht mir. *Opfere Gott Dank und erfülle dem Höchsten deine Gelübde.*

15. Kapitel

»Du hast WAS? Mit WEM?«

»Jetzt raste nicht gleich aus. Ich wollte es dir ja vorher sagen, aber ... das war grad ungünstig.« Trixi klemmte sich das Handy zwischen Ohr und Schulter, während sie ihr Fahrrad abschloss. Als das alte Schloss endlich zuging, rutschte Trixi das Handy von der Schulter und fiel zu Boden, nur wenige Millimeter neben eine Pfütze. Schnell hob sie es auf. »Flora? Bist du noch dran? Ich hab dich gerade fallen gelassen.«

»Kommt mir auch so vor.«

Trixi presste das Handy an ihr Ohr. Sie wollte nah bei Flora sein. Und doch war es ihr lieber, die Sache mit Hagen am Telefon zu erzählen. »Komm schon, sei nicht sauer. Ich weiß, dass das jetzt alles überhaupt nicht zusammenpasst. Aber ich habe mir den Zeitpunkt nicht ausgesucht. Es ist passiert, wie ...« Beinahe hätte sie gesagt, wie bei dir und Andro damals.

»Ich weiß, wie so was passiert«, sagte Flora. Ihre Stimme klang blechern und kalt. »Aber doch nicht mit *dem*.«

»Wieso nicht?«

»Er ist der Sohn von Götz.«

»Und?«

»Und er ist ... nicht gut für dich.«

»Wieso das?«, fragte Trixi.

»Du kennst ihn überhaupt nicht.«

»Aber du?«

»Besser als du denkst«, erwiderte Flora.

Trixi lauschte einen Moment in den Hörer. Auf ein Wort, ein Geräusch, das diese Andeutung erklärte. Soweit sie wusste, hatten Flora und Hagen kaum etwas miteinander zu tun. Flora hatte nie etwas von Hagen erzählt, Hagen hatte nie nach Flora gefragt. Entweder die beiden verheimlichten Trixi etwas oder Flora spielte sich nur auf. Was auch gut möglich war. »Hattest du mal was mit ihm?«, fragte Trixi schließlich.

»Mit Hagen? Spinnst du? Ist überhaupt nicht mein Typ.«

»Deswegen kann er doch aber mein Typ sein.« Trixi setzte sich auf die Treppe vor ihrem Hauseingang. Die Stufen waren noch nass, Trixi achtete nicht darauf. Warum sagte Flora nicht, was sie wirklich dachte? Damit hatte sie früher doch nie ein Problem gehabt. Das Versteckspiel nervte sie langsam. »Hast du wirklich was gegen Hagen oder findest du es nur doof, dass ich jetzt einen Freund habe, wo du nicht mehr mit Andro zusammen bist?«

»Warte mal – ihr seid nach dem ersten Date schon richtig zusammen? Er ist *dein Freund*?«

»Ach Mann, was weiß ich. Ich glaube, so richtig zusammen sind wir noch nicht. Aber wenn ich ihn sehe … es ist total irre, als würde ich in Flammen stehen, und wenn er mich dann ansieht, das ist, als würde er mich umarmen, ganz fest, für immer festhalten, und ich will von ihm gehalten werden …«, erwiderte Trixi. »Es fühlt sich gut an.«

»Für mich fühlt es sich beschissen an.«

»Oh Mann, Flora, das ändert doch nichts an uns beiden.«

»Das ändert alles.«

»So ein Blödsinn. Ob ich nun mit Hagen zusammen bin oder nicht oder ob ich irgendeinen anderen Freund habe – ich bin deine Freundin und daran wird sich nichts ändern. Ich dachte, das wäre dir genauso klar wie mir.«

»War es auch.«

»Und so ist es immer noch. Als du einen Freund hattest, hat sich doch auch nichts geändert. Warum sollte es das also jetzt tun?«, fuhr Trixi fort. »Im Moment sind wir beide nur gerade ganz woanders. Ich himmelhoch jauchzend, du zu Tode betrübt. Aber das heißt nicht, dass nichts mehr geht.« Trixi wartete einen Moment auf eine Reaktion, sah kurz auf das Display, ob die Leitung noch stand. »Flora?«

»Ja. Ich weiß.«

»Okay, dann …«, Trixi stand langsam auf. »Vielleicht schaff ich es, morgen nach der Schule vorbeizukommen.«

Trixi konnte hören, dass Flora zögerte. »Lass mal. Karoline ist morgen zu Hause und will Mutter-Tochter-Tag machen. Wir hatten ein bisschen Zoff und sie will reden.«

»Dann sehen wir uns am Abend?«

»Okay.«

»Und wenn irgendwas ist, rufst du an, ja?«

»Mach ich.«

»Tschüss denn.« Kurz bevor Trixi auflegte, hörte sie ein leises *Pass auf dich auf* aus dem Telefon kommen. Dann war die Leitung tot.

*

Zeugenvernehmung von Walter Duve

Zur Person

Name:	Duve
Vorname:	Walter
Geb.Datum:	23.11.40
Beruf:	Rentner
Wohnort:	Telpen
Adresse:	Virchowgasse 2

Vernommen im Fall der gefährlichen Körperverletzung zum Nachteil von Flora Duve. (Vernehmung durchgeführt von Polizeianwärter Masaryk)

Zur Sache

F: Was für ein Verhältnis haben Sie zu Ihrer Enkelin Flora?

A: Sie ist mein einziges Enkelkind. Man kann sich seine Enkel nicht aussuchen.

F: Sie hätten also lieber eine andere Enkelin?

A: Haben Sie was mit den Ohren? Ich sagte doch eben: Man kann sie sich nicht aussuchen. Gibt doch keinen Katalog. Also brauche ich gar nicht darüber nachzudenken, was ich gerne hätte. Ich dachte, ich bin hier bei einer Vernehmung und nicht bei einer Traumdeutung. Flora ist meine Enkelin. Sie ist, wie sie ist. Wir kommen miteinander aus. War es das, was Sie wissen wollten?

F: Ich weiß nicht, ob ich Sie richtig verstanden habe, Herr Duve. Würden Sie Ihr Verhältnis zu Flora als angespannt bezeichnen?

A: Ich würde jedes Verhältnis als angespannt bezeichnen. Wenn zwei Menschen aufeinandertreffen, entsteht Spannung. Ist Ihnen das noch nie aufgefallen, Sheriff?

F: Ich merke gerade, was Sie meinen. Aber konkret mit Flora. Hatten Sie da Streit? Gab es Probleme?

A: Natürlich. Sie ist sechzehn. Wir haben

ständig Streit. Wissen Sie, was meine Enkelin ist? Sie ist eine verwöhnte, egoistische, schnippische, verzogene, ausgekochte kleine Zeckenzicke.

F: Aha.

A: Und genau deshalb mag ich sie so.

F: Herr Duve, wann haben Sie Flora zum letzten Mal vor dem Überfall am See gesehen?

A: Vor dem Länderspiel. Sie kommt immer in den unmöglichsten Augenblicken vorbei.

F: Wann war das?

A: Reicht Ihr geistiger Horizont nur bis zum Brett vor dem Kopf oder interessieren Sie sich wirklich nur für Leute, die bei Rot über die Ampel gehen? Das Länderspiel war vergangenen Sonntag.

F: Herr Duve, Ihnen ist klar, dass ich Sie wegen Beamtenbeleidigung anzeigen kann?

A: Ich bin alt und senil. Mir kann keiner was.

F: Da wäre ich an Ihrer Stelle vorsichtig.

A: Ach, hören Sie doch auf, den Beleidigten zu spielen. Ich rede mit jedem so, wie es mir passt, ob das meine Enkelin ist, ein Beamter oder der Papst.

F: Haben Sie Flora seit dem Überfall schon gesehen?

A: Nein. Sie war noch nicht hier.

F: Machen Sie sich keine Sorgen?

A: Natürlich mache ich mir Sorgen. Wofür halten Sie mich? Für einen asozialen alten Eigenbrötler, dem alle Menschen egal sind? Flora ist noch nicht vorbeigekommen und ich setze keinen Fuß in die Wohnung meiner Tochter, solange dieser Glattarsch von Götz dort hockt. Ich habe mit Karoline und mit Flora telefoniert. Ich weiß, dass es ihr gut geht. Das muss erst mal reichen.

F: Sie verstehen sich nicht besonders gut mit dem Partner Ihrer Tochter?

A: Ich habe mich mit keinem Partner meiner Tochter jemals verstanden. Dieser Götz - was ist das überhaupt für ein Name! - ist besonders hartnäckig. Und er besitzt auch noch die Frechheit, freundlich zu mir zu sein.

F: Herr Duve, wo waren Sie in der Nacht vom Mittwoch zum Donnerstag?

A: Was soll denn diese bescheuerte Frage? Ist das hier ein Film? Zu Hause natürlich. Was meinen Sie, wo ein siebzigjähriger Mann seine Nächte verbringt? In der Disko? Im Puff? Oder mit seiner Enkelin nachts am See? Die hat ja wohl hoffentlich was Besseres zu tun, als mit einem Haufen zerknittertem Trockenfleisch wie mir die Abende zu verbringen. Ich sag Ihnen mal was, Sie Kleinstadtsheriff, Ihnen muss der Arsch ganz schön auf Grundeis gehen, wenn Sie zu mir kommen und solche Fragen stellen. Der Überfall auf meine Enkelin ist fast schon eine Woche her und Sie haben nichts. Nichts. Sie stochern in einem riesengroßen Haufen vollkommen untauglicher Verdachtsscheiße.

F: Danke für die aufmunternden Worte. Haben Sie denn einen tauglichen Verdacht? Gibt es Leute, mit denen Flora gestritten hat, außer mit ihrem eigenen Großvater? Hatte sie Feinde?

A: Jeder Mensch hat Feinde. Wer keine Feinde hat, ist tot.

F: Geht es noch etwas konkreter?

A: Wissen Sie, es kommt nicht nur darauf an, was man für Fragen stellt, sondern auch, wem man sie stellt. Und Sie haben sich für Ihre schlauen Fragen den Falschen ausgesucht.

F: Danke, Herr Duve. Es war sehr interessant, mit Ihnen zu reden. Vielleicht hat mein Kollege noch ein paar Fragen. Von mir werden Sie mit Sicherheit nichts mehr hören.

*

Sie sitzt auf dem Fensterbrett. Verwachsen mit dem Holz. Ein knorpeliger Ast. Reglos und hässlich. Sie lehnt den Kopf so dicht es geht an die Scheibe. Stellt sich vor, die Tropfen daran wären ihre Tränen. Sie laufen in kleinen Rinnsalen hinab. Es kitzelt kühl auf ihrer Haut. Jeder Tropfen ein Gedanke. An ihn. An sie. An das, was wird.

Sie fährt sich über den Arm. Spürt die Narben. Die nicht so schmerzen wie seine Worte. Er war am See. Hat sie verlassen. Verraten. Ist nie zurückgekehrt. Er hat die Wunden nie gesehen. *Er hat mich nie gesehen*. War noch nicht einmal einäugig.

Ihr Handy klingelt. Sie zuckt zusammen. Sieht auf den Namen. Ein Schriftzeichen, der Anblick vertraut, die Bedeutung verloren gegangen. Was will sie noch? RedenRedenReden. Worte wie Teer in der prallen Sonne. Es ist alles gesagt.

Freundschaft hält stand in allen Dingen,
nur in der Liebe Dienst und Werbung nicht.

Sie dachte, sie wäre da, für diese kleine Ewigkeit Leben. Dachte, sie könnte sie halten. Sand, warm und vertraut, rinnt durch die Finger. Will zum Meer. Weit hinaus und weg von ihr. Wie alle und alles. Nichts und niemand wird zurückkommen. Nichts wird wie es war.

Sie wissen es noch nicht, *aber ich weiß es.*

Sie rutscht mit dem Rücken an der Wand hinunter, liegt halb auf dem Fensterbrett, trommelt leise mit den Fingern an die Scheibe. Aus der Ferne nähert sich ein Lied. Sie summt.

Es waren zwei Königskinder,
die hatten einander so lieb,
sie konnten zusammen nicht kommen,
das Wasser war viel zu tief ...

16. Kapitel

»Polizeihauptmeister Sälzer! Dürfte ich Sie kurz stören?« Herr Heinrich lief mit kleinen, schnellen Schritten den Flur der Polizeiinspektion Telpen entlang.

Sälzer zog den Pfefferminzteebeutel aus der Tasse, warf ihn mit Schwung in den Müll und blickte auf.

»Da ist eine Dame, die den dringlichen Wunsch geäußert hat, den Herrn Polizeihauptmeister zu sprechen. Sie wollte mir nicht sagen, in welcher Angelegenheit und beharrte darauf, nur mit Ihnen persönlich zu reden.«

»Wo ist die Dame jetzt?«

»Ich habe sie gebeten, vorne auf einer der Sitzgelegenheiten beim Empfang Platz zu nehmen.«

»Ausgezeichnet, Heinrich.« Sälzer folgte Herrn Heinrich den Flur nach vorne zum Empfang.

Ein paar Schritte vor dem Empfang blieb Herr Heinrich stehen. »Dort sitzt die betreffende Dame.«

»Danke.« Sälzer nickte kurz und ging mit der Teetasse in der Hand auf die Frau zu, die auf einem der drei Wartesitze saß. Die Frau war groß und krumm wie ein Fragezeichen.

»Polizeihauptmeister Sälzer. Sie wollten mich sprechen?«

Die Frau schoss nach oben. Hektisch zog sie etwas aus der Tasche und hielt es Sälzer auf Hüfthöhe hin.

Sälzer wich erschrocken ein Stück zurück, Tee schwappte auf seine Schuhe. Es war ein Messer.

»Hier«, sagte die Frau. Ihre Stimme knarzte. »Das wollten Sie doch.«

Sälzer sah auf das Messer. Es war ein Taschenmesser, die Klinge ausgeklappt. »Was wollte ich?«

»Ihr junger Kollege sagte, wenn das Messer wieder auftaucht, soll ich zur Polizeiwache gehen und es Ihnen geben. Ich habe es in meiner anderen Sommerjacke gefunden.«

»Und Sie sind?«

»Annedore Panier. Ich habe den Liegeradfahrer in der Tatnacht gesehen. Ihr junger Kollege hat doch alles protokolliert. Haben Sie das nicht gelesen?«

»Doch. Selbstverständlich. Sie haben also Ihr Taschenmesser wiedergefunden.«

»Ja. Ich hatte es offenbar eingesteckt, als ich meine andere Jacke anhatte. Die trage ich sehr selten, wissen Sie. Und dann habe ich vergessen, das Messer wieder in meine normale Jacke zu stecken.«

Sälzer betrachtete das Messer, das Frau Panier ihm noch immer entgegenhielt. Die Klinge war sauber und glänzte, als hätte sie jemand poliert. Sollten darauf überhaupt Fingerabdrücke sein, dann sicher nur die von Annedore Panier. »Vielen Dank, Frau

Panier. Nett, dass Sie sich die Mühe gemacht haben und extra hergekommen sind.«

»Das hat Ihr junger Kollege doch so gesagt.« Frau Panier sah Leif Sälzer verwirrt an. »Wollen Sie das Messer denn gar nicht untersuchen?«

»Doch, doch«, sagte Sälzer und deutete zum Empfangstresen. »Geben Sie es dem Kollegen dort. Der leitet alles in die Wege.« Dann wandte er sich zum Gehen.

»Aber …« Frau Panier sah auf ihr Messer.

Sälzer war bereits auf den Flur getreten. »Danke noch mal!«, rief er, ohne sich umzudrehen, und verschwand in seinem Büro.

Masaryk saß am Schreibtisch und telefonierte. »Sie hat ihn identifiziert?«, fragte er die Person am anderen Ende der Leitung.

Sälzer grüßte ihn kurz mit einem fragenden Blick, stellte die Teetasse ab und hängte sein Basecap über das Bonsaibäumchen, das sein Vorgänger hinterlassen hatte und das Sälzer hartnäckig Widerstand leistete.

»Nein, das ist nicht nötig. Gut, vielen Dank.« Masaryk legte auf.

»Wer hat wen identifiziert?«, fragte Sälzer.

»Ulrike Kaltenborn hat Löffel identifiziert.«

Sälzer runzelte die Stirn.

»Löffel ist der Hund beziehungsweise war der Hund, den Olaf Kaltenborn in der Nähe des Badesees gefunden hat«, erklärte Masaryk.

»Und der gehörte seiner ... Frau?«

»Ulrike Kaltenborn ist die Schwester von Olaf Kaltenborn. Sie ist alleinstehend und wohnt mit ihrem Bruder und seiner Familie zusammen in Kraldorf auf einem alten Bauernhof. Betreiben aber kaum noch Landwirtschaft.«

»Und der tote Hund, den Olaf Kaltenborn am See gefunden hatte, gehörte seiner Schwester? Wieso hat er ihn dann nicht erkannt?«

»Hat er. Er hat ihn selbst dorthin geschleppt. Löffel ist laut Aussage von Ulrike Kaltenborn vor drei Tagen an Altersschwäche auf dem Hof gestorben. Sie brachte es nicht übers Herz, den eigenen Hund zu begraben, und bat ihren Bruder darum. Sie dachte, das hätte er auch getan, doch als sie dann einen Zeitungsartikel über den toten Hund las und dazu auf dem Hof Blutspuren fand, wurde sie misstrauisch. Sie hat ihren Bruder zur Rede gestellt. Erst hat er wohl versucht, sich herauszureden, aber dann hat er alles zugegeben. Beziehungsweise hat er versucht, die Schwester mit ins Boot zu holen. Sie sollte ihm helfen, den Verdacht auf Felber und den Gnadenhof zu lenken.«

»Wieso das?«

»Olaf Kaltenborn ist einer der Gegner des Gnadenhofs im Dorf. Sein Name fehlt bei keiner Anzeige und keiner Beschwerde. Er hat sogar einen Artikel im Telpener Tagesblatt dazu geschrieben.

Hätten wir das eher gewusst, hätten wir das Ganze schneller geklärt.«

»Ulrike Kaltenborn wollte bei der Sache aber nicht mitmachen und ist zur Polizei gegangen.«

»Genau. Von Olaf Kaltenborn haben wir bereits ein Geständnis.«

»Also besteht keinerlei Verbindung zum Fall Flora Duve.« Sälzer fuhr sich mit Daumen und Zeigefinger über das stoppelige Kinn.

»Sieht nicht so aus. Ein Trittbrettfahrer, würde ich sagen.«

Sälzer nahm die Vernehmungsprotokolle vom Schreibtisch, blätterte darin herum. »Hast du die schon gelesen?«

Masaryk nickte. »Hat nicht gerade die große Erleuchtung gebracht. Es ergibt sich ein recht einheitliches Bild: Flora war vor dem Überfall nicht verändert. Sie hatte mit niemandem richtig Streit, keine echten Feinde, vielleicht ein paar Neider, keinen großen Freundeskreis, dafür eine beste Freundin. Ein gutes Verhältnis zur Mutter, ein etwas zwiespältiges zum Großvater.«

»Trotzdem habe ich das Gefühl, wir sind weitergekommen.« Sälzer schnippte mit dem Mittelfinger gegen das Papier. »Irgendetwas ist da direkt vor unserer Nase. Wir sind so dicht dran, dass wir es nicht sehen.«

»Mit dem aktuellen Partner der Mutter versteht sie sich nicht so gut. Aber keiner hat etwas von offenen Auseinandersetzungen gesagt. Außerdem hat Götz Gerlinger ein Alibi. Und Karoline Duve wird ihn ja wohl kaum decken. Das Alibi von Hagen überprüft Kessel gerade.«

Sälzer ließ die Vernehmungsprotokolle auf den Tisch fallen und lehnte sich an den Schreibtisch. Wenn Flora den Täter wirklich kannte und er stammte aus ihrem Umfeld, kamen nicht viele Menschen infrage. Und die, die es taten, hielt Sälzer als Täter für sehr unwahrscheinlich. Entweder sie hatten ein Alibi, kein Motiv oder waren rein physisch nicht zur Tat in der Lage.

Vielleicht hatte Sälzer sein Instinkt getrügt. Mal wieder. Vielleicht hatte er sich zu sehr von den Erinnerungen an seinen ersten Fall in Telpen leiten lassen. Vielleicht war es bei Flora Duve anders. Der Täter kam nicht aus ihrem Umfeld, war ein Fremder, hatte nichts mit ihr zu tun. Es war Zufall, dass gerade Flora sein Opfer wurde. Dann standen sie mit den Ermittlungen in einem riesengroßen, leeren, schwarzen Loch.

Es sei denn, sie hatten jemanden übersehen. Jemanden, mit dem Flora Kontakt hatte, ohne dass ihr Umfeld etwas davon mitbekommen hatte. Jemand, der Flora Angst machte. So viel Angst, dass sie schwieg.

Sälzer trommelte mit den Fingern auf den Tisch. »Ein misshandeltes Mädchen. Viele Möglichkeiten. Keine Beweise. Genau wie damals.« Er sprach leise, seine Stimme war rau.

»Dieser Fall, von dem Sie neulich gesprochen haben?«

»Amelie Baudisch.« Sälzer lauschte dem Namen nach. Seine Augenlider zuckten.

»So hieß das Mädchen?«

Der Polizeihauptmeister nickte. »Misshandelt und missbraucht. Gerade mal fünfzehn. Wir hatten nichts. Absolut nichts. Jede Spur eine Sackgasse.«

Masaryk studierte das Gesicht seines Chefs. »Der Täter läuft noch frei herum?«

»Nein. Wir haben ihn gefasst. Aber nur mithilfe des Mädchens.« Sälzer schloss einen Moment die Augen und fuhr sich mit der flachen Hand übers Gesicht. »Wir müssen noch mal mit Flora Duve sprechen. Die Schonfrist ist jetzt endgültig vorbei. Noch länger Rücksicht zu nehmen wäre nur zu ihrem eigenen Nachteil. Am besten, wir ziehen einen Psychologen hinzu. Das hätten wir schon längst machen sollen. So kommen wir nicht weiter.« Als Sälzer die Augen wieder öffnete, fiel sein Blick auf die Vernehmungsprotokolle. Ganz oben lag das von Frau Garthoff. Er las einen Satz. Las ihn noch mal. Er beugte sich über das Protokoll.

»Was ist?« Masaryk musterte seinen Chef.

Sälzer tippte mit dem Zeigefinger mehrmals auf das Protokoll. »Hier, das ist vielleicht was.«

Masaryk lehnte sich über den Schreitisch und warf einen Blick auf das Protokoll. »Helma Garthoff?

Die alte Nachbarin? Ich dachte, wir suchen jemanden, der kräftig und gut durchtrainiert ist.«

»Das meine ich nicht.« Sälzer lehnte sich wieder zurück. »Ich frage mich, warum jemand bei den Duves Viertel vor zwei in der Tatnacht geduscht hat. Und vor allem: wer«, sagte Sälzer mehr zu sich selbst als zu seinem jungen Kollegen.

Sein Telefon klingelte. Er hob ab, lauschte. »Zwei Damen? ... Worum geht's? ... Ja, natürlich, sollen sofort herkommen.« Er legte auf.

Masaryk sah seinen Chef fragend an, doch der starrte auf das Telefon und hatte die Hände vor der Nase aneinandergelegt, als würde er beten.

Kurz darauf klopfte es.

Sälzer wandte sich zur Tür. »Ja, bitte.«

Die Tür öffnete sich langsam. Als Erste betrat Karoline Duve das Büro. Dahinter folgte zögernd ihre Tochter, als wäre sie nicht sechzehn, sondern erst sechs.

»Wir wollen Anzeige erstatten«, sagte Frau Duve, kaum dass sie den Raum betreten hatte. Ihre Stimme klang fest und verbittert.

Sälzers Blick wanderte langsam von Karoline Duve zu Flora Duve. »Gegen?«

Die Sekunden verstrichen, ohne dass jemand etwas sagte.

Frau Duve nahm die Hand ihrer Tochter, drückte sie und nickte Flora zu.

Flora blickte zu Boden und sagte leise: »Hagen Gerlinger.«

17. Kapitel

»Was hat sie noch gesagt? Etwas zum Tathergang?« Sälzer hatte die Freisprechanlage ans Handy gesteckt. Er saß im Dienstwagen, war auf dem Weg zu dem mittelständischen Unternehmen, bei dem Hagen Gerlinger ein Praktikum machte. Er wollte Hagen so schnell es ging festnehmen, aber mit so wenig Aufsehen wie möglich. Sälzer hasste große Polizeiaufgebote. Er ordnete sie nur an, wenn es sich nicht vermeiden ließ. Hagen Gerlinger war gefährlich, daran bestand mittlerweile kein Zweifel mehr, aber Sälzer war der Meinung, dass er mit ihm allein fertig werden würde.

»Ganz genau können wir den Tathergang immer noch nicht rekonstruieren«, antworte Masaryk am anderen Ende der Leitung. »Flora Duve weiß immer noch nicht, wie sie auf die Badeinsel gekommen ist. Da ist ein Filmriss. Sie hat den Überfall selbst und die Schmerzen scheinbar einfach ausgeblendet. Aber sie ist sich sicher, dass sie Hagen Gerlinger auf der Badeinsel gesehen hat. Und zwar nachdem er ihr die Verletzungen zugefügt hatte. Warten Sie mal eben.«

Sälzer hörte Papier rascheln. Er hielt an einer

roten Ampel und sah aus dem Fenster. Eine dichte, hellgraue Wolkendecke hing über Telpen, schon seit Tagen. Sie hatte sich wie ein Mantel über die Stadt und die Menschen gelegt. Man konnte meinen, sie wolle nie wieder aufbrechen. Das Papierrascheln in der Telefonleitung brach ab.

»Hier: Er stand vor ihr, nur in Shorts, sah auf sie herab, die Hände in den Hüften. Blutig. Die Augen starr und kalt. Er hatte keine Brille auf, die Haare waren nass. Er hat einfach nur dagestanden und sie angesehen. Sie weiß nicht mehr, wie lange, glaubt aber, mehrere Minuten. Dann hat er sich umgedreht, ist von der Insel gesprungen und zum Ufer geschwommen. Danach hat sie wieder das Bewusstsein verloren.«

»Hat sie gesehen, zu welchem Ufer?« Sälzer legte den Gang ein und fuhr los, als die Ampel auf Grün schaltete.

»Nein. Da war sie bereits bewusstlos. Das Nächste, an was sie sich erinnert, ist der Rentner, der sie gefunden hat.«

»Sonst nichts? Er hat nur dagestanden und sie angesehen? Hat er irgendwas gesagt?«

»Soweit Flora Duve sich bis jetzt erinnert, nichts.«

»Das ist nicht viel«, fand Sälzer.

»Nicht viel? Immerhin haben wir den Täter. Der kann uns den Rest erzählen.«

»Wenn wir Glück haben, tut er das.« Sälzer bog nach links Richtung Industriegebiet ab. »Ist sonst noch etwas rausgekommen?« Wieder hörte Sälzer Papier rascheln.

»Flora Duve sagt aus, dass sie sich in den ersten Tagen nach dem Überfall wirklich an gar nichts erinnern konnte. Die ganze Nacht war wie ausgelöscht. Erst nach und nach tauchten Erinnerungsfetzen auf. Sie sagt, sie hat sich dagegen gewehrt. Ahnte etwas. Dann, als wir mit Patrick bei ihr vor der Tür standen, kam die Erinnerung wie eine Welle auf sie zu.«

»Und da stand der Täter gleich neben uns.« Sälzer sah die Szene im Treppenhaus bildlich vor sich: Flora im Türrahmen. Patrick mit dem Geschenk in der Hand. Trixi dahinter. Und Hagen Gerlinger. »Wenn sie es zu dem Zeitpunkt schon wusste, wieso kommt sie dann erst jetzt mit der Anzeige? Hat Hagen sie bedroht?«

»Wohl indirekt. Sie wohnen quasi Wand an Wand. Flora hatte Angst. Hagen hatte in der Nacht am See Macht über sie. Sie wusste, dass er es jederzeit wieder tun konnte. Sie meinte, er hätte nie konkret etwas gesagt, aber Bemerkungen gemacht und sie angesehen wie in dieser Nacht auf der Badeinsel. Außerdem spielt natürlich die Beziehung zwischen Floras Mutter und Götz Gerlinger eine Rolle. Flora wollte ihrer Mutter zuliebe nicht gleich zur Polizei gehen, wollte nicht den Sohn von ihrem aktuellen Freund anzeigen. Sie dachte, es ließe sich anders regeln.«

»Hat sie etwas gesagt, warum Hagen es getan hat? Ich sehe noch immer kein Motiv.«

»Sie glaubt, er hätte irgendwelche satanistischen Wahnvorstellungen.«

Sälzer überlegte ein paar Sekunden. »Wie kommt sie darauf?«

»Sie hat sich am Anfang, als die Gerlingers so halbwegs bei ihnen einzogen, mal aus Neugierde in seinem Zimmer umgesehen. Wollte wissen, wie der Sohn vom Neuen der Mutter ist. Dabei hat sie ein paar Bücher entdeckt, die meisten über Religion, Hexenverfolgung, Satanismus, Dämonen, Okkultismus, und auf seinem MP3-Player jede Menge Black Metal. Eins der Bücher lag neben seiner Matratze aufgeschlagen. Auf der Seite war eine Opferzeremonie dargestellt. Damals hatte sie sich nichts dabei gedacht. Erst im Nachhinein, als sie erfuhr, wie man sie auf dem See gefunden hatte, wurde ihr die Verbindung bewusst.«

»Eine Opferzeremonie.« Sälzer sprach das Wort langsam vor sich hin. Er dachte an die Aussage von Herrn Ludwig und seine Vermutung.

»Das ist zwar ein ziemlich krankes Motiv, aber die ganze Geschichte ist ziemlich krank«, meinte Masaryk.

Sälzer bog in die Straße, in der sich die Firma *Toolpit* befand. Er wusste nur, dass *Toolpit* Werkzeuge herstellte und Hagen Gerlinger dort ein Praktikum in der Vertriebsabteilung machte. »Ich bin jetzt da«, sagte Sälzer und fuhr auf den Bürgersteig, direkt vor den Eingang der Firma. »Ich meld mich dann später.«

Vor dem Firmeneingang standen drei Männer, die offenbar gerade eine Raucherpause einlegten. Sälzer stieg aus, ging um das Auto herum und wollte gerade an den Männern vorbei, als er aus den Augenwinkeln einen dunkelblauen VW an seinem Dienstwagen vorbeifahren sah. Er drehte sich um. Auf der Beifahrertür stand mit weißer Schrift: *Götz Gerlinger. Kanzlei für Immobilienvermittlung GbR, Wohn- und Gewerbeimmobilien.* Doch es war nicht Götz Gerlinger, der am Steuer saß. Der Fahrer war höchstens zwanzig, trug eine Brille und hatte kurze, glatte, hellbraune Haare.

Sälzer rannte zurück zum Dienstwagen, riss die Tür auf, stieg ein, ließ den Motor an und fuhr vom Bürgersteig, dass die Karosserie knackte. Die drei Raucher sahen dem Auto erstaunt nach.

Der dunkelblaue VW mit Hagen Gerlinger am Steuer war bereits von der Straße in einen Kreisverkehr eingebogen, von dem er jetzt Richtung Innenstadt abfuhr. Sälzer drückte das Gaspedal durch und nahm den Fuß erst kurz vorm Kreisverkehr wieder runter. Er fluchte und schlug mit der Faust auf das Lenkrad, als sich ein langsamer alter Ford direkt vor ihm einfädelte. Er trommelte mit den Fingern auf den Lenker, während er dem Ford mit dem gefühlten Tempo eines Dreiradfahrers durch den

Kreisverkehr folgte. Auch der Ford bog Richtung Innenstadt ab. War ja klar, dachte Sälzer.

Er setzte dreimal vergebens zum Überholen an. Erst nach zwei Ampeln und durch eine nicht ganz den Verkehrsregeln entsprechende Benutzung einer Linksabbiegerspur gelang es Sälzer, am Ford vorbeizuziehen.

Er folgte der Straße Richtung Innenstadt, den Oberkörper zur Windschutzscheibe vorgelehnt, das Basecap in den Nacken geschoben. Seine Hände krampften sich ums Lenkrad. Er meinte schon, den dunkelblauen VW verloren zu haben, als er ihn an einer großen Kreuzung gerade noch auf die Gabelhoferstraße biegen sah.

Kurz bevor Sälzer die Kreuzung erreichte, schaltete die Ampel auf Rot. Unter Gehupe von allen Seiten fuhr Sälzer an dem Kleinwagen, der vor ihm an der Ampel hielt, vorbei und nahm den von rechts und links kommenden Fahrzeugen die Vorfahrt, als er mit quietschenden Reifen nach links auf die Gabelhofer bog.

Er sah kurz in den Rückspiegel. Ein paar Autos standen quer auf der Straße, es gab ein Hupkonzert, jemand brüllte, jemand stieg wütend aus einem Auto, aber es war nichts Ernsthaftes geschehen. Natürlich, er hätte auch das Blaulicht aufs Dach setzen können. Aber wozu – es ging auch so. Er wandte den Blick wieder auf die Straße vor sich. Sechs Wagen weiter vorne fuhr Hagen Gerlinger. Ihn einzuholen dürfte kein Problem mehr sein.

Sälzer sah, dass Hagen den Blinker nach rechts setzte, den dunkelblauen VW an den Straßenrand fuhr und vor einem alten, großen Gebäude hielt. Sälzer kannte das Gebäude. Er war erst vor ein paar Tagen dort gewesen. Hatte es zum ersten Mal betreten. Damals wie heute war er einem Täter auf der Spur. Es war die Heinrich-Heine-Schule. Was wollte Hagen Gerlinger dort?

Leif Sälzer blinkte ebenfalls rechts und nahm den Fuß vom Gaspedal. Während er sich der Schule näherte, sah er, wie ein blondes Mädchen die Treppe vor dem Schultor heruntergelaufen kam und auf den dunkelblauen VW zurannte. Es war groß, schlank, hatte die dicken Haare zum Pferdeschwanz gebunden. Der Pony reichte bis zu den Augen. Beatrix Jerger.

Sälzer sah, wie Trixi die Beifahrertür öffnete und in den Wagen stieg. Er hatte die Heinrich-Heine-Schule und den dunkelblauen VW fast erreicht. Sein Plan war es, sich direkt vor den VW zu stellen, um ihm den Weg zu versperren. In dem Moment schob sich ein großer, grauer Lkw-Anhänger vor sein Gesichtsfeld, zwischen den Dienstwagen und den VW. Sälzer trat auf die Bremse und schlug mit der Faust auf die Hupe, die einen kläglichen Ton von sich gab. »Was ist denn heute los, verdammt!« Sälzer hatte sich so auf den VW vor sich konzentriert, dass er den Lkw, der aus einer Einfahrt gegenüber der Schule rückwärts ausparkte, nicht gesehen hatte. Er nahm jetzt die gesamte Straßenbreite ein.

»NEIN – NEIN – NEIN!« Sälzer schlug zu jedem Nein auf die Hupe.

Eine Hand kam aus dem Fahrerfenster des Lkws und winkte kurz. Langsam setzte der Lkw zurück.

Sälzer überlegte, ob er auf den Bürgersteig fahren sollte, der allerdings voller Schüler war. Er ruckelte mit dem Schaltknüppel hin und her, unentschlossen, was er tun sollte. In dem Moment legte der Lkw den Vorwärtsgang ein, stieß eine blaugraue Wolke aus und tuckerte los.

»Na endlich«, murmelte Sälzer. Ihm blieb nichts anderes übrig, als hinterherzufahren. Immerhin war er wieder in Bewegung und stand nicht mehr hilflos am Straßenrand. Alle paar Sekunden scherte er aus, um nach dem dunkelblauen VW Ausschau zu halten und zu sehen, ob er überholen konnte. An der nächsten Ampelkreuzung bog der Lkw Richtung Fernstraße ab. Sälzer blieb stehen, obwohl Grün war, und starrte auf die Kreuzung. Der dunkelblaue VW war verschwunden. Eine blaugraue Wolke löste sich langsam mitten auf der Kreuzung auf. Hinter ihm hupte es.

»Ene, mene, miste«, murmelte Sälzer, dann fuhr er geradeaus, an der Telm entlang. Die Straße führte aus der Innenstadt hinaus. Nach ein paar Metern gab es einen Abzweig zu einem Wohngebiet, dann endete die Straße an einer T-Kreuzung, an der es links zu einem Gewerbegebiet ging. Rechts führte die Straße durch ein paar neue Wohnsiedlungen, bis sie am Ortsausgang in die Bundesstraße überging, die nach Pokritz führte. Die Straße, die direkt am Telpener Badesee vorbeiging.

Sälzer spürte ein Pochen in der Nierengegend. Wohin fuhr Hagen Gerlinger mit Trixi? Wieso war sie überhaupt zu ihm ins Auto gestiegen? Was hatte Hagen vor? Was, wenn er ... Sälzer fuhr sich mit der Zunge über einen Backenzahn und starrte mit zusammengezogenen Augenbrauen auf die Straße. Würde Hagen Gerlinger es tatsächlich tun? Würde er zum See fahren und ...? Ein zweites Mal. Am hellichten Tag?

Sälzer schüttelte innerlich den Kopf. Es schien ihm vollkommen absurd, vollkommen irrsinnig. Aber sollte Hagen Gerlinger wirklich einer religiösen Wahnvorstellung unterliegen, sollte das der Grund für die Tat sein, dann war auch denkbar, dass er nicht warten konnte, bis sich wieder nachts ein Mädchen alleine an den See setzte. Was nicht mehr so schnell geschehen würde.

Sälzer sah zum Himmel. Die Wolken waren jetzt dunkelblau, wie gewaltige Wasserbomben kurz vorm Platzen. Bei dem Wetter würde kein Mensch am See sein. Instinktiv trat er aufs Gaspedal. Er fuhr an dem ersten Wohngebiet vorbei und bog dann nach rechts ab, folgte der Straße Richtung Ortsausgang.

Trotz des aufheulenden Motors hörte er ein Grollen über sich. Die tiefblauen Wolken schoben sich übereinander, träge von den flüssigen Massen, die sie in sich trugen. Sie verdunkelten den Tag so sehr, dass Sälzer das Licht einschalten musste.

Eine ganze Weile war Sälzer allein auf der Straße. Als hätte das nahende Unwetter alle Leute verschlungen. Doch kurz bevor er das Ortsausgangsschild erreicht hatte, sah er die Rücklichter eines Autos. Auf die Entfernung konnte er nur erkennen, dass es dunkel war. Sälzer gab Gas, hielt das Lenkrad so fest umklammert, dass die Knöchel weiß hervortraten. Am Ortsausgang, dort, wo die Bundesstraße anfing, machte die Straße eine Kurve und der Wagen verschwand aus Sälzers Blickfeld.

Sälzer fuhr mit schlingernden Reifen um die Kurve. Von da an bildete die Bundesstraße eine lange Gerade. Eine leere Gerade. Das Auto war weg. Sälzer starrte auf den dunklen Beton, sah nach rechts und links, während er weiterfuhr. Ein paar Meter nach der Kurve kam links eine Tankstelle, rechts ging die Einfahrt zum Parkplatz vom See ab. Sälzer trat auf die Bremse und bog auf den Parkplatz. Er hielt an und starrte auf den von Bäumen begrenzten Kiesplatz. Er war leer.

Sälzer legte beide Arme auf das Lenkrad und stützte sein Kinn auf die Hände. Ein paar Sekunden saß er so reglos da. Er wollte gerade das Handy nehmen, als er hinter sich Kies knirschen hörte. Hastig fuhr er herum und stieß sich das Knie am Schaltknüppel.

Hinter ihm rollte langsam ein dunkelblauer VW auf den Parkplatz. Er hatte die Scheinwerfer an und Sälzer konnte die Insassen nicht erkennen. Er wusste ohnehin, wer sie waren. Einen Augenblick sah es so aus, als würde der VW direkt auf Sälzers Dienstwagen zurollen. Im letzten Moment änderte er die Richtung, fuhr auf dem Parkplatz weiter nach rechts und blieb in einer Ecke unter einem großen Ahornbaum stehen. Das Licht und der Motor gingen aus. Niemand stieg aus.

Sälzer wartete ein paar Sekunden. Dann öffnete er die Fahrertür. Der Kies knirschte unter seinen schweren Schuhen, als er mit langsamen Schritten auf den dunkelblauen VW zuging. Die ersten Regentropfen fielen. Dick, schwer und weich, wie Kerzenwachs. Er trat an die Fahrertür heran, beugte sich leicht hinunter.

Hagen Gerlinger bemerkte ihn nicht. Er suchte etwas in einer Tüte mit dem Aufdruck der Tankstelle gegenüber und hatte sein Gesicht der Beifahrerin zugewandt.

Sälzer riss die Fahrertür auf. »Steig aus.«

Hagen Gerlinger erstarrte in seiner Bewegung und sah den Polizeihauptmeister an, als wäre er ein Zombie.

Trixi war auf dem Beifahrersitz zusammengezuckt. »Was soll das? Haben Sie noch alle?« Als Trixi den

Polizeihauptmeister erkannte, fügte sie hinzu: »Ich meine, können Sie uns nicht vorwarnen, statt einfach die Tür aufzureißen, als wären Sie auf Verbrecherjagd?«

»Bin ich«, erwiderte Sälzer und ließ Hagen Gerlinger dabei nicht aus den Augen. »Steig aus.«

Hagen Gerlinger drückte Trixi die Tüte in die Hand und stieg aus.

Trixi zögerte einen Moment, dann stieg sie ebenfalls aus. Sie blieb auf der anderen Autoseite stehen und sah über das Dach zu Sälzer und Hagen.

»Ich muss dich bitten, mit mir zur Polizeiinspektion zu kommen«, sagte Sälzer. Hagen Gerlinger wirkte vollkommen anders als im Treppenhaus, wo ihn Sälzer zum ersten Mal gesehen hatte. Es konnte am Anzug liegen, den er heute trug, der ihn seriös und mindestens fünf Jahre älter aussehen ließ. Oder daran, dass Sälzer ihn damals noch nicht als möglichen Täter gesehen hatte.

»Wieso?«, fragte Hagen. Die Augen hinter den Brillengläsern flackerten.

»Gegen dich liegt eine Anzeige vor.«

»Was?« Hagen Gerlinger stieß eine Mischung aus Lachen und Schnaufen aus. »Was denn für eine Anzeige?«

»Gefährliche Körperverletzung.« Sälzer sah, wie Hagen Gerlingers Pupillen sich weiteten. Aufgescheucht, in Panik.

Hagen steckte die Hände in die Taschen. Sein

Mund wurde schmal. »Das ist irgendwas von früher, eine von den alten Geschichten, richtig?«

»Die Geschichte ist gerade mal ein paar Tage alt.« Sälzer sah kurz zu Trixi, die ihn durch den stärker werdenden Regen über das Autodach hinweg verstört ansah. »Lass uns das auf der Polizeiwache besprechen.« Er wollte nach Hagen Gerlingers Arm greifen, doch der entzog sich seinem Griff mit unerwarteter Schnelligkeit.

»Ich komme schon mit. Aber ich will wissen warum«, sagte Hagen.

Sälzer nickte langsam. »Flora Duve war eben bei uns auf der Polizeiwache. Sie hat Anzeige gegen dich erstattet.«

Einen Moment lang war auf dem Parkplatz nichts als der Regen zu hören. Er fiel auf die Ahornblätter, tropfte aufs Autodach, lief über Trixis Wangen, perlte an Hagens Jackett ab, trommelte auf Sälzers Basecapschirm. Es zischte, als auf der nassen Bundesstraße ein Auto Richtung Pokritz vorbeifuhr.

»Die spinnt doch!«, schoss es aus Hagen heraus. »Das denkt die sich doch alles nur aus. Ich habe nichts mit der Sache am See zu tun.« Hagen schlug mit der Faust auf das Autodach.

Trixi wich auf der anderen Seite zurück. Sie sah Hagen mit einer Mischung aus Unglaube und Abscheu an.

»Glaub den Scheiß bloß nicht«, sagte Hagen zu Trixi. »Wieso sollte ich Flora so etwas antun?«

»Wieso sollte Flora sich so etwas ausdenken?«, rief Trixi. Ihre Unterlippe zitterte.

»Ich weiß nicht.« Hagen zerrte an seiner Krawatte, versuchte, sie zu lockern. »Du musst mir einfach glauben. Bitte.«

Trixi starrte Hagen an. Sälzer war sich nicht sicher, ob es nur noch Regentropfen waren, die über ihr Gesicht liefen. Langsam bewegte sie den Kopf, erst kaum merklich, dann immer mehr, bis es ein eindeutiges Schütteln war. »Tut mir leid«, sagte sie leise.

»Hagen?« Sälzer streckte die Hand nach ihm aus. »Komm, gehen wir.«

»FASSEN Sie mich nicht an! KEINER fasst mich an!«, rief er und stieß Sälzers Hand weg. In seinem linken Mundwinkel bildeten sich Bläschen. »Wissen Sie, was man früher mit Mädchen wie Flora gemacht hätte?«, sagte er und fixierte Sälzer mit stechenden Augen. »Man hätte sie als Hexe bei lebendigem Leib auf dem Scheiterhaufen verbrannt.« Ohne sich umzudrehen stapfte er über den Kies auf Sälzers Dienstwagen zu.

18. Kapitel

Beschuldigtenvernehmung Hagen Gerlinger

Zur Person

Name:	Gerlinger
Vorname:	Hagen
Geb.Datum:	04.06.91
Beruf:	Auszubildender Einzelhandelskaufmann
Wohnort:	Pokritz
Adresse:	Martin-Agricola-Str. 45

Vernommen im Fall der gefährlichen Körperverletzung zum Nachteil von Flora Duve. (Vernehmung durchgeführt von Polizeihauptmeister Sälzer)

Zur Sache

F: Wo warst du in der Nacht vom 2. auf den 3. Juli zwischen 22 und 3 Uhr?

A: Das habe ich Ihnen doch schon gesagt. Ich bin rumgefahren. Mit dem Auto.

F: Wo bist du rumgefahren?

A: Durch Pokritz.

F: Du bist also am Mittwochabend gegen zehn losgefahren. Direkt nach Pokritz?

A: Ja.

F: Und dann bist du die ganze Zeit in der Stadt herumgefahren und erst gegen halb zwei zurück nach Telpen. Ohne irgendwo anzuhalten.

A: Ja.

F: Bist du dir sicher?

A: Ja, verdammt.

F: Du bist auf einer Videoaufzeichnung von einer Tankstelle zu sehen.

A: Gut. Sehr gut. Habe ich jetzt ein Alibi?

F: Es ist die Tankstelle schräg gegenüber vom Parkplatz zum Telpener Badesee. Laut Videoaufzeichnung hast du dort nachts kurz nach halb eins getankt, eine Cola und eine Packung Kaugummi gekauft. Du hast gesagt, du warst gegen halb zwei wieder zu Hause beziehungsweise in der Wohnung der Duves. Von der Tankstelle bis zum Komponistenviertel braucht man ungefähr zehn Minuten mit dem Auto. Vielleicht auch fünfzehn, wenn viel Verkehr ist. Was nachts um halb eins kaum der Fall sein dürfte. Du hast eine Stunde für die Strecke gebraucht. Hast du das Auto geschoben oder bist du von der Tankstelle aus gar nicht in die Edvard-Grieg-Straße gefahren? Vielleicht bist du nur rüber auf den Parkplatz am See gefahren.

A: Ich bin noch ein paar Runden durch Telpen gefahren. Vielleicht war ich auch schon etwas früher zu Hause. So genau weiß ich das nicht mehr.

F: Was hast du zu Hause gemacht?

A: Nichts. Ich bin ins Bett gegangen.

F: Jemand hat in der Nacht geduscht. Dein Vater und Frau Duve sagen, sie waren es nicht.

A: Ja, stimmt, ich habe noch schnell geduscht. Ich war durchgeschwitzt.

F: Wovon?

A: Oh Mann, von dem ganzen Tag. Es war warm. Ich wollte im Auto die Fenster nicht runtermachen wegen der Musik.

F: Das Auto von deinem Vater hat eine Klimaanlage. Wieso hast du die nicht eingeschaltet?

A: Ich hasse Klimaanlagen. Bei den Dingern erkälte ich mich immer.

F: Na schön. Du erzählst uns also erst, du bist die ganze Nacht ohne irgendwo anzuhalten durch Pokritz gefahren. Dann stellt sich heraus, dass du doch angehalten hast, an einer Tankstelle. Nur ein paar Meter vom Tatort entfernt. Du behauptest, du bist von der Tankstelle zur Wohnung der

Duves gefahren und sofort ins Bett gegangen. Dann heißt es auf einmal, du hast noch ein paar Runden durch Telpen gedreht. Dir fällt auch ein, dass du noch geduscht hast. Fällt dir vielleicht im Nachhinein noch irgendetwas ein? Vielleicht, wo die Tatwaffe liegt?

A: Ich hab keine Ahnung, wo das Messer liegt, weil ich mit der ganzen Sache nichts zu tun habe.

F: Es war also ein Messer?

A: Stand doch in der Zeitung. Was soll es denn sonst gewesen sein?

F: Ich denke, das kannst du uns sagen. Genauso, wie du uns sagen kannst, wie Flora Duve in der Nacht auf die Badeinsel gekommen ist.

A: Ich. War. Nicht. Am. See.

F: Hagen, ist dir immer noch nicht klar, dass das Spiel vorbei ist? Flora hat dich gesehen. Du hast kein Alibi. Und du warst zur betreffenden Zeit in der Nähe des Tatorts.

A: Das ist doch totaler Wahnsinn. Ihr seid alle vollkommen irre. Wieso sollte ich nachts an einen See schleichen und ein Mädchen so ... zurichten?

F: Ein Mädchen, das man früher als Hexe bei lebendigem Leib verbrannt hätte?

A: Das war Blödsinn. Ich war sauer. Sie würden

doch auch ausrasten, wenn jemand so etwas von Ihnen behauptet.

F: Ich würde auch ausrasten, wenn ich der Täter wäre und das verschreckte Opfer auf einmal zu reden anfängt. Kennst du dieses Buch?

A: Wo haben Sie das her?

F: Frau Duve hat es in ihrer Wohnung gefunden und uns geliehen. Diese Seite hier hat ein Eselsohr. Als hätte sie jemanden besonders interessiert. Sagt dir diese Abbildung hier etwas?

A: Eine Opferzeremonie.

F: Fällt dir etwas auf?

A: Was wollen Sie jetzt hören? Dass die Schnittwunden denen von Flora gleichen?

F: Es gab nie ein öffentliches Foto von Floras Verletzungen und über die Art und Platzierung der Wunden stand nichts in der Zeitung. Du hast sie aber gesehen.

A: Hab ich nicht. Aber es ist ja wohl naheliegend, wenn Sie mir diese Abbildung vor die Nase halten.

F: Du interessierst dich für solche Sachen? Okkultismus, Satanismus.

A: Ja, unter anderem. Ich interessiere mich für Geschichte und Religion. Es ist ein Teil davon.

F: Ich hatte mal einen Kollegen. Der hat sich

auch für Geschichte interessiert. Das Mittelalter war seine Spezialität. Irgendwann kam er mit Leinenhemd und Wams ins Büro, ließ sich die Haare lang wachsen, ging zu Burgfesten. Er sagte, er hätte den großen Wunsch, mal eine Woche richtig im Mittelalter zu leben, es zu erfahren, mit allen Entbehrungen. Hast du auch diesen Wunsch? Geschichte zu erfahren? Gewisse Dinge selbst zu erleben? Zu erfahren, wie man sich als Ritter, Legionär oder Scharfrichter fühlt?

A: Jetzt drehen Sie total ab.

F: Was wolltest du heute mit Beatrix Jerger am See?

A: Das geht Sie nichts an.

F: Doch, tut es. Also?

A: Ich wollte mir einfach einen schönen Nachmittag mit ihr machen.

F: Im Regen. An dem See, an dem vor wenigen Tagen ihre beste Freundin überfallen wurde.

A: Jeder hat eben eine andere Auffassung von Romantik.

F: Wieso gerade Beatrix, Floras beste Freundin?

A: Keine Ahnung. So etwas kann man doch nicht logisch begründen.

F: Wir haben erfahren, dass du von der sechsten bis zur zehnten Klasse dreimal die Schule gewechselt hast.

A: Ich wusste es. Das musste ja kommen.

F: Jedes Mal waren mehrfache Schlägereien der Grund.

A: Na klar. Warum es zu den Schlägereien kam, steht natürlich nicht in Ihren Akten.

F: Sag du mir es.

A: Was würden Sie denn machen, wenn schon der Weg zur Schule der reinste Spießrutenlauf ist? Wenn Ihnen von hinten verfaulte Äpfel an den Kopf geworfen werden, ins Gesicht gepinkelt wird, Raupen in die Sportklamotten gelegt werden, auf jeder Pinnwand im Netz über einen abgelästert wird, die Lehrer hinter vorgespielter Entrüstung cool tun, weil sie eigentlich froh sind, dass der Neunmalkluge endlich eins auf den Deckel kriegt, oder Ihnen einfach nur stillschweigende Verachtung entgegengebracht wird? Wenn Sie derjenige sind, der alle vereint in ihrem Hass. Würden Sie einfach beide Backen hinhalten und einstecken? Ich nicht. Ich bin kein Opfer. Das haben bis jetzt noch alle merken müssen.

F: Ich sage auch nicht, dass du ein Opfer bist. Ich sage, du bist der Täter.

*

Flora stand am Wohnzimmerfenster. Sie hatte die Arme um ihre Hüfte gewunden und Trixi den Rücken zugewandt.

»Stimmt das?« Trixis Stimme klang wie eine Porzellantasse, die jeden Moment auf dem Steinboden zerschellt. »Du hast gegen Hagen Anzeige erstattet?«

Flora nickte.

»Also ... also war er das am See?«

Flora drehte den Kopf zu Trixi. Sie sah sie an, die Augen starr und verschlossen, sagte nichts.

»Hast du es die ganze Zeit gewusst?«, fragte Trixi schließlich.

Flora senkte den Blick, zuckte leicht mit den Schultern. »Unbewusst vielleicht. So richtig klar geworden ist es mir erst damals, als ihr alle zusammen vor der Tür gestanden habt und die Polizei Patrick festnehmen wollte. Erst wusste ich nur: Es war nicht Patrick. Und dann ...«

»Dann hast du Hagen neben mir stehen sehen.« Trixi setzte sich langsam auf einen Hocker, der verloren mitten im Wohnzimmer stand. Ihr linkes Bein zitterte. Sie legte die Hand darauf, versuchte, es unter Kontrolle zu bekommen.

»Ich ... wollte es selbst nicht wahrhaben«, fuhr Flora fort. »Ich dachte, das kann überhaupt nicht stimmen. Er ist der Sohn vom Freund meiner Mutter ... Ich dachte, ich bilde mir etwas ein.«

Trixi starrte auf die Wohnzimmerwand. »Er war

immer in deiner Nähe. Er hat im Zimmer neben dir geschlafen. Er hätte dir jederzeit wieder etwas antun können.«

»Oder dir.« Flora ging einen Schritt auf Trixi zu. »Verstehst du jetzt, warum ich so sauer war, als du mir von ihm erzählt hast? In dem Moment habe ich begriffen, dass ich zur Polizei gehen muss. Dass ich nicht weiter so tun kann, als wäre die Sache am See nie passiert.«

Trixi schluckte. Sie dachte daran, wie sie heute zu Hagen ins Auto gestiegen war. Wie sie an den See gefahren waren. Wie sicher und geborgen sie sich mit Hagen im Auto gefühlt hatte, als aus den dunklen Wolken die ersten Tropfen fielen. Hagen hatte sich nach vorne zur Windschutzscheibe gebeugt, zum Himmel gesehen, gelächelt und »perfektes Wetter« gesagt.

Perfektes Wetter. Wozu?

Trixi schloss die Augen, sah Hagens Gesicht vor sich, ihr wurde schwindlig, sie öffnete sie wieder. Es war alles so verkehrt. Die Gefühle und Gedanken passten nicht zusammen. Sie hatte alles gehört, was Flora gesagt hatte, sie hatte es begriffen, aber sie fühlte es noch nicht. Immer wieder sah sie Hagens Gesicht vor sich, im Regen, seine klaren Augen hinter den Brillengläsern, und hörte seine Worte: *Du musst mir einfach glauben. Bitte.*

Wie konnte ein Mensch sich so verstellen? Wie konnten die Hände, die sie behutsam berührt hatten, Flora ins Fleisch schneiden? Oder lag es an ihr, war sie nur blind? Vielleicht hatte es Anzeichen gegeben, sie hat sie übersehen. Wollte sie nicht sehen. Flora hatte recht gehabt: Sie kannte ihn kaum. Wusste nichts über seine Vergangenheit. Wollte nichts mehr über seine Zukunft wissen. Gerade eben, da hatte sich alles noch so richtig angefühlt. Wie konnte richtig so falsch sein?

Flora kam langsam auf Trixi zu. Sie hockte sich vor ihre Freundin, lehnte ihre Stirn an die von Trixi.

»Wie geht es jetzt weiter?«, fragte Trixi und schluckte die Tränen weg.

»Mit Hagen?«

Trixi nickte.

»Es wird einen Prozess geben«, sagte Flora.

»Und bei euch zu Hause, mit Götz und so?«

»Meine Mutter hat sich von ihm getrennt. Er ist schon weg. Hat Hagens Sachen mitgenommen.«

Trixi blies sich den Pony aus der Stirn. »Ich glaub, jetzt muss ich den Kopf erst mal in eine Waschtrommel stecken.« Sie lächelte kurz, aber ihre Unterlippe zitterte dabei. Sie hatte sich verliebt, zum ersten Mal in ihrem Leben, in den Mann, der ihre beste Freundin misshandelt hat. Und sie womöglich auch.

*

Sie zieht die Jätekralle durch die Reihen. Beet für Beet für Beet. Der Rücken gebeugt, die Beine gebogen. Beharrlich, entschlossen, mit Vehemenz. Ungeahnter Kraft.

Hackt hackt hackt die Jätekralle.

Unkraut vergeht nicht.

Sie wendet sich vom Fenster ab. Die Bilder langweilen sie. Die Welt, in die sie sich selbst eingesperrt hat. Von Mauern, von Mitleid und von Angst umgeben.

Sie setzt sich auf den Hocker. Sieht wieder ihr Gesicht. Ihre Tränen, die sie nie weinen konnte. Sie wird ganz klein, schrumpft zu einem winzigen Krümel zusammen. Staub, mehr ist sie nicht.

Ach. Liebster, kannst du nicht schwimmen,
so schwimme doch her zu mir,
drei Kerzen will ich dir anzünden,
und die sollen leuchten dir.

Das hörte eine falsche Nonne,
die tat, als wenn sie schlief,
sie tät' die Kerzen auslöschen,
der Jüngling ertrank so tief.

19. Kapitel

Polizeihauptmeister Leif Sälzer schritt langsam durch den kleinen Park gleich neben der Polizeiwache, die eine Hand in der Hosentasche, in der anderen eine Salzstange. Zum ersten Mal seit Tagen schaffte es die Sonne, ein paar Strahlen durch die Wolkendecke zu zwängen.

Bei der Bank, die nur noch einen Balken als Sitzfläche hatte, blieb er stehen. Das Holz, von dem die Farbe abgeblättert war, war von den letzten Regentagen durchweicht. Er starrte einen Moment auf eine Zigarettenschachtel, die jemand zerknittert und neben der Bank fallen gelassen hatte. Dann ging er weiter, achtete nicht auf die Pfützen, die den Weg wie Mondkrater bedeckten.

Er hielt die Salzstange zwischen Zeigefinger und Mittelfinger und stupste das Ende von Zeit zu Zeit mit dem Daumen an. Hagen Gerlinger saß seit zwei Tagen in Untersuchungshaft. Gestern war er dem Haftrichter vorgeführt worden. In wenigen Tagen sollte die Verhandlung sein.

In den zahlreichen Vernehmungen, die mit Hagen Gerlinger nach seiner Verhaftung geführt wurden, hatte er die Tat weiterhin geleugnet. Sein Vater hatte ihm einen Anwalt besorgt. Doch der würde ihm wenig nützen. Durch Flora Duves Anzeige stand er unter dringendem Tatverdacht. Würde er die Tat nicht gestehen, stand Aussage gegen Aussage. Doch da waren noch die Indizien, die gegen ihn sprachen. Sälzer fand es erstaunlich, dass Hagen Gerlinger nicht einbrach und ein Geständnis ablegte. Er stand doch mit dem Rücken zur Wand. Mit etwas Kooperation konnte er das Strafmaß mitunter mindern. So standen ihm fünf, sechs, vielleicht sogar zehn Jahre Haft bevor. Er würde den Rest seiner Jugend hinter Gittern verbringen. Was erhoffte er sich davon, eine Tat zu leugnen, derer er eindeutig überführt war?

Sälzer blieb stehen, biss ein kleines Stück von der Salzstange ab und starrte auf das Gebäude einer Realschule, das sich auf der anderen Seite des Parks gegenüber der Polizeiwache befand. Er hatte das Gebäude noch nie betreten, weder aus privaten noch aus beruflichen Gründen. Trotzdem musste er bei dem Anblick an Amelie Baudisch denken. Als Sälzer sie vor einem Jahr kennenlernte, war sie fünfzehn und ging auf eine Realschule in einem anderen Stadtteil. Sie war zierlich, genau wie Flora Duve, aber sonst ein anderer Typ. Ruhig, fast verschüchtert, mit leiser Stimme. Sälzer hatte damals immer das Bedürfnis, eine Schutzhaube über sie zu stülpen.

Amelie war mehrfach misshandelt und missbraucht worden. Genau wie Flora gab sie an, sich an nichts und niemanden zu erinnern. Es gab verschiedene Hinweise, dass der Täter aus ihrem unmittelbaren Umfeld stammen musste. Aber mit diesen Hinweisen allein hätten sie den Täter nie gefasst. Genau wie im Fall von Flora Duve.

Amelies Eltern waren verzweifelt, dass ihre Tochter sich ihnen nicht anvertrauen wollte. Schließlich schalteten sie eine Sozialarbeiterin ein. Sie hat sehr viel Zeit mit Amelie verbracht, mehr Zeit, als Sälzer und sein Team jemals für diesen Fall aufbringen konnten. Und wahrscheinlich auch mehr Einfühlungsvermögen. Amelie vertraute sich der Sozialarbeiterin an, öffnete sich. Aus vielen kleinen Puzzleteilen entstand nach und nach ein Bild und die Sozialarbeiterin bekam eine Vermutung, die Amelie letztlich bestätigte: Der Täter kam tatsächlich aus ihrem direkten Umfeld. Es war einer ihrer Lehrer.

»Sven Thiele«, murmelte Sälzer vor sich hin, als er sich an den Namen erinnerte. Er stritt damals alles ab. Wer würde das nicht? Er bekam sechs Jahre. Unterrichten würde er nie mehr.

Hätte Amelie damals nicht geredet, würde er heute noch vor einer Klasse stehen. Hätte Flora nicht geredet – wäre Hagen Gerlinger dann mit Trixi zum See gegangen und …?

Sälzer fuhr sich mit der Zunge über einen Backenzahn. Sie hatten Hagen Gerlinger verhaftet.

Flora Duve hatte ihn mit ihrer Aussage eindeutig der Tat beschuldigt. Wieso hatte er dann immer noch das Gefühl, etwas Entscheidendes zu übersehen?

Sälzer spukte aus, warf die Salzstange in ein Gebüsch und ging zügig zur Polizeiwache zurück.

20. Kapitel

»Ich warte unten«, sagte Trixi in die Türsprechanlage, die vor ein paar Tagen im Haus in der Edvard-Grieg-Straße 18 installiert worden war. Obwohl sie wusste, dass es mindestens noch zehn Minuten dauern würde, bis Flora fertig war und vor der Haustür erschien. So war es früher zumindest immer gewesen. Vor der Nacht am See. Vor der Verhaftung von Hagen Gerlinger. Als Flora fast jeden Tag bei Trixi vorbeigekommen war oder Trixi Flora zu irgendetwas abgeholt hatte. Damals hatte Trixi nie unten vor der Haustür gewartet.

Seit Flora gegen Hagen Anzeige erstattet hatte und Hagen in Untersuchungshaft saß, mied Trixi die Wohnung der Duves. Sie konnte nicht genau sagen warum. Vielleicht konnte sie einfach noch nicht an der Tür vorbeigehen, hinter der Hagen die letzten Monate zweimal die Woche gewohnt hatte. Vielleicht würde sie unweigerlich anfangen, nach Spuren von ihm zu suchen, obwohl sie wusste, dass sein Vater alles mitgenommen hatte. Vielleicht auch, weil sie sich in manchen Momenten wie eine Verräterin vorkam. Das waren die Momente, in denen sie zweifelte, an ihrem eigenen Verstand, an allem, was sie gehört hatte, an der Freundschaft zu Flora. Sie hasste diese Momente, denn sie wusste, dass sie alles nur noch schlimmer machten, alles gänzlich zerstören konnten.

Trixi setzte sich auf eine der beiden Eingangsstufen. Erst jetzt bemerkte sie im Vorgarten zwischen zwei Obstbäumen einen krummen Rücken. Die alte Garthoff aus dem Parterre bearbeitete den Boden zwischen den Bäumen mit einem dreizinkigen Gartengerät. Sie hielt in der Arbeit inne, drehte sich zu Trixi um, fixierte sie mit harten Augen.

Trixi nickte ihr zu.

Die alte Frau starrte sie reglos an, dann wandte sie sich wieder dem Unkraut zu und setzte ihre Arbeit fort.

»He, du.«

Trixi bemerkte zuerst das Limetten-Lakritz-Parfüm. Der Duft war so mit Flora verbunden, dass er Trixi gar nicht mehr wie ein Parfüm vorkam, sondern wie ein Geruch, der einfach von Floras Körper ausging. Erst jetzt fiel Trixi auf, dass sie ihn in letzter Zeit nicht mehr an Flora gerochen hatte.

Flora hockte sich neben Trixi auf die Stufe. Ihre schlanken Beine sahen in den schwarzen Longstockings wie riesige Spinnenarme aus. »Gehen wir?«

Trixi nickte und ließ sich von Flora, die bereits wieder aufgestanden war, hochziehen.

Schweigend gingen sie von der Edvard-Grieg-Straße Richtung Innenstadt. Es war die Idee von

Floras Mutter gewesen, dass Trixi und Flora zusammen eine Shoppingtour unternahmen. Sie hatte Flora extra Taschengeld dafür gegeben. Normalerweise hätte keins der Mädchen dazu eine Aufforderung gebraucht. Jetzt liefen sie durch die Straßen, als stünde ihnen eine Prüfung bevor, von der sie wussten, dass sie sie nicht bestehen werden.

Obwohl Sonnabend war, waren kaum Leute in der Innenstadt unterwegs. Die meisten Bewohner von Telpen fuhren zum Shoppen nach Pokritz, in eine andere Großstadt oder in die Telm-Estate, einem riesigen Komplex mit Shopping- und Erlebnis-Center. Wenn sie überhaupt noch shoppen fuhren.

Die Fußgängerzone war vor ein paar Jahren neu gestaltet worden. Es gab einen Springbrunnen, helles Kopfsteinpflaster und altertümlich wirkende Straßenlaternen. Die meisten von ihnen funktionierten bereits nicht mehr. Alle Häuser hatten damals einen neuen Putz bekommen. Die Ladenbesitzer waren optimistisch, dass sich die Telpener Fußgängerzone wieder belebt. Zunächst sah es auch danach aus. Doch dann machte nur ein paar Kilometer vor der Stadt die Telm-Estate auf. In der Innenstadt schlossen dafür mehr und mehr der kleinen Läden. Ein paar Ramschläden hielten sich, Drogerien, zwei oder drei Cafés, hier und da ein Restaurant, ein alteingesessenes, kleines Kaufhaus, ein Schuhladen und ein Schmuckladen, in den Trixi und Flora gerne gingen. Eigentlich nur wegen dem durchgeknallten

Verkäufer. Sie ließen sich immer alles zeigen, kauften aber nie etwas.

»Gibt es irgendetwas Neues?«, fragte Trixi schließlich, nachdem sie den ganzen Weg bis zur Fußgängerzone schweigend nebeneinander hergegangen waren.

Flora hatte die Ärmel ihres Langarmshirts über die Hände gezogen und hielt mit beiden Händen den Riemen ihrer Umhängetasche über der Brust fest. »Was meinst du?«

»Weiß nicht. Vom Prozess oder so.«

Flora verzog den Mund. »In ein paar Tagen ist die Verhandlung. Nehme an, dann wird er verurteilt. Willst du echt über so was reden?«

Trixi schüttelte den Kopf. Es gab nichts mehr zu bereden. Zumindest nichts, was Hagen Gerlinger betraf. Er würde eine Haftstrafe absitzen. Und wenn er aus dem Gefängnis kam, waren Flora und Trixi sicher schon längst in eine größere Stadt gezogen. Vielleicht hatten sie ihn bis dahin sogar fast vergessen. Wobei Trixi sich das im Moment nicht vorstellen konnte.

»Ich hab dir doch von diesem anonymen Hechler am Telefon erzählt«, wechselte Trixi das Thema.

»Der ein paarmal bei euch angerufen und nichts gesagt hat?«

Trixi nickte. »Es war Niklas, diese hyperaktive Flitschbirne aus Lasses Klasse.«

»Oh Mann, so jung und schon so bescheuert.«

Trixi blieb stehen und sah sich in der Fußgängerzone um. »Na schön. Wo fangen wir an? Schmuck?«

Flora antwortete nicht. Sie war ebenfalls stehen geblieben und starrte auf die andere Seite der Fußgängerzone. Ihre Augenlider flackerten, die Haut war leichenblass. Sie schien zu schwanken.

Trixi war mit einem Schritt bei Flora. »Was ist los? Ist dir schlecht?« Sie stützte sie am Arm. Erst dann folgte sie ihrem Blick zur anderen Häuserfront.

Auf der anderen Seite befand sich ein Schaufenster, das bis auf ein neongelbes Schild mit der Aufschrift »Räumungsverkauf« leer war. Trixi erinnerte sich, dass dort früher einmal ein Schreibwarenladen gewesen war, der vor ein paar Wochen zugemacht hatte. Ihre Mutter hatte noch jede Menge preisgesenkte Ordner, Briefumschläge und Stifte gehortet.

Neben dem leeren Schaufenster hing die Plastikfahne eines asiatischen Schnellimbisses. Ein paar Stehtische mit Wachstischdecken standen verlassen davor. Seitlich davon war der kleine Springbrunnen. Auf dem Springbrunnenrand saß ein Pärchen. Der Junge hatte halblange, dunkle Haare. Das Mädchen lange blonde. Beide waren schlank und groß. Sie sahen aus wie die Werbefiguren einer Partnerschaftsbörse.

»Ich hasse sie«, presste Flora heraus. Sie biss die Zähne so stark zusammen, dass ihr ganzer Kopf zitterte.

Andro und Ivana.

Ivana hatte die Beine auf Andros Oberschenkel gelegt. Trixi sah, wie Andro ihr gerade einen kleinen Kopfhörer ins Ohr steckte. Er selbst hatte den anderen Kopfhörer im Ohr. Die Fontäne vom Springbrunnen spritzte ihre Rücken nass. Sie schienen es nicht zu bemerken. Über der ganzen Szene fehlte nur noch der Weichzeichner.

»Komm, lass uns weitergehen«, sagte Trixi.

Flora reagierte nicht. Sie schien Trixi nicht zu hören. Sie starrte zum Springbrunnen. Ihr Brustkorb hob und senkte sich deutlich.

Trixi sah, wie Ivana sich zu Andro beugte und ihm etwas sagte. Er fuhr Ivana langsam mit der Hand über den Nacken, zog sie zu sich heran, blickte sie einen Moment an und küsste sie. Es war einer dieser hundertprozentigen Blicke gewesen, den drei Worte nicht aufwiegen konnten.

Trixi spürte, wie Flora neben ihr zitterte. Am liebsten hätte sie Flora die Augen zugehalten, sie weitergezerrt. Sie griff nach ihrem Oberarm. »Flora, du musst ...«

Mit einer unerwartet heftigen Bewegung riss sich Flora los. »ICH MUSS ICH MUSS ICH MUSS GAR NICHTS!«, schrie sie, stürmte an Trixi vorbei und blindlings in die Fußgängerzone.

Trixi blieb mit noch immer erhobener Hand wie eine Plastik in der Fußgängerzone stehen und sah ihrer Freundin nach. Sie hatte Flora schon oft wütend erlebt. Aber noch nie hatte sie solchen Hass in ihren Augen gesehen. Diese Augen waren ihr fremd, machten ihr Angst.

Flora lief jetzt zielstrebig auf das alte Kaufhaus zu, stieß eine Sekunde später die gläserne Eingangstür auf und verschwand im Laden.

Trixi sah noch einmal kurz zu Andro und Ivana. Sie küssten sich noch immer. Die Welt um sie herum existierte nicht mehr. Samt Flora.

Trixi ging auf das Kaufhaus zu, in dem Flora verschwunden war, trat durch die Eingangstür. Sofort umfing sie dieser markante Geruch, den sie seit Kindheitstagen kannte: eine Mischung aus Leder, Bohnerwachs, Waschmittel und Textilerfrischer.

Das Kaufhaus hatte zwei Etagen, die durch eine breite Holztreppe mit schnörkeligem Metallgeländer verbunden waren. In der oberen Etage war die Herrenabteilung, in der unteren gab es alles für die Dame. Der Boden war aus altem Parkett, das knarzte, wenn die Kunden darüberliefen.

Trixi blieb im Eingangsbereich stehen und ließ den Blick über den großen Verkaufsraum schweifen. Am Verkaufstresen tippte eine stark geschminkte Verkäuferin mit hellblau lackierten Fingernägeln auf einem Handy. Hinter der altertümlichen Registrierkasse, deren Tasten denen einer Schreibmaschine ähnelten, wirkte sie wie eine Zeitreisende aus der Zukunft.

Der Trubel, der in Trixis Kindheit an einem Sonnabend im Kaufhaus geherrscht hatte, war Vergangenheit. Zwischen den Kleiderständern schritten vereinzelte Kundinnen entlang, den Blick kritisch auf die Ware gerichtet. Vor einem Spiegel zupfte eine ältere Frau an einem Blazer. Ein ungefähr achtjähriger Junge probierte Hüte von einem Wühltisch auf. Eine andere Verkäuferin mit grauschwarzen Haaren lehnte oben in der Herrenabteilung am Treppengeländer, spielte mit einem Ring an ihrem Finger und sah entrückt nach unten.

Von Flora war nichts zu sehen. Sie konnte oben in der Herrenabteilung sein. Auf der Kundentoilette. Oder …

Trixis Blick fiel auf die Umkleidekabinen am hinteren Ende des Verkaufraums. Es waren insgesamt sechs Kabinen. Im Gegensatz zu den meisten Umkleidekabinen in den neueren Kaufhäusern waren diese hier sehr groß. Trixi und ihr Bruder hatten früher darin Verstecken gespielt. Jede Kabine hatte einen schweren dunkelroten Vorhang aus Samt. Bei einer der sechs Kabinen war der Vorhang zugezogen.

Einen Moment zögerte Trixi. Vielleicht wollte Flora ihre Ruhe haben. Was sollte sie ihr schon sagen? Dass sie Andro vergessen musste? Dass Ivana eine blöde Kuh war, auch wenn das nicht stimmte, es aber vielleicht das war, was Flora hören wollte? Dass ein anderer kommen würde, auch wenn sie sich das im Moment weder vorstellen konnte noch wollte?

Langsam ging Trixi auf die Umkleidekabine zu. Es

war die Kabine am äußersten rechten Rand. Vielleicht konnte sie Flora nichts sagen. Nichts, was wirklich wichtig war. Aber sie konnte ihr zuhören. Und irgendwann konnte sie Flora da wieder rausholen.

Trixi blieb vor der Kabine stehen. »Flora?«, sagte sie leise.

Keine Antwort.

Trixi wartete einen Moment. Aus der Umkleidekabine kam ein Geräusch. Eine Art Winseln. Wie ein Tier, das in eine Falle geraten war und nicht mehr herauskam. »Flora?« Trixi bückte sich kurz und sah durch den kleinen Spalt, den der Vorhang zwischen dem Fußboden ließ. Sie erkannte Floras graue, flache Sommerschuhe.

Sie richtete sich wieder auf. »Flora, kann ich reinkommen?«

Statt einer Antwort drang abermals ein Geräusch aus der Kabine. Flora fauchte, als würde sie Luft durch die Zähne ziehen.

Trixi sah einen Augenblick unentschlossen auf den dunkelroten Vorhang, dann hob sich ihr Arm wie von selbst. Langsam schob ihre Hand den Vorhang ein Stück zur Seite. »Flo-« Trixi verstummte.

Flora stand mit dem Rücken zu Trixi vor dem Spiegel. Sie hielt den Kopf gesenkt, die Haare fielen nach vorne, bedeckten ihr Gesicht wie Rabenflügel. Die schmalen Schultern wurden von einem unsichtbaren Gewicht nach unten gezogen. Flora zitterte am ganzen Körper.

Leise trat Trixi in die Kabine und ließ den schweren Vorhang hinter sich zufallen. Sie hob zögerlich einen Arm, ließ ihn einen Moment über Floras Schulter schweben, dann wieder sinken. »Flora, ich …« Plötzlich fiel Trixis Blick auf Floras Spiegelbild. Ein Schrecken, beißend wie ein Schmerz, schoss durch ihren Körper. Wie ein Hagel aus Fotos, die immer näher an das Objekt heranzoomten, strömten die Bilder auf sie ein: Floras Arme. Das graublaue Langarmshirt. Die dunklen Flecken. Die dicke, dunkelrote Flüssigkeit. Die roten Striemen. Ihre Hände. Fingernägel, rotschwarz. Blut. Blut. Blut. Floras Augenlider. Gesenkt. Öffnen sich wie in Zeitlupe. Ihr Blick. Schwarz und fremd. Besessen.

»Scheiße, Mann, du blutest!«, rief Trixi, fasste Flora an den Schultern, drehte sie zu sich herum und wollte einen von Floras Ärmeln hochziehen.

»Lass das! Lass mich in Ruhe!«, schrie Flora, versuchte, sich aus Trixis Griff zu befreien.

Trixi achtete nicht auf Floras Protest, ließ sie nicht mehr los, schob den Ärmel bis ganz nach oben. Sie starrte auf den nackten Arm ihrer Freundin. Nur mit Mühe ertrug sie den Anblick. Die Wunden waren aufgekratzt und bluteten. Manche Wunden sahen aus, als wären sie ganz neu, gerade eben erst zugefügt. Einige waren so tief, dass die Haut auseinanderklaffte und man das Fleisch sehen konnte.

Floras Blut rann auf Trixis Hand, mit der sie den Arm festhielt. Sie bemerkte es nicht. Auch nicht, wie schnell ihr Atem ging und ihr Unterkiefer zu zittern begann. Es war, als rollte in Trixis Innerem eine Lawine an. Eine Lawine, die sie nicht mehr aufhalten konnte, selbst wenn sie es gewollt hätte, eine Lawine, die sie hinwegfegen würde und alles, woran sie bisher geglaubt hatte.

Auf einmal angeekelt stieß Trixi Floras Arm weg. Ohne Flora noch einmal in die Augen zu sehen, bückte sie sich und zerrte an Floras Longstockings.

Flora trat wild um sich. »Ich hab gesagt lass das!«, schrie sie. »Hau ab!«

Floras Fuß traf Trixi heftig an der Brust. Ein zweiter Tritt ihren Oberarm. Trixi taumelte rückwärts, fiel beinahe in den Vorhang. Sie ruderte mit den Armen. In letzter Sekunde bekam sie Floras Bein zu fassen, hielt sich daran fest, zog sich wieder nach vorne. Auf einmal spürte Trixi einen durchdringenden Schmerz auf dem Kopf. Flora zerrte an ihren Haaren, hatte ein Büschel herausgerissen. Der plötzliche Schmerz entfachte Wut in Trixi. Ihr war egal, ob sie Flora wehtat oder nicht. Alles war in dem Moment egal. Sie musste es wissen, musste es sehen, musste begreifen, was das alles zu bedeuten hatte.

»Hau doch endlich ab!«, schrie Flora. »Lass mich in Ruhe!« Sie schlug mit den Fäusten auf Trixis Kopf.

Trixis Kopfhaut brannte. Doch das war alles nichts gegen den Zorn und den Schmerz, den sie in ihrem Inneren spürte. Sie hielt kurz inne, holte

Atem, dann stieß sie Flora mit beiden Händen mit voller Kraft an die hintere Kabinenwand.

Flora schrie auf, von der Heftigkeit des Angriffs benommen, knallte gegen die Kabinenwand und rutschte an ihr nach unten auf den Fußboden, wo sie verstört sitzen blieb. Trixi riss ihr mit einer schnellen Bewegung die Longstockings herunter.

Vor der Umkleidekabine waren Schritte zu hören. »Ist alles in Ordnung? Kann ich Ihnen helfen?«

Trixi starrte auf Floras Beine. Sie keuchte. »Nein. Können Sie nicht.«

Die Verkäuferin blieb noch ein paar Sekunden unentschlossen vor der Kabine stehen, dann entfernten sich die Schritte wieder.

Langsam ging Trixi in die Hocke, den Blick noch immer auf Floras Beine gerichtet. Auch hier waren die Wunden aufgekratzt. Manche waren tiefer als zuvor, andere waren entzündet und eiterten. Es sah aus wie das Schlachtfeld eines Wahnsinnigen.

»Was soll das?«, sagte sie so leise, dass es kaum zu hören war. Ihr Mund war trocken. »Was hast du getan?« Trixi wandte den Blick von den Wunden ab und sah voller Angst, Befremden und Ekel in Floras Gesicht.

Flora saß auf dem Boden, in sich zusammengesunken. Sie starrte durch Trixi hindurch. Ihre Lippen bewegten sich, doch kam kein Laut aus ihrem Mund. Unentwegt drehte sie einen Schlüsselanhänger in den Händen, der wie ein kleines Taschenmesser aussah. Ihre Wimpern zitterten.

Trixi starrte Flora an. »Was. Hast. Du. Getan?«

Die Sekunden verstrichen, in denen nur Floras flackernder Atem zu hören war.

»Warst du das? Alles?«, Trixi zeigte auf Floras Arme und Beine. Ihre Hand zitterte. »Von Anfang an? Du hast das selbst …?« Trixi legte die Hand über den Mund, ihr Unterkiefer bebte.

Flora zog die Knie heran, streifte das lange Shirt darüber und schlang die Arme um die Beine.

Einen Moment sagte keines der Mädchen was. Ihr Atem zitterte im Gleichklang.

»Andro hätte mich finden sollen«, begann Flora mit leise klirrender Stimme. »Die ganze Zeit habe ich auf ihn gewartet. Gehofft, dass er zurückkommt. Ich habe es für ihn getan. Für uns.«

»Was hast du getan?«

Flora strich sich über eine der Wunden an ihren Unterschenkeln. »Ich wollte, dass er die Schmerzen sieht. Ich wollte sie spüren. Ich wollte mich spüren. Wenn das Blut über die Haut läuft, das ist wie Tränen, verstehst du, es sind nur Tränen.«

Trixi schüttelte langsam den Kopf. »Wieso, Flora?«

Flora schlug mit dem Hinterkopf gegen die Kabinenwand. »Es ist nicht wie in deinem Leben, Trixi. Bei mir kommt nach A und B nicht unweigerlich C. Bei mir ist alles … alles XY. Das kann ich nicht erklären wie eine Matheaufgabe.«

»Dann erkläre es mir anders.«

Flora schwieg und starrte geradeaus.

»Kannst du es überhaupt erklären?«

Flora schloss die Augen, dann begann sie leise: »Ich habe eine Hülle. Die heißt Flora. Die kennen alle. Aber keiner weiß, was ich weiß: Diese Flora ist innen hohl.« Flora holte tief Luft. »Damit es keiner merkt, habe ich die Hülle schön bunt und laut gemacht. Alle mögen diese Hülle. Aber das, was darunter verborgen ist, mag keiner. Da ist nichts, was man mögen könnte. Nur Leere.« Flora öffnete langsam die Augen. »Ich bin unsichtbar. Hier drin, da bin ich ganz klein. Manchmal weiß ich nicht, ob ich noch da bin. Dann muss ich mich spüren. Es muss wehtun.«

Trixi sah auf Floras Brust, auf die Stelle, auf die sie eben gezeigt hatte. Sie kannte Flora seit elf Jahren. Sie hatten sich fast jeden Tag gesehen. Sie waren wie Schwestern. Sie waren sich so nah. Und standen doch die ganze Zeit nur nebeneinander.

Wie Blitze schlugen Wortfetzen in Trixis Kopf ein:

GRAUSAMER FUND AM TELPENER BADESEE
zahlreiche Schnittwunden
DER BRUTALE MESSERSTECHER VOM SEE
außerdem werde ich vielleicht noch nicht mal sechzig
ich WILL mich an nichts erinnern
VERRECKE, du Schlächter!
Blutgemetzel lassen mich kalt
Du musst mir einfach glauben. Bitte.

Beim letzten Gedanken zog sich Trixis Magen krampfhaft zusammen. »Wieso er?«, brachte sie schließlich heraus.

Flora sah Trixi fragend an.

»Hagen. Wieso?« Trixi sah, wie Flora sich innerlich wand. »Kannst du das auch nicht einfach so erklären?«

»Doch. Er hätte alles kaputt gemacht. Er hatte ein paar Tage vor der Sache am See ein Messer im Bad gefunden, nachdem ich geduscht hatte. Ich glaube nicht, dass noch Blut dran war. Darauf habe ich immer geachtet. Immer, wenn ich ...« Flora schluckte. »Trotzdem dachte ich, er könnte Verdacht schöpfen. Er könnte der Polizei etwas sagen.«

»Hat er offenbar nicht.«

Flora schüttelte den Kopf.

Trixi musterte die Person, die eben noch ihre Freundin gewesen war. »Das ist nicht alles, stimmt's?«

Flora presste die Lippen aufeinander, bevor sie antwortete: »Ich wollte ihn nicht anzeigen. Wirklich nicht. Ich will auch nicht, dass er verurteilt wird.«

»Wieso hast du ihn angezeigt, wenn du genau weißt, dass er unschuldig ist? Wie kannst du so etwas tun? Du zerstörst sein Leben. Einfach so. Mit ein paar gelogenen Worten.« Trixis Stimme war voller Hass.

»Das war Karolines Idee«, begann Flora stockend. »Es begann an diesem Mutter-Tochter-Tag. Ich wusste genau, dass sie mir sagen wollte, dass sie mit Götz nach Italien zieht. Ich wusste nicht, wie ich sie aufhalten konnte, sie hat über alles gestrahlt, ich wollte sie schocken, wollte, dass sie mir zuhört. Endlich einmal richtig zuhört, ohne vorgefasste Meinung. Für sie war doch schon klar, dass ich zu einer Psychotante gehöre. Sie wollte mich auf die Couch abschieben.«

Trixi sah Flora ungläubig an. »Und da hast du ihr erzählt, Hagen hätte dich am See überfallen?«

»Nicht direkt. Eigentlich wollte ich Hagen nur miesmachen. Wegen Götz. Auch wegen der Sache mit dir. Ich habe ihr von dem Buch erzählt, das ich bei Hagen gefunden hatte. Sie wollte es sofort sehen. Sie war total geschockt und dann bohrte sie nach, fragte immer wieder nach dem Abend am See. Ich habe nur ein paar Andeutungen gemacht. Sie hat mir geglaubt, wollte sofort zur Polizei. Es ging alles so schnell. Ich konnte dann dort doch nicht mehr sagen, dass ich mich geirrt habe.«

Trixi sah auf Floras Mund. Sie hörte, was sie sagte, aber es dauerte einen Moment, bis sie alles verstanden hatte. Bis ihr Gehirn sich nicht mehr dagegen wehrte, es zu verstehen. Am liebsten wäre sie aus der Umkleide gerannt und hätte die Kabine samt Flora und allen Erinnerungen an sie für alle Ewigkeit in einem schwarzen Loch versenkt. »Du bist echt erbärmlich, Flora Duve«, sagte Trixi langsam.

»Aber … ich hab doch nur, ich wollte doch nur …«

»Du hast deine eigene Tat vertuscht, bist den Freund deiner Mutter losgeworden und den Freund deiner besten Freundin gleich noch dazu. Gratulation.«

»Nein, nein, das verstehst du nicht. Ich habe das nicht mit Absicht getan.« Floras Augenlider zuckten. »Ich wollte doch nur … nicht allein sein. Das sollte alles gar nicht so passieren. Das am See, das war nur für Andro. Das ging keinen was an. Und dann kam die Polizei, schleppte Patrick an. Ich musste ihnen irgendwas erzählen, sonst hätten die doch gedacht, ich bin …«

»Krank.« Trixi sah auf das kleine Messer in Floras Hand. »Du bist krank.«

Floras Lippen zitterten, sie atmete stockend.

Die Mädchen saßen schweigend in der Kabine. Die Sekunden verstrichen. Die Stille füllte den kleinen Raum wie Beton, Trixi hatte das Gefühl zu ersticken. »Du brauchst Hilfe«, sagte sie schließlich und hielt Flora die Hand hin.

21. Kapitel

[Telpener Tagesblatt, 19. Juli]

Justizirrtum in letzter Minute verhindert

Im Fall der Körperverletzung der Flora D. kam es gestern zu einer erschreckenden Wendung. Die 16-Jährige war vor ein paar Wochen in den frühen Morgenstunden nackt mit Schnittwunden am ganzen Körper auf der Badeinsel des Telpener Sees aufgefunden worden. Sie gab zunächst an, keine Erinnerung an die Tatnacht zu haben, erstattete jedoch eine Woche darauf Anzeige gegen Hagen G., den Sohn vom Freund ihrer Mutter.

Gestern zog Flora D. ihre Anzeige zurück. Das Verfahren gegen Hagen G. wurde eingestellt. Flora D. gestand, sich die Verletzungen selbst zugefügt zu haben. Ein umgehend hinzugezogener Experte der Gerichtsmedizin bestätigte, dass die Art, Tiefe und Platzierung der Wunden auf Selbstverletzung schließen ließen.

Laut Aussage der als Gutachterin eingesetzten Psychologin Juliane Leimbach leidet Flora D. an einer histrionischen Persönlichkeitsstörung. Personen, die unter der genannten Persönlichkeitsstörung leiden, wollen Aufmerksamkeit erzielen, im Mittelpunkt stehen, haben ein ständiges Verlangen nach Anerkennung und neigen zum Lügen und Manipulieren. Durch die Verletzungen wollte sich die 16-Jährige die Zuwendung der Umwelt erzwingen, so Leimbach weiter. Die Erstattung der Anzeige gegen Hagen G. kam jedoch durch Druck von außen zustande. Auch das ist laut Leimbach bezeichnend für Patienten mit einer Persönlichkeitsstörung. Mit der polizeilichen Anzeige setzen sie dann etwas in Gang, das sie ohne Gesichtsverlust nicht mehr aufhalten können. Leimbach erklärte weiter, dass ihr in ihrer Funktion als Gutachterin circa 30 Prozent so oder ähnlich geartete Falschaussagen begegnen. Dabei handelt es sich meistens um Fälle mit Körperverletzung oder Sexualdelikte. Häufig stehe letztlich Aussage gegen Aussage und es könne leicht zu Justizirrtümern kommen. Ein hoher Prozentsatz dieser »falschen Opfer«, zu denen auch Flora D. zählt,

leidet Leimbach zufolge unter einer Persönlichkeitsstörung wie z. B. dem Borderline-Syndrom. Die Psychologin plädiert für einen kritischeren Umgang mit Zeugen.
Flora D. wurde in eine psychiatrische Klinik eingewiesen und befindet sich in Behandlung. Die Staatsanwaltschaft ermittelt wegen Vortäuschung einer Straftat.
Hagen G. wurde aus der Untersuchungshaft entlassen.

*

In der Telpener Justizvollzugsanstalt, Zelle 211, ließ der Häftling und ehemalige Lehrer Sven Thiele das »Telpener Tagesblatt« sinken. Das Zeitungspapier raschelte in seinen zitternden Händen. Er sah durch das vergitterte Fenster nach draußen auf den hellgrauen Himmel über Telpen. Seine Augen waren wässrig. Er legte die Zeitung langsam zur Seite, stand auf, ging zur Tür und rief nach dem Wärter. Er wollte sofort seinen Anwalt sprechen.